Que te vaya como mereces

Que te vaya como mereces

Gonzalo Lema

Rocaeditorial

Novela ganadora del Premio Internacional de Novela Negra L'H Confidencial en su undécima edición. Premio coorganizado por el Ayuntamiento de L'Hospitalet.

© 2017, Gonzalo Lema

Primera edición: marzo de 2017

© de esta edición: 2017, Roca Editorial de Libros, S. L.
Av. Marquès de l'Argentera 17, pral.
08003 Barcelona
actualidad@rocaeditorial.com
www.rocalibros.com

Impreso por LIBERDÚPLEX, S.L.U.
Ctra. BV-2249, km 7,4, Pol. Ind. Torrentfondo
Sant Llorenç d'Hortons (Barcelona)

ISBN: 978-84-16700-57-8
Depósito legal: B. 2739-2017
Código IBIC: FF; FH

RE00578

A Eldy Margarita
A mi amigo Fernando Mayorga

«¿ *Y* por qué no vendemos este país tan feo y compramos uno bonito junto al mar?» Negro sonso. Negro ignorante. Las cosas que decía como si nada. ¿Ya le tenía tanta confianza para hablarle así? ¿A su jefe? Santiago Blanco se sonrió nostálgico, porque de inmediato lo recordó hablando mal de los indios: «Mírelos, jefe. No son humanos, sino animalitos». Eso decía. Con su índice los apuntaba acusadoramente. («¡Bajá esa mano, *che*!») Él todavía conservaba alguna imagen de la carrocería de aquel viejo camión pese a los tantísimos años transcurridos. Todos montados sobre las duras y puntiagudas cargas de papa y otros tubérculos. Los quechuas y los aymaras envueltos en sus mantas. Inescrutables. Sin oponer resistencia al zarandeo ni al polvo inclemente del camino pedregoso trepando la áspera montaña. Y sin mirar a nadie. Sin quejarse. Sin reír. Sin hablar entre ellos, tampoco. ¿Y él, qué esperaba? ¿Que hicieran reverencias al usurpador? ¿Al colonialista? Al diablo. Vaya, carajo. Negro pelotudo. Además, ellos mismos apenas eran unos cholos. Y, para colmo, policías cholos. Ninguna gran cosa. «Mejor te callas, Negro. Y mejor si piensas en algo bueno».

¿Y de cómo diablos se acordó del Negro? Santiago

Blanco movió los pies en el piso, como los tordos, y se acodó mejor en la baranda del puente para observar en detalle, con calma y con placer, el gruesísimo turbión del río Rocha querido. Una lluvia bíblica había caído al amanecer cubriendo la ciudad, las bellísimas colinas de San Pedro y de San Sebastián y las lejanas montañas que en días sin lluvia se mostraban azules. La lluvia llegó del sur, metiendo bulla como una banda de guerra en tiempos de golpes de Estado. Y Blanco se sobresaltó al colmo en su catre de una plaza. Primero pensó eso: los militares volvían al poder, pero luego creyó que vibraba la Tierra y rápidamente decidió estarse de pie bajo la viga de la puerta. De pronto se ensordeció con el golpe del agua contra la calamina de su pequeño cuarto y recién comprendió que por fin llovía sobre la ciudad. Se avergonzó de tanto temor. Se cubrió el cuerpo gordo con una chaqueta impermeable, se montó en sus abarcas de indio y trepó las gradas sin flojera, aunque bufando, hasta la misma azotea en el octavo piso. La lluvia lo era maravillosamente todo.

Desde esa altura observó un poco de cielo y un poco de ciudad, y, sin ningún motivo racional, pensó en quien fuera su ayudante en los remotos y duros tiempos de la policía nacional: el negro Lindomar Preciado Angola. Se sonrió. «¡Qué simpático tu nombre, Negro! Seguramente te bautizaron en el Comité Pro-Mar». Su cabello menudo, trenzado en una maraña como virutilla para lavar vajilla fina. Sus cachetes inflados, vibrantes, propio del trompetista (pero él era tamborilero del montón en la banda de música de la policía). Sus ojos grandes, globos amarillos expectantes, que se llenaban de lágrimas cuando recordaba el paraíso de su Chicaloma en los Yungas de La Paz. Un jovencito apuesto, era verdad. Cholero a morir. Como nadie nunca visto.

—Mis padres quisieron aprovechar mi apellido, jefe.

Además mi gente vivía frente al mar en el África. Es nostalgia pura. Encima soy nacido el 23 de marzo. Muchas casualidades, lo sé. Pero no se burle. Se lo ruego.

—Lo han aprovechado bien, Negro. Aguantame una bromita, pues.

Blanco calculó que la intensidad de la tormenta duraría apenas unos diez minutos, pero se sorprendió porque continuaba igual en los veinte. Por eso paseó por la azotea observando los cuatro puntos cardinales. Inclusive achinó los ojos y se montó una mano de visera sobre sus cejas para escrutar el horizonte redondo, pero no pudo traspasar ni cincuenta metros del tupido velo gris del agua gruesa. Inquieto, como siempre, apoyó todo el abdomen sobre la baranda fría, en la U de EDIFICIO URIBE, y miró, muy expectante, el menudo kiosco rojo herméticamente cerrado de su novia Gladis, allá abajo, en plena esquina y en la acera del frente, y le imaginó unas cuantas goteras directas al mostrador y al viejísimo anafre. Llenó los pulmones de oxígeno líquido y bajó todas las gradas con suma calma, atento a las rodillas que ya le temblarían en el piso cinco o cuatro, pensando que esa intensa lluvia que caía ameritaba observar la llegada del turbión, y su carga de basura, desde el mismísimo puente del Topáter.

Caminó 22 cuadras sin flojera. Al llegar, la lluvia había cesado y la luz del sol oculto encendía de fulgor sucio las nubes preñadas de agua.

Suspiró con tanta poesía.

Un tumulto de gente festejaba la crecida del río.

Blanco, que miraba contento cómo nacía la niebla densa de las tripas mismas de los arbustos espinosos de las riberas, tenía el oído derecho alerta al pajaril comentario de los vecinos.

Se quejaba el vejete con sombrero de duende:

11

—Ahora solo cuando llueve tiene agua. Luego, no. Por eso deberían entubarlo y mandarlo a la mierda. ¿Qué otra cosa más se puede decir? La vida se ha echado a perder hasta este punto.

El nieto lo escuchaba sin mayor atención. Las palabras del abuelo le pasaban por sobre la cabeza pero se llenaban de chispas en la gente de unos metros más allá que se atormentaba con lo mismo. El niño pateaba piedritas y se divertía viéndolas hundirse en el lomo del agua correntosa. Cada vez se colgaba más de la baranda. Ya se iba a caer de cabeza sin que nadie lo advirtiera.

Ni siquiera Santiago Blanco.

El viejo insistió:

—Ahora es una cloaca, puras aguas negras. Miren la basura que arrastra. ¿Quién diablos se podría bañar en estas condiciones? ¿O pescar?

Parecía enojado. Se puso a pasear entre sus atentos oyentes.

Se quejó otra señora, menuda y harto pichonesca, con una vieja bolsa de mercado y un sudoroso monedero de plástico entre las manos:

—Con esta agua se riega todas las verduras. Las autoridades no cuidan nuestra salud. No hay ni a quién quejarse ni decirle nada. Todo el sur riega, ya mismamente. Los niños se nos enferman. Y los viejos. Después hay que darles agua con sal.

Una señora emperifollada y con cabello lila exclamó:

—¡Tan lindo que se ve así, cargado a tope! Los campesinos de Sacaba se quedan con el agua. ¿Qué va a importarles el paisaje urbano? Les tiene sin cuidado que nuestro río se muestre con las puras piedras peladas. El resto del año saltan los sapos en los charcos. Los renacuajos. Es gente muy ignorante, la nuestra. Descondolida.

El vapor se acumulaba entre los matorrales. Formaba nubes gordas y se desprendía sin dolor de los espinos rumbo a las alturas. El agua colorada, surcada de varias venas gruesas, arrastraba palos, hierbas, zapatos, latas, excrementos y sapos muertos en su lomo brioso. Los curiosos observaban todo. Se reían divertidos. Señalaban con el dedo un perro muerto.

También prestaban atención a los parlanchines y tomaban partido por las opiniones sentenciosas.

Alguien dijo algo.

Una risotada general festejó el comentario. El viejo se sorprendió.

Habló un hombre amanerado. Tenía la ceja izquierda suspendida por puro petulante:

—Es río de temporada, mi señor. Mi señora. No seamos ignorantes.

—Atrevido. Sepa usted que soy profesora de escuela.

Otra vez la risotada de los oyentes.

—Hay más gente y menos lluvia. En Cochabamba solo llueve cuando muere un obispo.

El niño colgó medio cuerpo en el vacío observando una enorme hoja de calamina flotando río abajo. Sobre la calamina viajaba una bota militar. De pie.

Un joven, montado en una bicicleta destartalada, opinó algo.

Santiago Blanco, acodado siempre sobre el barandado, alzó las cejas de la pura sorpresa. El joven mostraba su satisfacción por su propia opinión y exponía una sonrisa quieta, fotogénica, mostrando las palmas abiertas al cielo próximo en un típico gesto gallista de los ochenta.

Algunos curiosos asintieron. La neblina ocultó ambas riberas y luego se desprendió compacta en dirección al puente como un bicho espacial. Un animal del futuro.

Bueno a ratos. Malo casi siempre. Momentos después, no se veían los rostros. Se volvieron manchas negras. Almas en el purgatorio. Faltaban los quejidos lastimeros.

Otras voces se expresaron. Blanco se distrajo. Una mano de espectro (huesos vistos, carne leprosina colgando), se dibujó muy al fondo oscuro de la neblina sobre la plataforma del puente, se batió gentil en ese aire denso y tenebroso. Él se quedó con la duda. Pero la mano se le aproximó con calma y reclamando con autoridad la suya.

Le pareció que debía defenderse.

—Hola, jefe.

Una voz de celda. El cutis de iguana. Las patillas de los libertadores. El pelo ensortijado como trabajado por una permanente. La oscura caverna de la boca con tres dientes aislados. Dos arriba, uno abajo. Una sonrisa de terror, amenazante. Pero también amable.

—Abrelatas.

—Un abrazo, jefe. De cuánto tiempo me lo vengo a ver. Es un milagro del Señor. Usted ya no va por el Américas ni siquiera el viernes de soltero. ¿A tanto llega su indiferencia?

El tufo a dientes podridos. A encías inflamadas. Una cara de espanto. Los mismos ojos, irritados, casi sin pestañas y con pústulas escondidas en el interior de los párpados. Un individuo medio vivo, medio muerto. Capaz de asustar a cualquiera.

Abrelatas lo abrazó con sentido afecto. Blanco se sorprendió. Pensó en un posible contagio de algo y quiso retirar el cuerpo, pero el hombre lo tenía sujeto del hombro derecho y de la presilla del pantalón sin cinturón. Y lo mantuvo con absoluta firmeza. Entonces pensó en su billetera. (Y hasta se acordó del billete de cincuenta recibido de una pastillera de la calle en la víspera.) Pero también se acordó de que la había dejado sobre la mesita de los suplementos culturales en su cuarto. Por eso se dejó apretar un momentito aunque sin corresponder. Se quedó sin aire.

—Me han robado a mi hijo.

Abrelatas se puso a llorar sobre el hombro del exinvestigador de la policía.

Las voces en derredor se acaloraron. El viejo amenazó con un sopapo bien puesto, pero el de la bicicleta esgrimía la vieja guardia inglesa. Otros se carcajeaban. El niño observaba todo. La neblina terminó suspendiéndose hacia el cielo. El petulante se aisló del problema. Se fue caminando hacia la iglesia a la misa de gallo. Seguramente era un exalumno de algún colegio de viejos curas franquistas.

—De la morgue. Me lo han robado de un día al otro.

La gente se dispersó carcajeando e insultando. El viejo se había dado el gusto de intentarlo, pero el joven lo esquivó rápidamente con un quiebre de cintura pese a la bicicleta apoyada contra su cadera. Amagaron un par de veces más y luego cada quien se fue por su camino.

El puente se vio, en pocos segundos, vacío de gente pero atestado de colectivos humeantes y motorizados enojados. El río tronaba arrastrando un lote de piedras. Sin embargo, se podía hablar con confianza.

Blanco se acodó en la baranda del puente mirando las aguas ligeras.

Después miró al hombre de reojo.

—¿Se te ha muerto tu hijo, Abrelatas? ¿Y te lo han robado?

—Me lo han matado, jefe. Estaba recién en sus primeras experiencias como independiente. Era autista. Me lo han asfixiado con una cuerda y una bolsa de basura. Y me lo han robado de la morgue mientras yo buscaba la lana para el cajón.

El Abrelatas se limpió una lágrima furtiva del enfermo ojo derecho.

—¿De quién sospechas? ¿Conoces a los de su especialidad?

El Abrelatas suspiró. Su nuevo oficio lo había ablandado del todo. Se le llenaban los ojos de lágrimas. Se le quebraba la voz y buscaba consuelo. No parecía un exdelincuente común. Un hombre con trajín en las celdas de la policía y el patio de tanta cárcel. A Blanco le fastidió su sentimentalismo cursi. Parecía un hombre cualquiera. Un blandengue. Un hombre que tuvo abuelos, papás, hermanos y una familia numerosa los domingos en el paseo El Prado.

Insistió:

—¿O habrá sido un policía?

Volvió a mirar al aparecido. El tráfico del puente se iba raleando y el río parecía haber disminuido de caudal. Pero el Abrelatas tenía la misma cara plana de un principio. Sin reacción. Puro desánimo y ojeras violetas y salpicadas de granitos con pus. Un premuerto.

—Es lo mismo, jefe. Ambos oficios son primos hermanos. Quizás un hampón me lo ha matado y un policía me lo ha robado. O al revés. Qué se yo. Pero me quiero morir.

«Hay que llenar el buche», había dicho Santiago Blanco con otra voz cuando la lluvia volvió a caer y descubrió un billete arrugado en el bolsillo del impermeable. Una súbita carraspera. La gente del puente se dispersó un poco antes, cansada de ver pasar tantísima agua y del debate sin futuro del viejo contra los dos hombres. A Blanco dejó de interesarle lo que se decían cuando el Abrelatas apareció y le contó de su desgracia. Le habían matado al hijo y robado el cadáver de la morgue. Apenas tuvo tiempo de mirar para otro lado cuando el exrufián se limpió una lágrima de dolor y rabia. Como una nena.

Cruzaron el puente sin molestarse de la lluvia y caminaron sin prisa por la avenida que unía a una plazuela con otra y otra más. No saludaron a nadie en el trayecto porque nadie los miró. Blanco tenía forrado el cuerpo gordo con una chaqueta impermeable amarilla, un pantalón de vestir negro y sus abarcas. La gente podía confundirlo con un dirigente transportista en uno de sus tantos días libres o con un comerciante próspero algo relajado en vísperas de Navidad. Y el Abrelatas vestía una camisa blanca con el cuello sucio, percudidas las áreas de ambas axilas y completamente arrugada. Un pantalón negro grueso y sin botones en los bolsillos traseros, y calcetines y zapatos negros. Parecía lo que era: un mozo de bar sospechoso.

Recién habló en la recta final al mercado.

—La mesa estaba vacía, sin cadáver. Yo volví con el dinero completo pero no encontré ni al portero. Carajo, me entró rabia. El encargado del día se alzaba de hombros. Él no sabía nada. Le habían entregado veinte, y él tenía veinte. Así me dijo. No le importó mi problema, jefe.

En el Mercado Central, donde Blanco comió desde la fugaz juventud universitaria (y el Abrelatas carteó en la niñez), se sentaron en el mesón largo de aromas trenzados y urticantes de la olla de sopa de maní con carne gorda, papa hervida y papa frita, con arroz y fideo macarrón, pero atraídos más bien por la espesa lawa de choclo con nostálgico aroma del Valle Alto invadida de sendos pedazos de carne y papa, teñida de ají colorado. Antes, a su paso, las voces de las vendedoras los aturdieron con sus ofertas: ají de panza con arroz y papa blanca, mondongo, chorizos con lechuga y tomate, rellenos de papa,

17

de mote, de locoto, de queso, y les dieron de probar de su mano, como a pajaritos. Al escuchar su decisión, les mostraron la espalda y no los miraron más. Les volcaban la cara a cada rato.

La doña los atendió a gritos debido a la multitud y al fragor del fuego de las hornallas. Tenía un trapo amarrado a la cabeza y dos trenzas gruesas hasta la ancha cintura. Una blusa celeste de escote cuadrado. Tres polleras y un mandil que le colgaba del cuello. Estaba bien parada sobre una tarima de cajones de tomates y tenía más de medio cuerpo por encima de sus ollas de cuartel. Parecía dirigiendo una cruenta batalla durante la independencia. En Aroma, junto a Esteban Arze.

Blanco se sonrió.

—Mi recomendación es la lawa, por el frío de la lluvia, caseritos. No sé ustedes. Después, también tengo lomo montado con dos huevos, lomo de vaca con su harta chorrellana, lomo Ferrufino con su pan del día y milanesa napolitana con queso chapaco. De ustedes depende.

Los miró apurada.

Blanco comenzó a salivar.

El Abrelatas no dudó:

—Hacerime probar la lawa. Yo no como tanto a las siete de la mañana, sino al mediodía. Media sopita, casera. Poca carne.

—No hay «media» sopita. Plato entero te voy a dar, o nada.

—A mí dame un buen plato de lawa y luego un lomo con chorrellana y dos huevos. Y una cervecita negra con dos vasos.

El Abrelatas retomó su cuento de inmediato.

—Le estaba yendo bien a mi hijo, jefe. Ya lo respetaban. Del Paraguay le llegaban los *Mercedez* y los *Bemeves*, y él los acomodaba en gente de la sociedad. Lo que él afanaba aquí, lo vendía en Montero. Mucha lana todo el tiempo.

—¿Estuvo en chirola?

—Un tiempito. Ya tenía sus contactos en la poli. De seguro ha sido la competencia. Se lo han sacado de en medio, Blanquito. Con algún cogotero contratado. Por ahí tenemos que buscar.

Blanco suspendió las cejas. Apenas la lawa humeante se asentó en el mesón, volcó el rostro para darse un baño de vapor irritante y penetrador y no escuchó más nada. Con la mano izquierda alcanzó el pocillo de la llajua maldita y se lo vació íntegramente en su plato hondo. También comenzó a pellizcar grueso del pan de batalla hasta hacerlo desaparecer del panero. El sudor de su cuello se le escurría frío hasta el ombligo.

El Abrelatas, cuchara en mano, volvió a lagrimear:

—Éramos él y yo, Blanquito. Mira qué sola mi alma me ha quedado ahora. Y encima no tengo su cadáver para enterrar. ¿Dónde le voy a rezar? ¿Dónde le voy a poner sus flores? Ay, mierda. Qué vida más desgraciada tengo.

Caminaron por una calle estrecha rumbo a la vieja morgue. Ya había dejado de llover y la ciudad lucía embarrada. Los abogados, parados todos en las puertas de sus oficinas sobre las aceras, intentaron más de una vez jalarlos para adentro. También se cruzaron con universitarios bulliciosos con tatuajes desde el cuello. Y con negocios parlantados a todo volumen. Y con oscuros y menudos antros de piratas fotocopiadoras hirvientes. Se les hizo difícil caminar juntos. Blanco se le adelantó sin ceder la acera a nadie. Tenía el ceño fruncido.

Unas cuadras después, Blanco detuvo la marcha e invitó a un refresco de durazno hervido con pepa. La doña tenía una sombrilla de playa en un pedazo de acera sin cemento, una mesita con una jarra llena hasta el cuello

19

de duraznos hervidos y gustosas abejas revoloteando en su cielo y una olla de aluminio con más refresco. A sus pies, un balde anaranjado con vasos hundidos en un poco de agua. Un poco fuera de la sombra había un perro mañazo, amarillo, que intentaba dormir pero abría los ojos, atento siempre a tanta delincuencia callejera propia de esos días navideños. Tenía un ojo puesto en el Abrelatas.

Dos cuadras más al norte llegaron al vetusto edificio de la morgue.

—¿A qué muerto buscan?

—A mi hijo. Tiene una costura larga en la cara.

Blanco se sorprendió suspendiendo las cejas.

—Solo hay ocho. Seis mujeres de pollera, un niño y un quemado como chicharrón. A los demás ya se los han recogido. Su hijo no vive aquí.

El policía les dio la espalda y se dedicó a atender a unas señoras con velos negros cubriéndoles las caras. Eran cinco, menudas y sufrientes, y la más joven de ellas jalaba un crío. Blanco alcanzó a escuchar que buscaban a una mujer de pollera, la de la mesa número dos, pero que esperarían un momento a que llegara el hombre con el cajón. Una de ellas tenía distinta opinión. Debían ir rezando, pues. Se pusieron a debatir delante del policía aburrido.

Blanco inquirió:

—¿Estás seguro de haber reconocido a tu hijo? ¿Lo has mirado bien? A veces sucede que uno se confunde por la impresión.

El Abrelatas se desesperó:

—¡Claro que sí! ¡Lo he mirado a los ojos! ¡Le he hablado! ¡Hasta he llorado en su pecho!

Las mujeres ingresaron a la sala en procesión, cuidando de no hacer bulla, pero comenzaron sus chillidos apenas rodearon el cadáver. El niño se agarró asustado de la falda de su madre, pero pronto se distrajo observando a Blanco desde la distancia, y no le quitó ojo. Después se metió un dedo a la nariz para escarbar a gusto.

El policía les preguntó:

—¿Usted está reclamando un muerto? Aquí no se pierde nada; menos un muerto. ¿Quién va a querer un muerto? Díganme. ¿Acaso se lo puede vender? ¿Usted qué haría con un muerto? A ver, hablen.

—¡Yo he visto a mi hijo aquí! ¡Y después ya no estaba!

—Se habrá ido al cielo, entonces, yo no sé. Volando como un angelito. ¿No me va a decir que tenía alitas?

—¡A este lo corto!

El Abrelatas buscó entre sus bolsillos y blandió pronto una navaja.

Blanco interpuso su voluminoso cuerpo entre ambos.

—¡Epa, epa! Nos vamos a tranquilizar. ¿Quién es la autoridad aquí? ¿A quién debemos presentar una denuncia?

El policía frunció el ceño. Tenía una mano garruda montada sobre la culata de su revólver en el cinto. Su cuerpo menudo se había tensionado un tanto, y no dejó de mirar al hombre armado ni un solo instante.

Respiró profundamente.

—Esperen allí, en ese depósito de los periódicos viejos para tapar a los muertos. Cualquier rato ha de llegar la fiscal. Léanse algo, si saben. Yo los he de comunicar.

Blanco asintió. Condujo a su amigo del cuello y lo sentó al lado suyo en una banca. Alzó un periódico amarillento de medio año de antigüedad y se dedicó a leerlo.

Afuera comenzó a llover nuevamente. Era un día afortunado.

Judiciales, La Paz

La misma prensa paceña investigó el caso. La pareja Castelli Luján vivía en el piso 20, de la torre C, del edificio Santa María. El teniente de policía Omar Castelli pateaba las puertas de borracho y vociferaba como dueño del mundo. Pegaba a su mujer y, alguna vez, a sus hijos. Al perro lo pateaba siempre en las costillas, estuviera borracho o sobrio. No saludaba a nadie en el ascensor ni miraba a los ojos. Parecía un animal salvaje herido, a punto de agredir a cualquiera. No hizo amistad con nadie. Desaparecía un mes, o más, y se anunciaba con gritos prepotentes desde la acera cuando reaparecía.

Esa noche del crimen, Analí Luján de Castelli también gritó y lo oyeron los vecinos.

—¡Lo he visto todo! ¡Asesinos! ¡Sé lo que hicieron!

Él intentó callarla y se inició una persecución violenta en el pequeño departamento. Los niños quedaron en su dormitorio con la puerta cerrada y llorando. Un florero de vidrio se estrelló contra la pared. También un plato de adorno de la *Asociación de Periodistas de La Paz a la periodista Analí Luján de Castelli por su trabajo meritorio.* Luego solo fueron los gritos de Analí hasta que de pronto se hizo el silencio.

El teniente Omar Castelli salió del departamento cerrando la puerta con doble giro de la llave. Impaciente, no esperó el ascensor y bajó rápido las gradas. Y desapareció. El vecino del frente lo vio por el ojo de su puerta y le contó nervioso a su mujer.

Los niños comenzaron su llanto a los pocos minutos. También dieron golpes desesperados a la puerta. El vecino del frente, angustiado por todo lo que escuchaba, se atrevió a aproximarse y preguntar qué pasaba.

—Mi papá ha matado a mi mamá —dijo el niño. Su hermana lloraba a su lado.

El portero consiguió que un cerrajero abriera la puerta. Los dos niños lloraban sentados en el sofá de

22

la sala, frente a la pantalla granulada de un televisor conectado a un vídeo con la casetera abierta y vacía. Las sillas del comedor estaban volteadas, la mesa fuera de eje y la mujer yacía sobre el tapiz y sobre la madera del piso. Tenía el cabello estallado, los ojos abiertos mirando el cielo raso, el cuerpo quebrado en la cintura, las manos a ambos costados de la cabeza y un puñal de monte clavado en el corazón.

El vecino fue quien primero entró y consoló a los niños.

A la media hora llegó el fiscal y la policía. Todos apuntaron datos en sus libretas de bolsillo y el fiscal ordenó que se sellara la puerta. Los dos niños quedaron con la familia del frente hasta que sus tías y abuela llegaron a recogerlos. Luego intentaron enterrar el caso con una investigación de lo más lenta y desprolija. También amenazaron a algunos periodistas.

Ante la demora, la misma prensa paceña comenzó la investigación. El teniente de policía Omar Castelli se dio a la fuga, y sus camaradas, con una gama infinita de ardides, confundieron a la opinión pública y saltaron más de una vez a otros casos. Castelli se refugió en los cuarteles de La Paz y Cochabamba. En el cuartel de La Paz se lo vio tomando sol en el patio, el torso descubierto, muy cerca del mediodía, con una gorrita de beisbolista. En el cuartel de Cochabamba se lo vio comiendo salteñas. Algunas personas indicaban que también se lo vio en los prostíbulos. La policía no lo vio en ningún lado.

Judiciales, Santa Cruz

Qué gracioso ejercitar guerrilla en un campo de *paintball*, si será uno ingenuo. Como si la vida y el juego fueran lo mismo. A mí no se me habría ocurrido ni por

asomo, vea usted. Y por eso mi primera reacción fue
fruncir la cara, que es lo que hago cuando algo me molesta. Eso me dijeron desde niño. Escuché lo que me pro-
ponían y me fastidié. Les dije: esto sí que no tiene futuro. Qué clase de gente nos trajeron. Además, que yo
nunca jugué ni con barro, menos con palos o con pepas.
Y ahora, a la edad que tengo, y cargando esta buena petaca repletita de litros, debía ir al campo de juego a matarme de lo lindo con balas de tinta y papel, sudando
como un buey de carretón. Oiga, no.

El ruso o croata nos alineaba una y otra vez. Todavía
no retenía los nombres de sus guerrilleros, pero poco le
importaba. Tenía un arma pesada en las manos, una
ametralladora AK-47, y la descerrajaba de un golpe y la
ponía a punto con el mismo ruido con que mi abuelo
reacomodaba su vieja placa de dientes grandes y paladar
incorporado durante todo el día. Luego nos miraba enér-
gicamente y protestaba escupiendo palabras y saliva en
su idioma ruso o croata. Y después nos pasaba el arma y
ordenaba impaciente que repitiéramos el ejercicio sin
dubitar. Qué vergüenza, amigo, porque ni siquiera podíamos tenerla con naturalidad. La ametralladora pesaba
como un muerto y nos inspiraba terror como una apa-
sanca. Se nos resbalaba de la mano derecha a la izquierda. Era como si necesitáramos una mano más. Se la
devolvíamos disculpándonos.

Quizá Chichi sí podía. Su padre lo había educado para
militar desde muy niño, aunque pronto se puso al frente
de su frigorífico. Pero se notaba que sabía de armas porque no le tenía miedo a la AK no sé cuántos. Y no le
tenía respeto, vamos a decir. La sujetaba con las dos manos, la giraba, le sacaba los mismos ruidos que el ruso
o croata y parecía que se moría por apretar el gatillo.
Eso nos provocaba una buena carcajada. El ruso o croata

lo miraba divertido, le hacía creer que iba a golpearlo con un buen codazo y le quitaba el arma de un jalón, y le decía cosas en su idioma que él mismo festejaba con una sonora carcajada, de esas que no hay por aquí.

Seguramente por nuestra inutilidad es que decidieron el uso de armas pequeñas. A mí me tocó una pistola Smith and Wesson, que entraba exacta en el bolsillo de mi chamarra. A esa la manipulaba bien, la agarraba como a mi hembrita, y no me tomó tiempo romper botellas en el tiro al blanco. Sus balas pequeñas iban en una caja en otro bolsillo de mi chaqueta. Era fácil esconderla en el vehículo, en mi casa, hasta en mi misma oficina.

Con esa pistola me animé a correr en el *paintball*. Empezaba por los senderos con la idea de hacer un giro completo, pero me detenía de súbito a los pocos metros porque nunca corrí en mi vida. Qué pesadez de barriga y de piernas. Qué dolor en el pecho. Ni siquiera podía caminar. El ruso o croata me miraba y también fruncía la cara. Luego negaba con la cabeza sin disimular su decepción. «El gordo no va a correr nunca en la vida», dicen que dijo. Me molestó, pero era su verdad. Así que corría unos metros para iniciar el ejercicio y el trayecto restante caminaba. Me emboscaba entre los matorrales, me pegaba a los árboles, disparaba mis balas de tinta, mataba a mis compañeros o me mataban, pero apenas podía me echaba en el pasto a dormir la mona. Las plantas de mis pies parecían a punto de estallar. Nunca mejoré. Pero en el tiro al blanco me iba de lo más bien.

Así nos preparamos para la guerra separatista, aunque usted no lo crea, señor juez.

Santiago Blanco dejó de leer porque una sombra muy gruesa le quitó toda la luz de la puerta. Se quedó esperando con el periódico abierto de par en par entre las manos, mirando sin dar crédito a lo que sus ojos le indicaban. Una mujer muy gorda, vestida con un trapo simple que le colgaba desde el cuello anillesco hasta los tobillos deformes y calzada de chinelas atrapadas entre el dedo gordísimo y el otro, había quedado trancada en el marco de la puerta con grave riesgo de la precaria estructura del depósito. La mujer no pareció molestarse con el impedimento fortuito. Estrujó mejor los papeles entre las manos sobre el pecho enorme y dio un decisivo paso adelante. Un ruido de ladrillos quebrados coronó su esfuerzo.

La mujer miró a los hombres como tratando de explicar su esmirriada presencia. El Abrelatas se comprimió en su silla, pero su mano izquierda se hizo pronto de la navaja dentro del bolsillo. Blanco la miró expectante.

La mujer chasqueó la lengua buscando saliva. Bamboleó su cabezota mientras terminaba de entender lo que el policía le había dicho. Parecía un animal de otro tiempo histórico.

Su voz grave volvió a estremecer las paredes.

—¿Quién va a denunciar? ¿Y qué?

El policía metió su cabeza en el depósito para observar el susto obvio de los dos hombres. El Abrelatas no se animó a hablar. Blanco se puso de pie y extendió una mano traspirada en extremo.

—Soy Blanco. Santiago Blanco.

La mujer lo observó un momento. Tenía media cabeza por encima de la del hombre y más de veinte kilos a su favor. Su mirada era un taladro en funcionamiento que intimidaba a cualquiera. Blanco esperó lo peor.

—Está bien. Yo soy Margot Talavera, la fiscal de la policía. ¿A quién diablos se le ha perdido qué?

Dijo y le estrechó la mano más bien débilmente. Como un trapo algo mojado.

Blanco quedó contento con la suave piel de la fiscal. Casi se sonrió. No era lo que había imaginado en un principio. Una piel gruesa. Un cuero de surubí. Más bien la halló delgadísima. Apenas protegida por una crema alemana. Pensó en la ternura manifiesta de los grandes animales del mar.

Sonriente, apuntó hacia atrás.

—Se han robado el cadáver del hijo de mi gran amigo. Anteayer lo vio y ayer ya no estaba. El portero lo niega.

Margot Talavera lo escuchó moviendo su cabezota. Luego pellizcó el montón de papeles en busca de alguno. Lo jaló para ponerlo encima del resto y se puso a revisar nombre por nombre mientras masticaba un lapicero por la punta. Parecía un trabajo sincero.

—Esta es la lista, y no falta ninguno. ¿Cómo se llamaba su hijo?

—Pedro Quiñones. Veinticinco años.

Dijo el Abrelatas con dignidad seca.

La mujer volvió a chequear. Avanzó cada nombre con calma y hasta se remontó a listas de días pasados. O era el chamuscado o no era nadie. Ni siquiera para hablar de ningún NN. Leyó de nuevo sus papeles y comenzó a bambolear su cabeza negativamente.

—Solo queda el quemado. No tenemos constancia de otro cadáver en nuestros archivos. Si quiere se lo lleva para no llorar al vacío y listo. Si no, a esperar. La policía tarda pero llega.

Blanco se extrañó de la sugerencia. Frunció enojado el ceño.

El Abrelatas aferró su navaja en el bolsillo.

La gorda se alzó de hombros. Giró el cuerpo en redondo y cruzó con muy buena velocidad la puerta rompiendo otra vez la pared.

Y

Una mañana lluviosa era suficiente para inundar la ciudad. Justo en la esquina de la morgue coincidían la pendiente este y norte, y el resultado era una laguna donde solo faltaban los patos y un cazador. Había otras más y quizá peores. Una rumbo al cementerio, que Blanco solía visitar cuando la nostalgia lo llevaba al recuerdo de su tía Julieta. Y otra cerca al mercado ferial de San Antonio. La prensa informaba con imágenes vivas, a colores, y el alcalde se defendía a ciegas, echando mano a astucias muy propias de los políticos. El recolector de agua ya estaba en diseño final. La gente echa la basura a los desagües. Ha llovido como nunca. O la contundente: todo esto debió haber sido hecho por la gestión anterior.

La situación mejoraba caminando hacia el norte. Las avenidas lucían sin agua acumulada. Los desagües pluviales funcionaban y desembocaban en el río. Los vehículos no salpicaban a la gente de las aceras. La ciudad se mostraba simpática, con aire modesto de vieja pero con alguna pretensión. Parecía una ciudad planificada por arquitectos para gente de la tercera y última edad.

El letrero EDIFICIO URIBE se leía desde dos cuadras, pero había que buscarlo entre los edificios previos. Y su torre de ocho pisos concluidos no desentonaba con la vecindad de otras torres. Desde la esquina, o desde bajo el estrecho alero del kiosco de Gladis, se divisaba también el pintoresco y surtido mercado de las cholitas que se llenaba de gente solo los sábados. En la acera del frente, el viejo y poderoso sauce llorón cobijaba a los peatones miserables fatigados por la vida. Y a los numerosos perros vagabundos.

Santiago Blanco dejó de pensar en el drama de su amigo y cruzó toda la avenida esquivando los vehículos detenidos por el rojo. Una vagoneta fina se desplazó unos centímetros amenazándole el paso. Blanco se detuvo. El vehículo también. Él retomó su marcha y la vagoneta avanzó otro poco. Un palmo, como mucho. No cedió a la tentación de mirar al conductor. Dio un paso decidido y cruzó hacia la acera del frente. Escuchó unas risotadas y alguna palabrota del hombre y su acompañante. Seguramente era gente del 11 de enero. Los bates para golpear indios y cholos todavía estarían debajo de su asiento.

Pudo ingresar hacia su cuarto por la puerta de garaje, pero prefirió el ingreso de los copropietarios y coquetear muy audaz con la bella señorita farmacéutica Margarita. La vio a través de los ventanales atendiendo a un señor con bastón, muy parecido a Daniel Salamanca, y también advirtió a una señora gorda, con un perro faldero, esperando impaciente su turno. Por eso se limitó a lucir su sonrisa y batir la mano, y continuar su camino por el pasillo. Ella lo saludó amablemente con la cabeza.

Blanco suspiró profundamente prendado de amor.

En su cuarto se tendió en la cama destendida mirando el techo sucio. Pensó que su aposento se parecía a un calabozo, porque su cama encajaba exacta a lo ancho y apenas sobraba lugar para la mesita y la silla, el ropero plegable y un cajón de cartón. Pensó que de todas formas era mucho mejor que vivir bajo el puente.

No quiso amargarse recordando esos días. Se vistió el pantalón corto, alzó la toalla áspera y se dirigió a la ducha pasando por la lavandería de dos fosas. Mientras se bañaba silbó una y otra vez la cueca del Wilstermann.

De vuelta a su cuarto sintonizó la radio en el informativo. Pronto se puso a barrer el piso, a desempolvar los tres muebles, la ventanita, la puerta y el foco. La radio informaba de las inundaciones en el trópico, de la se-

29

quía en las provincias del cono sur y de otro caso más de feminicidio. Un policía violento y borracho. De inmediato la radio permitió la opinión de cuatro de los oyentes. Una de ellos sugirió que a esos asesinos se los castrara. Que sus bolas se las dieran a los perros, con perdón del radioescucha. A ver si así aprendían. Malnacidos todos. Otro dijo que se debía poner candado a la policía y arrojar la llave al río.

Volvió la música.

El hare krishna del sexto, sentado en el botagua de la ventana, lucía como un canario. Tenía la cabeza rapada y un mechón olvidado en la nuca. Un camisón anaranjado y sandalias. Sus pies blanquísimos brillaban con el tibio sol. Algo le dijo desde la altura que Blanco no entendió. Tampoco le importó. Seguramente lo estaba bendiciendo con toda su bondad.

No volvió a mirarlo.

La radio informaba sobre el juicio a los terroristas en Santa Cruz. El juicio llevaba tantos años que los procesados se burlaban del juez. Algunos inclusive lo desafiaban. Escuchó una grabación y el encausado le decía al juez que su casa era un arsenal para la guerra separatista. Bien haría, juez, en ordenar que la demuelan y desentierren los cañones. Otros procesados se reían. Y también encontrarían el cadáver del teniente Omar Castelli. Ya no lo busquen más, amigo. Está muerto. Está enterrado en mi casa. La risa de los encausados se mezcló con los silbidos.

Ambas eran la gran noticia en un país sin grandes noticias.

Blanco cambió de dial y escuchó música del ayer.

Cerca al mediodía subió hasta la azotea en el octavo y vigiló que el mundo estuviera en su lugar, que nadie le robara nada. En su ascenso lento y cuidadoso de las sor-

30

presas del pobre corazón escuchó a la señora Lobo, en el quinto, dirigirse a los espíritus reclamándoles más virtud para leer el futuro de la gente. Él también se detuvo a persignarse y rezar por el muerto que descansaba en una de sus columnas. Luego continuó hasta el octavo y buscó aire con desesperación.

La lluvia ya estaba en las colinas. Miró su amado Longines y calculó en diez minutos su arribada a la zona norte. Le hubiera gustado fumar, pero no solía comprar cigarros. Metió su mano en los bolsillos y volvió a silbar la cueca de sus amores.

A los quince minutos comprendió que la lluvia ni siquiera se movió de las colinas del sur. El velo de agua estaba quieto sobre esas porciones de tierra y piedra donde vivían los más pobres de la ciudad. Seguramente ellos aprovechaban para reunir agua en turriles y baldes. De bañarse. En bañar a los perros. Pero luego tendrían problemas porque sus techos eran apenas un remiendo de latas, cartones, calaminas y tela. El agua ya estaría dentro y no habría forma de sacarla. El piso de tierra sería barro. Quizás un charco. Si lo apuraban: una ciénaga pestilente. Su corazón udepista se comprimió del todo.

Con esa amargura bajó las gradas. La puerta del octavo se entreabrió y una viejita animosa, doblada como un crochero, lo saludó con cariño. «A Nuestro Señor le gustaría tenerlo este atardecer. En verano se lo ve risueño, como fatigado por el calor». Blanco le agradeció la invitación. Por supuesto que él haría todo lo posible por visitarla. Y en el séptimo también se abrió la puerta y tres cabezas de muchachitas lo observaron. Se le rieron. Una de ellas lo invitó a pasar estirando la mano. El exinvestigador suspendió las cejas y se sonrió. «No tengo aguinaldo», les dijo. «Pero a fin de mes tendré mi sueldo». Hizo una reverencia leve y continuó su descenso. Para el sexto se quitó las abarcas y bajó en puntas de pie. En el quinto se persignó y rezó nuevamente por el albañil enterrado en la columna. La señora Lobo estaría hablando con su espíritu.

En el cuarto tocó el timbre.

Un hombre de ojos celestes abrió la puerta. Tenía el cabello grisáceo y el bigote amarillento. Las arrugas surcaban su rostro, más una febrilidad se diría eléctrica. Estaba vestido de cura franciscano, con la sotana café y una pita a manera de cinturón. Descalzo. Tenía un crucifijo de plastoformo apoyado en la pared del fondo.

El hombre tardó una eternidad en reconocerlo.

—¡Ah! ¡Es usted! ¿Qué se le ofrece?

—Usted me invitó a presenciar su ensayo.

—¡Ah! ¿Sí?

—Me dijo que necesitaba un espectador.

—¡Ah! Ha debido ser durante mi depresión. Ahora estoy trabajando en soledad, aunque me miro en el espejo de mi ropero. Es de cuerpo entero y me atrapa de manera conveniente, pero tiene defectos porque es industria nacional. La imagen se acanala o bifurca. Se tergiversa. ¿Podría visitarme en otro momento? Yo le aviso.

—Por supuesto. Mi deseo es colaborar con la producción nacional.

Blanco giró el cuerpo hacia las gradas. El dramaturgo lo llamó con algo de desesperación. Lo dejó parado en la puerta mientras rebuscaba en su cocina. Volvió agarrando una bolsa negra con retazos de comida pasada.

—Siempre pienso en usted.

Le entregó la bolsa como si se tratara de la llave de la ciudad. Luego le cerró la puerta en las narices con notoria torpeza.

En el tercero y segundo no vivía nadie todavía. En el primero estaba el londri y la farmacia de Margarita.

Miró a través de los ventanales. Ella se afanaba escribiendo algo sobre un papel menudo. Parecía apretando piojos.

Blanco suspiró.

Llegó a la acera y mostró la bolsa a los fatigados de la vida. Eran dos y cinco perros. Estaban guarecidos a la sombra del sauce llorón. Cruzaron la avenida sin dar importancia a los vehículos y llegaron acezantes ante el portero gordo.

—Acaba de regalarme esta bolsa el del cuarto. Huele bien.

Los hombres se lo agradecieron. Los perros batieron la cola.

Blanco hurgó en sus bolsillos y encontró una moneda de dos pesos. Se la dio. Daba para un vaso de durazno hervido con pepa, con su yapa. Se podía compartir. La vendedora se hallaba a la sombra de un sauce llorón en la otra esquina. A unos cincuenta pasos. Frente al mercado de las cholitas.

33

Lo despertaron los tacos cubanos del coronel Uribe. Blanco abrió un ojo al contacto del primer taco con el cemento del garaje. Luego empezó la seguidilla completa, como una manada de ovejas sobre piedras. Él aplanó la almohada, cruzó las manos en la nuca, estiró las piernas y movió feliz los gordos dedos de los pies.

Se dispuso a esperarlo.

El coronel llegó a la puerta, le dio un golpe con los nudillos y sin más la abrió. Era su prepotente costumbre.

—¡Qué buena vida! ¡Descansando a las tres de la tarde!

—Así es la vida de los pobres pero decentes.

El coronel Uribe sintió el golpe. Se alisó el bigote entrecano y dudó temblando de ira de su siguiente paso. Era su edificio, carajo, pero el gordo malcriado, que era su portero y tenía en ese cuartucho su vivienda, parecía el dueño. A veces, hasta lo confundía.

—Si usted tiene pruebas, acuse. No dé vueltas como mosca de váter.

—Lo mismo le digo.

El coronel se irritó. Su portero era un atrevido, pero así lo conoció en la policía, cuando era un investigador asimilado. Malcriado. Contestón. A todos los jefes les hubiera gustado darle una buena pateadura. Quizá se dio el gusto alguno. Él no. Pero aún tenía la esperanza tibia.

Ingresó al cuarto y se sentó en la mesita aplastando un costado de los viejos suplementos culturales apilados. Poco le importó. El mismo Blanco utilizaba ese papel en el inodoro, le quedaba claro. «Es una crítica concreta a la crítica», le había dicho en esa oportunidad. Chino puro. Por eso siguió sentado en esa posición, y más bien jaló la silla para asentar las botas muy bien lustradas.

—Cualquier rato nos cae la alcaldía.

—¿Cuál es el problema? ¿Falta permiso para el letrero?

—El letrero todavía no les importa. Es por falta de aprobación de los planos.

Blanco asintió. El edificio se construyó a buen ritmo hasta el quinto piso y se detuvo en la obra fina como un año y medio. Se cruzó el problema del albañil desaparecido. Pero luego se lo elevó hasta el octavo, rápido y sin mayor demora. Quizá sin aprobar los planos de los últimos pisos. Las grandes reformas.

—Presente los planos aprobados hasta el quinto, también el cálculo de resistencia, y solicite la aprobación de los últimos tres. No creo que sea una multa alta. Es mejor estar a derecho.

El coronel se carcajeó desde las tripas. Se salpicó de saliva el bigote. Apenas pudo contener su cuerpo, como si fuera un tren viejo.

—¿Qué «planos aprobados»? No tenemos ni un solo papel del edificio, Blanquito. Ni siquiera tenemos planos. Todo lo ha hecho ese ingeniero con cara de niño bonito. Ese cojudo que ni controlaba la obra y solo cobraba.

Blanco asintió. Era un profesional que manejaba camionetas viejas, compradas en remate y que visitaba la obra solo los sábados apuradísimo. Le gustaba jugar a los carajazos con los albañiles hecho al piola. No sabía decir si era mezcla o agua sucia. Pero sabía cobrar bien. Además construía sin papeles. Puras ventajas.

El Coronel Uribe continuó:

—Todo es ilegal, pero ni modo que me lo echen abajo. Quieren coima. Quieren eso. Ahora estamos en el tira y afloja. Quieren atemorizarnos. ¿Novedades por aquí?

Blanco, que se sabía observado, negó con la cabeza. Él echaba llave de noche a las dos puertas de ingreso y giraba en rondas cada cierto tiempo, si despertaba. Hacía falta un perro, pero no lo sugería porque tendría que hacerle la lawa. Llevarlo por sus vacunas. A que fornique. Prefería ladrar él mismo.

—He alquilado el piso 3 a una rubia macanuda. Una chapaca. Creo que mañana se traslada. Quiero que la ayudes a subir sus muebles. Máxima cortesía de tu parte, Blanco. Nada de cojudeces.

Se puso de pie rasgando la primera página del suplemento sobre las diversas formas de escribir un cuento según varios escritores jovencitos. Un tema manido. Uno de esos escritores lucía cara de mascachicle sin ninguna vergüenza. A Blanco no le importó que el periódico se rasgara, porque ese tema parecía ser el único para los periodistas. ¿Cómo escribe? ¿Y cuál es el proceso de su

35

escritura? ¿Y sufre mucho al escribir? El mascachicle sabía la respuesta de memoria. Desde sus 15 años que triunfaba.

—Este cuerpito se va. Felices fiestas, Blanquito. No te emborraches y no abandones tu trabajo. Próspero año nuevo.

El coronel golpeó los tacos en posición de firmes. Se cuadró. Cerró la puerta con algo de violencia.

Santiago Blanco se tiró un pedo.

El cielo se había tranquilizado cerca a las cuatro de la tarde. La lluvia cesó. Blanco cambió su chaqueta impermeable por una chompa de lana con colores en el pecho. Se montó en sus abarcas y caminó sonriente por toda la cuadra hasta el mercado. Saludó a las doñas de las frutas y le respondieron a pesar de sus afanes guardando sus productos. Desembocó en el patio de las verduras y no saludó a nadie, porque nadie lo miró. Continuó su camino hasta el comedor despoblado y preguntó si alguien tenía un plato de comida para un muerto de hambre.

Algunas doñas se rieron aunque sin muchas ganas.

—Solo me queda k'awi, casero, pero ya no el puchero. Con su caldo y algunas papas algo te lo puedo hacer. Con llajua. Te va a gustar.

Blanco la escuchó atento. Imaginó el plato, la carne firme, del pecho, con la grasa dura, retostada y salada. Se le abrió el apetito ferozmente. (No supo por qué, pero inmediatamente pensó en un cuerpo de mujer.) Se sentó muy impaciente esperando sorpresas de la picarísima casera, pero pronto se entretuvo comiendo como gato un áspero pan de batalla súbitamente seco como un pedazo de tocuyo.

Y observando el ambiente epilogal.

El mercado se iba despoblando de vendedoras. Los compradores ya se habían ido hasta la una de la tarde. Luego caían a cuentagotas. Todos los productos se encajonaban. Algunos se guardaban en bolsas con números en enormes refrigeradores. Se echaban llave las rejas de los sitios y se barría y trapeaba el piso de mosaico. Los perros se levantaban cansinamente de un lado e iban expulsados hacia otro. De allí también los levantaban a gritos y amenazas de palos.

Por ningún lado se advertía la acechanza de un carterista.

¿Y acaso la vida era algo más? La gente vivía a su manera sin mayor conciencia histórica. Era feliz. La gente y sus circunstancias muy sencillas, que se consumían cada simple día. El trabajo, la casa y la fiesta. ¿Dónde les fatigaba el país? En ningún lado, porque el país era demasiada abstracción, un complicado ejercicio de especulación intelectual, algo que nunca se veía por ninguna parte. La vida era ese bulto que cargaban en la espalda rumbo a su casa en alguna ladera. Sus niños agarrados a sus polleras. Sus perros por detrás. Su quechua.

No valía la pena pensar más. Se podía vivir bien apostando todo a lo sencillo. Había que extirpar de cuajo el ego, la ambición, la notoriedad o la fama. Se debía apostar a la humildad, al afecto, a la generosidad. Librarse de tanta carga inútil.

Blanco respiró santidad profundamente, con los ojos cerrados, hasta que comprendió que se trataba del aroma del k'awi. Abrió los ojos y halló a su casera de pie observándolo con preocupación sincera.

—Me pasa antes de comer. Desarrollo un éxtasis espiritual por puro hambriento.

Ella asintió. Era una mujer flaca, pequeña, que se movía tan rápido y ágil como un conejo. Tan pronto apare-

37

cía en el pasillo, junto a sus mesas, o detrás del mostrador atendiendo sus ollas, o sorprendía comprando recado en el patio central. Tenía un secador amarrado en la cabeza, una bata gris y motas negras (que a Blanco le recordaba a su tía Julieta), y unas chinelas de goma. No sentía frío ni calor. No se quejaba de nada. Blanco la veía desde el mismo día que aceptó ser portero del edificio.

—Un poco más de pan, doñita.

La señora fue y volvió en un segundo.

—Comé tranquilo. Nadie te está apurando.

Y desapareció entre sus cosas.

Blanco se llenó la boca con media papa, algo de arroz flotante, algo de pan y una cuchara llena de caldo colorado por la llajua. Su cuerpo sintió un enorme regocijo desde los músculos del cuello. Cerró los ojos dispuesto a masticar más de veinte veces inclusive el caldo, de hacerse durar el goce, y dio la impresión de estar amando físicamente con fervor.

Su tía Julieta comía así. Cerraba los ojos con la boca llena y agarraba el trapo que la acompañaba toda la vida y le servía para todo. Además, si se trataba de un hueso con tuétano, como los nudos de cordero, iba a la piedra del batán y se ayudaba con el moroco, o con lo que podía, desalojaba todo el tuétano y lo rociaba de llajua. La comida como placer esencial de la vida. Un placer fundamentalísimo, diría Toño Rivera, su destacado compañero de Derecho. Fugaz compañero, porque Blanco solo estudió dos años. Pero un amigo digno para toda la vida.

De todas formas el plato duró diez minutos y lo dejó con sensación de hambre. Miró alrededor suyo y comprobó la soledad del mercado. Ya no quedaba nadie. Se puso de pie sin fatiga y canceló a la señora lo adeudado.

—Que le vaya bien, mamita.

Retornó al edificio pensando que aún era temprano

para cumplir su compromiso con la señora del octavo. Margarita atendía a varios clientes y los enamoraba espontáneamente. El hare krishna del sexto había volado a su paraíso estratosférico y la vida parecía por fin en paz.

No quiso imaginar qué estaría haciendo el Abrelatas. Ni dónde.

Mientras subía con cautela las gradas iba pensando en lo chica que se le presentaba su sociedad: su novia Gladis, que vivía en el Chaco tarijeño más que en Cochabamba por el amor a su nieto. El coronel Uribe por una razón de orden laboral. El Abrelatas por las celdas, primero, y luego tantas comidas en el Américas, y un puñado de conocidos. Un microcosmos.

También el negro Lindomar, ausente hacía ya años en La Paz.

Extrañaba a Gladis, eso le quedaba claro. El kiosco rojo cerrado de la esquina le provocaba un retortijón en las tripas. Le gustaba desayunar con ella sentado en uno de los tres taburetes encadenados que libraba al público y mirarla trajinar su negocio de un metro veinte por cincuenta centímetros.

Gladis le había dicho la primera vez:

—Puedo darle fiado. Le acepto su reloj como prenda. Voy anotando esta linaza y un sándwich de huevo.

Blanco sintió sus ojos inundados de lágrimas. Él se había animado a caminar por la zona norte de la ciudad a la espera de un milagro. Vivía bajo el puente de Cala-Cala hacía ya varias semanas, y no tenía ni posibilidades remotas de laburo, ni nada donde hincarle el diente. Muy pronto se había quedado pobre, a los días de haber renunciado a la policía, y advirtió lo solo que era. No tenía a nadie en el mundo. Mendigó por trabajo en edificios, en el campo ferial, en lavaderos de vehículos y se rindió. Abandonó su cuarto en la calle Calama y se paró en la puerta sin saber dónde dirigir sus pasos. Se volvió mendigo en las plazuelas, en las iglesias y en los mercados. Pero no perdió la vergüenza deportiva.

—Le voy a pagar todo. No lo dude.

La voz le había salido firme. Sin resquebrajaduras. Tomó la linaza en una mano y el sándwich en la otra, pero no dejó de mirarla porque su rostro le decía cosas. ¿Qué le recordaba? ¿A quién? Y siguió mirándola atento en las mañanas que iba a desayunar y a abultar la cuenta. Era su rostro. Era su piel. Era algo que le evocaba otros tiempos.

Una de esas mañanas, un muerto sin un zapato colgaba tieso como un palo de la viga del quinto piso del edificio en construcción de la acera de enfrente. Su sombra se reflejaba en la enorme pared del edificio colindante y parecía señalar la hora exacta. La gente se arremolinó. Llegó la policía. (Blanco observaba tomando linaza.) Se suscitaron discusiones. El coronel Uribe miró hacia el kiosco y reconoció al exinvestigador y empezó con los silbidos llamándolo. Necesitaba que alguien contrarrestara esos disparates de tesis que empezaron a formular los sabuesos. Uno a su favor. Porque en la institución campeaba el revanchismo. Y Blanco comprendió que se abría la milagrosa oportunidad de tener un cuarto. Aceptó la oferta y encubrió los detalles, el motivo y el crimen del albañil. Y se quedó de portero.

Burlona, Gladis le reclamó su dinero:

—Ahora me pagarás todo. Porque no soy un centro de beneficencia.

El Longines volvió a su muñeca. Y Gladis comenzó a frecuentarlo en su cuarto. Una noche despertó sobresaltado por la revelación extraordinaria que cambiaría su vida: «¡Soledad!» Se sentó en la cama traspirando. Ella lo miró. Parecía haber estado despierta desde siempre. Se sonrió: «¿Recién te me acuerdas? Yo te he reconocido desde que te vi de mendigo».

Su cuarto en la calle Calama. El prostíbulo clandestino al lado.

La viejita del octavo tardó como diez minutos en abrirle la puerta. Es que no la encontraba, y cuando la encontraba no recordaba si debía salir o qué. Mal negocio la vejez, hijo. Por suerte uno de los golpes de nudillos fue justo cuando ella se rascaba la cabeza cerca y reparó en que debía abrir. Se alegró con la noticia.

—¡Ah, es usted!

Blanco saludó como un caballero inglés. Hizo una leve genuflexión, las manos en la espalda y pasó al interior sin decir nada más que «señora». Se quedó mirando un ventanal abierto con un telescopio largo apuntando al atardecer jaspeado. Pensó que se trataba de un cielo bonito, pero nada más. Muy difícil que Dios paseara por ahí habiendo playa y mar en otros lados. Se sonrió.

Mientras, la viejita tenía ambas manos en el rostro marchito como las flores intentando recordar para qué había convocado al hombrecito. Miró las muchas paredes de su departamento buscando si alguna tenía humedad, y también pensó en la electricidad, o si se trataba simplemente de regalarle un panetón de navidad. O una rosca.

Decidió regalarle un panetón, de todas formas.

—Usted me ha convocado para observar a Dios.

Ah, la viejita sintió un alivio. Claro, ella sabía perfectamente que era para eso. Le dio un golpe cariñoso en el brazo. Ella sabía. Tampoco estaba en la edad de la baba.

41

Qué se creía. Y caminó hacia el telescopio y le sacó la funda de la punta. Se puso a curiosear con soltura, moviendo algunos de los dispositivos, y luego lo desplazó lentamente de un extremo a otro del ancho horizonte montañoso como cresta de gallo.

—Ya lo vamos a ver, no se impaciente. Es un poco picarín, y se oculta y juega, pero yo lo pillo siempre.

Blanco se sentó en un sofá de la sala y sintió que su cuerpo se hundía sin remedio. Pronto se vio pataleando en el aire. Se asustó. Manoteó en los costados y se asió de un macetero de fierro torneado. Hizo fuerza y salió a flote bufando como una bestia. Se sentó en una silla dura del comedor con el ceño fruncido. Tenía la frente transpirada.

—Todavía no lo encuentro al pobre. Hay que ponerse en su lugar. Por todo lado se lo reclama y él va. Nunca deja de ir. Cómo estará de cansado.

Blanco asintió.

La señora estaba encorvada de tanto jugar con su telescopio. En esa posición se le iba la vida. A veces subían sus amigas, de a dos, parloteando sin cesar como los loros chocleros. Todas ellas tenían su propia experiencia y se la comentaban entre sí. Tomaban café con leche, con masitas que ellas mismas llevaban. Fruncían la boca para que no se les escapara nada y era posible contar las miguitas que se atrincheraban en sus arrugas profundas y múltiples.

—Búsquelo usted. Yo no lo encuentro. Le gusta el pico Tunari. Casi no viene al centro del cielo. Al sur muy poco. Mueva nomás el aparato. Yo voy a convidarle a una taza de té.

El pico Tunari estuvo a punto de punzarle un ojo a Blanco. Tenía la punta encorvada, como lista para soltarse, y un anillo de nubes grises. Más a su izquierda continuaba la cumbre aunque sin pico. Lo demás quedaba un tanto subsumido en el horizonte azul profundo. También vio un rayo. Más al sur vio los aviones parqueados en un descampado. Se aburrió.

—No tenemos suerte. Debe estar caminando por Etiopía.

La viejita se rio al escucharlo. Dios estaba en todas partes. Y le sirvió té en un dedal que Blanco no supo cómo agarrar. Era una tacita de juguete, con una oreja que parecía apenas un pellizco. Se la acabó de un golpe de cuello. Como los gallos.

—Vuelva mañana, hijo, pero con fe. La fe lo es todo. Él sabe dónde hay fe y acude. Ha debido verlo descreído. Por lo menos agnóstico.

—Yo creo que ni Él cree en Él.

La señora volvió a reírse. Con que así venía la mano. Ya lo invitaba a su curso de catequización en el templo del Hospicio. Los sábados después de almuerzo. El padre Chema convencía hasta a las piedras. Nadie se iría a arrepentir de escucharlo. Yo colaboro con el refresco de sobre. Y se puso de pie y le abrió la puerta sin dudar de nada.

—No diga a nadie que no lo vio.

Blanco asintió. Repitió la genuflexión inglesa y bajó contando las muchas gradas hasta la planta baja.

La gente despertó entusiasmada el 24 de diciembre. Algunos corrían con notorio rezago, cargando sus pinos por las aceras y calles. Vistos desde la azotea parecían laboriosas hormigas. Otros entraban corriendo al frial de media cuadra resignados a pagar un importante sobreprecio. El dueño sabía que él era el último recurso. Pero más entraban al mercado de las cholitas y salían con sus bolsas de recado chorreando de agua. Los carteristas ofrecían su fuerza de trabajo. Un boliviano hasta el vehículo. Luego su aguinaldo. A ratos uno de ellos escapaba con una billetera en la mano. Blanco lo veía en la puerta del edificio. El carterista contaba el dinero y arrojaba el resto a la entrada del garaje. No se podía hacer nada. Ni siquiera se escucharían los insultos por la importante altura.

Blanco decidió tomar las cosas con calma. Barrió la acera tentado de agarrar un carterista del cuello. Barrió el largo ingreso del garaje. Revisó en detalle cada uno de los pisos y se metió al inodoro con un suplemento viejo y quebradizo que casi no le sirvió de nada. Leyó un ensayo sobre la poesía quechua y la metáfora, pero entendió muy poco. Leyó un comentario sobre una novela escrito por un profesor de escuela fiscal y entendió todo y no le creyó nada. Puro elogio fácil, al alcance de la mano. Todo de mal gusto. Y fue hora de cortar esas páginas en cuadraditos y luego de jalar la cadena.

«Crítica a la crítica». Esa frase la había escuchado en un programa de los españoles. Le encantó, porque lo obligaba a pensar. El problema era que luego ya no creía del todo a nadie.

Al mediodía se metió al mercado en busca de una suculenta sopa. No fue difícil encontrarla. Su olor aromatizaba todo el ambiente y se percibía la presencia agazapada del perejil. Miró enamorado a las cinco doñas lindas detrás de sus ollas y fue en busca de su objetivo cerrando herméticamente los ojos. Con las manos por delante. Cieguito.

Las caseras se le carcajearon espontáneamente.

En el primer puesto olió los fritos de seso con arroz y papa blanca y se pasó ligero pensando que era un engaño. En el segundo puesto olió bien una densa nogada de cordero pero sin nuez, sino con maní remojado en la víspera, retostado y molido con esmero, y con el cordero tierno con su tufo a pasto silvestre y sal. En la tercera olla se asustó, porque la doña freía las costillas de vaca en una gran sartén, con ruido de gran incendio, después de haberlas hecho hervir en olla y sacarles toda la grasa. El fuego y las chispas vivas saltaban a enorme distancia. Pero en la cuarta olla encontró cuanto su ánimo inquieto buscaba: el ch'ake de trigo con pedazos de papa runa y de carne gorda. El colorante de ají en vaina. Llajua verde encima. El rocío de perejil llegaba luego, de la mano gorda y cálida de la cocinera.

Ya no revisó la quinta olla, pero pronto vio que se trataba del Falso Conejo. Ese plato le recordaba su convicción udepista y lo dejaba triste un buen rato. El doctor Siles se reacomodaba en su corazón.

Durmió una siesta apacible. El hare krishna velaba su sueño desde el botagua de su ventana en el sexto y desde el cielo no cayó una gota sobre su techo de calamina. Soñaba que corría feliz por los campos de Punata, y se decía que su tía Julieta lo estaba llamando a gritos. Él sabía que debía atender su orden, pero corría por un sendero de pasto, saltaba acequias con agua turbia y se internaba por los maizales con gran alegría. Una y otra vez. Hasta que abrió un ojo y vio al campesino Terceros muerto de bruces sobre un charco de agua barrosa, con una picota que le atravesaba el pecho y la espalda y mostraba en la punta, con soberbia, un corazón comido por los pajaritos del valle en flor. Despertó. El Longines daba la hora: las cinco de la tarde.

Se quitó la modorra en cerca de cuarenta minutos. Cuando se puso de pie, pensó que la vida no valía nada.

Sacó el pequeño televisor de debajo la cama y buscó buena imagen moviendo la antena. Los programas loca-

45

les, y el nacional, hacían cobertura de las compras navideñas. La gente compraba todo lo que podía. Juguetes de plástico (visiblemente ordinarios), y fea ropa china, y zapatos, y alguno había que se llevaba un electro-doméstico o un adorno para su casa. Todos los periodistas de infantería parecían estar sobre la calle. Y de fondo, como si las imágenes no fueran un hartazgo, los villancicos de miel derretida.

Blanco salió a la calle a comprar una hamburguesa de la esquina. La señora freía la carne en una sartén con costras, con el mismo aceite negro y sospechoso de la noche anterior y calentaba unos segundos las papas fritas antes de vaciarlas a un pequeño y frágil sobre de papel sábana, y entregarla al hambriento. Cinco pesos.

La gente seguía corriendo. Pasaba por su lado con bolsas, sufría de no conseguir transporte. Se quitoneaba los taxis. Era un espectáculo ajeno a su poca comprensión. Desanimado, volvió a ponerse frente a su televisor en blanco y negro sin dejar de masticar su hamburguesa salada. Y sus papas verdes y duras.

El ministro de gobierno daba una conferencia con gran entusiasmo y denuedo. Tenía un pizarrón colgado de la pared. Le había superpuesto unos dibujos de montañas, de planicie, de chaco, de selva y ciudades para niños en edad escolar. Coloreados. Debajo de cada dibujo estaba el nombre del lugar. Cordillera Los Andes, Altiplano, Yacuiba, Chapare, Cochabamba. Él señalaba con su índice y hablaba. El teniente Omar Castelli estuvo aquí, y aquí, y aquí, y sintiéndose acorralado se fue aquí, aquí. Su dedo aplastaba cada dibujito, se manchaba de colores. Sonreía contento a la cámara, a toda Bolivia en vísperas de Navidad. Pero el servicio de inteligencia no le perdió pisada nunca. Sabíamos que era cuestión de tiempo. Que él cometería algún error. Sin embargo, jamás supusimos que tomaría la decisión de suicidarse. Eso no estaba en nuestras consideraciones. Y una noche se nos desapareció como mariposa nocturna y no supimos días de días nada sobre él. Nos dio vergüenza nuestra ineficiencia y nos quedamos mudos, señores periodistas, y hasta nos ocultamos de ustedes. ¿Qué podíamos decirles? ¿Que se nos fue el rastro? La opinión pública iba a mofarse de nosotros. Pero, lejos de alzar las manos, rastrillamos las áreas donde pensábamos que estaba. Semanas sin descansar, sin tomar en cuenta los feriados, pensando en nuestro deber. Pero hoy, más precisamente esta mañana, premiando nuestro esfuerzo, un dignísimo oficial de inteligencia llamó a mi despacho y me dijo: «Señor ministro: humo blanco». Se había encontrado al teniente Omar Castelli en Chicaloma, colgado de un árbol silvestre de mandarina, en la selva misma. Llevaba tiempo ahí y las hormigas se lo estaban comiendo enterito. Por eso les pido que, por favor, alejen a sus pequeños de la pantalla para mostrar imágenes muy brevemente. Mortificado por su crimen y cansado de tanta persecución, el teniente se ahorcó. Miren, ahí está, cubierto de hormigas y mariposas blancas. Y de gusanos, claro. Y revisando sus bolsillos, nos encontramos con una carta pidiendo sentido perdón a sus hijos. Nosotros se la vamos a entregar a sus tutores. Disculpen que no se pueda mostrar mejor las imágenes del cadáver, pero comprendan que estamos en vísperas de la Noche Buena.

El último pedazo de papa estaba crudo. Blanco lo escupió al sobre de papel sábana y se limpió la boca sin desprender los ojos de la pantalla. El ministro estaba a punto de llorar. Seguía hablando sin cesar y enredándose en las respuestas. La prensa paceña mordía fuerte. Blanco arrancó una hoja de suplemento y se limpió la

47

grasa de las manos. También la encajó dentro la bolsa de papel. El informativo cambió de noticia.

Quedó descorazonado. El ministro mentía mirando de frente. Daba la noticia en el momento menos oportuno y consideraba que debía pasarse a otra cosa. La dinámica del crimen era arrolladora. No podían detenerse en los casos cerrados. Hasta luego y feliz Navidad.

—¡Qué gente de mierda!

Blanco se sorprendió escuchándose.

Navidad fue un día muerto para él. Las calles quedaron vacías, sin ni siquiera perros, como si todo ser viviente hubiera sido absorbido desde el más allá. Blanco sintió un escalofrío observando esa desolación. Nadie por las calles y las mismas casas parecían estar deshabitadas. En su recorrido a la azotea se sorprendió de que ningún inquilino hiciera un mínimo de ruido. El mismo edificio parecía despoblado. Por eso aprovechó para caminar por las calles con las manos en los bolsillos de su vaporoso pantalón negro. Y no encontró más que a una pareja de mormones viejos limpiando de caca de perro el parque entero. Tenían unos guantes transparentes, unas pinzas y unas bolsas de nylon donde acumulaban su cargamento. Parecían felices limpiando el mundo de mierda canina. Había que estarles agradecidos.

Pero el resto del día se puso insoportable con tanto silencio. Blanco se aferró a la radio pero lo espantaron los villancicos. Alzó un suplemento y lo leyó íntegramente pese a la convicción de desánimo que lo invadiría de inmediato. El mismo profesor que encontraba maravillas bolivianas en todo texto literario que leía, se hallaba enfrascado en un debate casi de puños con un arrogante doctor en letras que escribía en La Paz y afirmaba que no leía literatura boliviana, salvo un puñado de libros, lo que sacaba de quicio al profesor que hallaba oro donde solo había ripio. Por eso Blanco pensó en meter mano a la profundidad, a la base misma de la pila de suplementos y leer a los articulistas viejos, ya muertos, para no tener que matarlos otra vez. Tanta candidez. Y tanta soberbia. Y tanta cojudez.

Para colmo tampoco pudo dormir.

Pero el sábado se descubrió lleno de bríos para almorzar con hambre en el Américas. Despertó y barrió la acera y el ingreso del garaje mientras silbaba cualquier cosa. Le extrañó que la farmacia continuara cerrada. Vio al dramaturgo salir a la calle muy apurado, agarrándose con cierta gravedad la frente. No lo saludó. Cruzó la avenida como una exhalación y caminó un tanto chueco del esqueleto detrás de un hombre que se agarraba la frente con cierta gravedad y caminaba un tanto chueco del esqueleto. Se perdieron doblando la esquina. Unas semanas atrás lo vio salir imitando a un perro de la calle que caminaba con tres patas y tenía suspendida la pata derecha por una espina o un corte. Los dos se fueron al trote, con un pequeño brinco en cada salto, y se metieron al mercado de las cholitas. A los segundos se los vio salir expulsados, con las orejas para atrás y la cola entre las patas. El dramaturgo por delante.

Después de barrer se metió sudoroso a la ducha y se refregó fuerte el cuerpo gordo enjabonando el trapo que le había dejado Gladis. También se frotó los talones y codos con piedra del río hasta dejarlos rojos y brillantes, y se vistió con su mejor ropa: camisa, pantalón con cinturón y zapatos con calcetines. Se peinó todo para atrás descubriendo su frente estrecha. Echó doble llave a la puerta de su cuarto y apretó el candado grueso de la puerta del garaje. Se fue caminando por la sombra

49

de los paraísos hacia el norte de la ciudad como un hombre seguro de sus decisiones.

El bar-restaurante Américas parecía un cementerio. Blanco cruzó el jardín de maleza alta y flores menudas, circunvaló la jardinera del gomero y subió las gradas a la terraza. Las más de treinta mesas se hallaban vacías, a excepción de una, muy al fondo y bajo la sombra de otro gomero, donde el Abrelatas dormitaba con la boca abierta y babeando en el viejo mantel.

Una radio mal sintonizada sonaba en la cocina. Del pasillo del baño de hombres salió otro mozo arreglándose la bragueta. Al ver a Blanco, giró el cuerpo en U y se lavó las manos en la lavandería. Luego se las frotó en el pantalón, súbitamente malhumorado.

—Cualquier mesa es buena. A su gusto.

Blanco no le contestó. Tampoco volvió a mirarlo. Se agachó hasta la misma oreja del Abrelatas y le cantó «arrorró mi niño». El amigo se rascó la oreja y continuó durmiendo. Tenía el cabello ensortijado despeinado y mojado, llenas las patillas de pequeños rulos, el cutis de iguana con gotitas de traspiración y la boca semiabierta. Un hilo de saliva pegajosa lo unía a la mesa.

El mozo del fondo insistió:

—Cualquier mesa es buena. A su gusto.

Era un hombre chato pero muy macizo, que se paraba con las piernas abiertas y las manos gruesas en la espalda, como un experto en artes marciales e ideas afines. Tenía la cara redonda y los ojos chinos, la nariz como pelota de ping-pong y la boca como la abertura de una alcancía chanchito. Era tan feo que podía asustar a los alacranes.

Blanco no entendió el soporte de su prepotencia.

Apoyó su dedo índice en la mesa del Abrelatas y se sintió ridículo e inexplicable como el ministro. También jaló una silla para sentarse. Luego batió sonoras palmas. «¡Marche dos cervezas heladas!» El Abrelatas brincó de la silla y apareció de pie, desconcertado. Todavía le tomó unos segundos entender lo que pasaba. Y a quién tenía al frente.

—Carajo, conservas tu prepotencia policial, jefe.

El otro mozo miraba la escena con malos ojos. Su bilis cargada podía estar dirigida a Blanco o al Abrelatas. Pero algo le fastidiaba lo suficiente y lo convertía en un potencial peligro.

Blanco ordenó:

—A ver si se cambia el mantel.

El Abrelatas jaló el mantel y dejó la mesa desnuda. Luego, presuroso y diligente, se fue por el fondo. El otro mozo lo siguió con la mirada hasta verlo desaparecer, y de inmediato centró su atención en el recién llegado.

Blanco volvió a batir palmas.

—¡A ver si alguien se comide y pone buena música!

El mozo lo perforó con la mirada, pero no cambió de postura. Algún pájaro trinó pidiendo lluvia en el frondoso gomero.

El Abrelatas apareció afanoso con las cervezas y los dos vasos altos. Se sentó apurado a servirse uno lleno, espumoso. «Me estaba quedando sin carburante». Y lo volcó en su garguero con un impulso vulgar.

Blanco vació su vaso en dos tiempos. En el intermedio reflexionó sin blanduras en la estupidez de la vida. En el sinsentido. Qué ganas de joder. A uno lo ponen aquí a sabiendas que va a sufrir. Es lo mismo que alegrarse por vestir la casaca nacional para que todos nos goleen. Qué martirio.

—Yo renunciaría —dijo, y solo él se entendió.

—Voy a decirle a doña Valica que nos prepare una sopa caliente para reaccionar. Un tonificador. Me tiembla todo el cuerpo, jefe. Por ayer. Nos hemos armado una

51

buena, porque inclusive estaban las chicas de la esquina con su mamá grande. Y mucho comensal.

—Yo prefiero un picante triple de pollo, conejo y lengua. Es mi regalo de Navidad. De su hervido que te hagan una rica sopa. Gratis. No deberían cobrártela.

El Abrelatas pareció molestarse. Frunció el ceño mientras razonaba el asunto. También miró a su colega con mala cara. De su bolsillo salió una vieja navaja que aterrizó torpemente sobre la mesa.

—Esta mesa la atiendo yo, cosito. Puedes irte más al rincón a ver si ya está lloviendo.

—Que se traiga cigarros.

—Si quieres te vas, también. No creo que venga nadie. O que se jodan.

—Y un cenicero. Que antes ponga buena música.

El mozo se retiró. Se fue caminando a la sombra de otro árbol y miró hacia las gradas de ingreso. Desde allí los estudió con odio renovado.

—Un triple y una jak'a lawa, entonces, así ni siquiera masco el choclo. Tengo las encías para el gato.

El Abrelatas volvió a ponerse de pie para encargar el pedido.

Blanco batió palmas.

—¡Otras dos frías y buena música, joder macho!

El local se animó a las dos de la tarde. Unas diez mesas de familias. El mozo del fondo atendía a casi todas, y el Abrelatas a las más próximas a su propia mesa. Cuando trajo la jak'a lawa y el triple, ya no atendió a nadie y se dedicó a sorber con gran dedicación. Solo mascaba el pan sopado.

Blanco respiró su fuente un par de deliciosos minutos. El olor agrio del picante le reacomodó la esperanza en el milagro de la vida. La vista del arroz lo enterneció. La presencia centenaria del chuño lo interpeló y quedó sin palabras ante su origen natural: la soberbia papa. También reparó en el simple adorno de la salsa esmirriada de tomate con cebolla cortados en fino arte.

De inmediato batió palmas sobresaltando al Abrelatas.

—¡Un pocillo de salsa! Y dígale a doña Valica de mi parte, pero como cosa suya, que es una tacaña.

Punzó con el tenedor el velo transparente del conejo y lo aproximó a su boca con lentitud. Sorbió de la punta y fue desvistiendo el hueso. Alzó una pizca de arroz pensando que así no ocultaba el sabor principal. Con la cuidadosa punta del cuchillo se sirvió la llajua y cerró los ojos en plena y dulce erótica.

—No hay más tomate. Dice que debías haberte traído de tu mercado. En tus bolsillos de ratero.

Blanco asintió. Punzó el otro extremo y volvió a sorber. El conejo se deshizo de su ropaje de carne y quedó en el puro hueso, cabeza y patas. Hizo a un lado las patas, inclusive las sacó del plato y las derramó sobre la mesa. Alzó la cabeza con el dedo corazón y el índice y le sorbió los ojos. Y le abrió la pequeñísima boca de dientes puntiagudos, le destapó la base y sorbió sus sesos. Se limpió las manos para alzar el vaso de cerveza.

—¡Viva el conejo Siles Suazo!

—Ese ya está muerto, jefe. Ahora nos gobierna un indio de verdad.

Blanco batió las palmas.

—¡Marchen dos frías y aumenten el volumen! ¡Son los Visconti!

Cortó la lengua en tres pedazos. Enganchó uno con el tenedor, lo enrolló, lo cubrió de jugo picante con arvejas y se lo metió a la boca íntegro y desafiante. Por un costado embutió chuño y algo de arroz. Cerró los ojos y suspiró mientras masticaba con ritmo lento.

53

El Abrelatas terminó su sopa alzando el plato con las dos manos y se lo vació directo a la tráquea. Lo limpió con un pedazo de pan. Alzó su vaso y se le llenaron súbitamente los ojos de lágrimas.

—Por mi hijo, que hasta ahora no tiene cristiana sepultura.

—Por su cadáver trotamundos. Por su alma disuelta en este lindo aire valluno.

Las diez mesas de familia se fueron a media tarde. El otro mozo fue quien las acompañó hasta la misma puerta. El local se oscureció un tanto y envejeció. Se llenó de sombras en harapos. Y quedó en silencio.

Blanco volvió a llenar los vasos mientras el otro mozo impedía que una mujer indígena ingresara al local. Tenía un sombrero de cuero de oveja y un vestido hasta los tobillos tejido por ella misma. Abarcas. Y cargaba un crío en la espalda que reía divertido. La mujer insistía e intentaba burlar la guardia de brazos abiertos que el hombre ejercitaba con gran celo.

Blanco se interesó en el problema cuando advirtió que ella tenía una olla entre las manos. Pensó que doña Valica le regalaba comida. Sobras del almuerzo.

Por eso es que se puso de pie y alzó la voz:

—¡Déjala pasar, retacón! Es una boliviana como vos. Ya estamos en democracia. Inclusive están en el gobierno y aún no les llega nada. Siguen mendigando.

—Que espere afuera —contestó el hombre—. Da mal aspecto al bar.

—Así es, jefe. Nos tienen prohibido dejar pasar a los indigentes.

—Además, no creo que haya sobrado nada. Usted ha mascado hasta los huesos. No hay ni para los perros.

Blanco abandonó la mesa y se aproximó al hombre. Le propinó un golpe de puño en la frente y lo dejó sentado en el piso. Luego invitó a pasar a la mujer con una genuflexión inglesa.

El niño lo observó con admiración.

—¡Tú la acompañas a la cocina, Abrelatas!

—¡A su orden, jefe!

El hombre del piso lucía atontado. Se sacudía la cabeza y se sobaba la frente. Seguramente se le haría un chichón. Se puso de pie con dificultad y esgrimió su par de puños. Empezó a bailar de los pies pero con el cuerpo tieso. Hizo un amague doblando la cintura y saltó ágil hacia Blanco con un puñete por delante, pero Blanco lo derribó con otro puñetazo muy parecido al primero.

El hombre lo insultó:

—¡Cholo de mierda!

Blanco le eructó.

El hombre volvió a ponerse de pie, pero se alejó un poco del lugar y luego desapareció. Blanco retornó contento a su mesa y batió palmas para que alguien encendiera la luz y trajera más cerveza.

La indígena cruzó todo el local a la carrera, azuzada por el Abrelatas.

Blanco esperó que su amigo retornara a la mesa y lo recriminó con palabras fuertes y jalándole de la oreja.

—La has sacado como a perro. Eso no se hace.

—Doña Valica se ha enojado de verla. Ella puede llenarle la olla, pero no le gusta que entre al lugar. Además, el mozo se le ha quejado de ti.

—El que puede discrimina. Este es un país de mierda.

—No ha sido mi intención, jefe. Ni cuenta me he dado. Suélteme.

Blanco lo soltó. Habló llenando los vasos.

—Quisiera hablar con Lindomar Preciado. Pregúntale a doña Valica si puedo usar su teléfono con operadora. Le voy a pagar de inmediato. Dile que es un negro tan discriminador como es ella. Se va a alegrar mucho.

—¿A ese negro? Usted se ha puesto sentimental, jefe. Ahora vuelvo, pero.

El local se llenó de sombras siniestras. Un moscardón comenzó a dar vueltas a la bombilla de luz y luego a chocarla. Una brisa empapada de lluvia ingresó desde la calle arrastrando hojitas muertas. A lo lejos retumbó con furia divina el cielo. Ya era medianoche.

Blanco se puso de pie para comprobar si estaba mareado.

—Dice que sí, pero que me deje cancelada la conferencia.

Ingresaron a un cuarto pequeño para hacer uso del teléfono. Blanco discó el número de la operadora y le pidió comunicación con Chicaloma. La familia Preciado, señorita.

Se puso a silbar mientras esperaba.

56

Abrelatas se quedó dormido en la misma mesa del principio. Blanco lo dejó sin remordimientos. Salió del local intentando caminar lo más recto posible, pero se saltó una grada y bajó corriendo las restantes dos, y estuvo a punto de estrellarse contra la jardinera del enorme gomero del ingreso. Se rio a carcajadas. De inmediato encendió el cigarrillo arrugado que su amigo había abandonado sobre la mesa áspera y aspiró con un placer inigualable. Se dirigió decidido a la casa de la esquina, cruzando la calle con solvencia, y, sin más, se prendió del timbre. Los perros del vecindario comenzaron a ladrar alarmados.

Una ventana del segundo piso se abrió con ruido de maderas viejas e hinchadas por la lluvia. Una voz de anciana le habló desde la oscuridad, muy molesta.

—No hay atención en la semana navideña. Dónde se ha visto. Todas las chicas están en sus hogares.

Blanco apoyó mejor su espalda en el poste de eucalipto de los cables de luz. Se sintió seguro. Aún le quedaba cigarro entre los dedos.

—¿Y usted no se anima? Yo la espero para que se arregle un poquito.

—Estúpido.

La ventana se cerró con un golpe seco. Blanco suspendió las cejas.

Hinchó sus pulmones de aire fresco justo cuando arrancó la lluvia. Se alzó de hombros y comenzó a caminar por el centro de la calzada para así evitar que algún perro le mordiera desde el interior de una verja. Silbó de lo más contento caminando como treinta cuadras irregulares, confundiendo el agua limpia del cielo con su traspiración. Casi no pensó durante el trayecto, pero se rio de todo.

—¡Soy un infeliz!

Llegó a su edificio con un inmejorable estado de ánimo. Bufó hasta el séptimo y golpeó la puerta como una dama. Volvió a golpear. Una vez más. Luego se sentó en la grada y se largó a llorar en completo silencio.

El domingo fue más lento y tedioso que Navidad. Además, Blanco se quedó sin dinero.

El lunes caminó a la morgue desde las siete de la mañana. El mismo policía de la primera vez lo recibió en la puerta. Lo miró con desconfianza, achinando los ojos, y torció la boca para hablar con desdén.

—Esta no es la oficina de desaparecidos. Esa oficina está en Argentina o en Chile.

—Hemos estado escuchando informativos, se nota.

—Además, la gorda ya ha revisado todo. Inclusive al día siguiente, y ese muerto no figura en sus listas.

De todas formas, Blanco paseó por el recinto. Había veinte mesones. Quince cadáveres debido a la farra navideña. En un descuido del policía se recostó en uno de ellos y cruzó las manos sobre el pecho. Primero miró las vigas del techo alto y luego cerró los ojos, lo más muerto posible. Sintió un alivio profundo. La vida sería inaguantable sin la muerte. Pensó en la nada y le dolió la cabeza. Se puso de pie y revisó la cara de los muertos.

Estaba la cholita que murió sonriendo pícara. Y el ladrón que murió asustado por el perro. Estaba la viejita que murió en paz saliendo de misa. Y el ciclista arrollado por un tractor. Estaba la sirvienta de cualquier casa. Y el mendigo del templo del Hospicio muerto de frío. El niño abandonado. La chola violada y degollada. El maleante quemado de la semana pasada. Y el albañil caído del andamio. Un clefero de color azul. El alcohólico guindo y todavía hediondo. Un viejito verde. Un beniano amarillento que murió en la flota de un brevísimo ataque al corazón. Y un hombre de mediana edad, impecablemente vestido de novio, que se suicidó sin más en la víspera de su matrimonio.

Todos fríos.

Una mujer enorme y gorda se trancó en la puerta impidiendo del todo el ingreso del sol. La pared se estremeció de frío y temor absoluto. Cargaba sus papeles sueltos en las manos apretadas contra su descomunal pecho, su cartera colgada del cuello gruesísimo y anillesco, rebotando como globo en su voluminoso diafragma. Sus pies aplastaban un par de sandalias chinas de contrabando.

Frunció la cara, retuvo el aliento y consiguió cruzar la estrechez de la norma estándar para puertas, mirando siempre al intruso.

—Ha estado pasando lista a mis muertos.

Blanco tardó unos segundos en reaccionar del espectáculo.

—Sus muertos gozan de buena salud. Cuidado se le escape alguno.

La mujer lo miró con detenimiento. Blanco se sintió una pelusa.

—Tenga la certeza de que quien entra aquí, no sale más.

Su voz había rugido como un trueno.

—No lo dudo, pero alguna gente se los roba. Yo recuerdo un caso de mis épocas de investigador. Un señor me encomendó unas manos. Nada más. Imagínese.

—No imagino nada. Eran las manos del Ché. Recuerdo ese caso tonto.

Blanco quedó de una sola pieza. Se recuperó al cabo de segundos.

Dijo:

—El chamuscado no tiene dueño. Sigue ahí.

—Si usted quiere puede adoptarlo.

El policía metió la cabeza en el recinto y se sonrió muy contento.

Blanco carraspeó. Se rascó la cabeza tímidamente. También se rascó por dentro de los bolsillos. No era cuestión de sentirse intimidado por nadie y mucho menos por la autoridad.

Enrectó la espalda para intentar mirarla de frente.

—Yo le creo a mi amigo.

—Yo también.

La bella chapaca anunciada por el coronel Uribe arribó al edificio en la cabina misma de un inmenso camión de traslados. De inmediato, varios hombres de ove-

59

rol, brotados todos de la carrocería herméticamente cerrada, se pusieron a trabajar descargando el mobiliario en plena acera y trancando el paso a los muchos peatones de la mañana. Blanco observaba todo desde la azotea. Le parecían hormiguitas trabajadoras.

La beldad ingresó a la farmacia a preguntar lo que el portero ya sabía que debía hacer. Luego salió al garaje, miró al fondo y se dirigió resignada al cuartito con techo de calaminas rojas. Sus tacos resonaron tanto como los tacos cubanos del coronel. Golpeó la puerta muchas veces. Volvió por sus pasos taconeando incómoda y mirando al piso. A medio camino se estrelló con la barriga importante de quien buscaba.

—¡Oh, perdón!

Se miraron a los ojos. La mujer se sonrojó. Tenía la piel de durazno en lo mejor del verano. Blanco casi la olía. Y los ojos de la miel aguada en el río Guadalquivir. Y el cuello se deslizaba suavemente en el esternón y se perdía por colinas y valles detrás de un estúpido botón a punto de reventar.

Estaba vestida de camisa azul, vaquero azul y botas café. Tenía un bolso de tiro largo que le colgaba del hombro izquierdo, y un celular rosado en la mano derecha.

El portero atinó a presentarse:

—Soy Blanco. Santiago Blanco.

Ella se limitó a darle la mano sin apretar. Apenas un contacto leve y rápido como fue el visual. Luego pareció comprender mejor todo.

—¡Ah, usted es el portero!

Blanco asintió. La mano de la mujer ya se le había escurrido como un pez en el agua dejándole la sensación nítida del desaire.

No tuvo tiempo de recomponerse.

—Haga el favor de abrir la puerta del piso tres para

meter mis muebles y colgar las cortinas. A mí me dijeron que usted estaría esperándome.

—¿En la acera?

La mujer se sorprendió al advertir cierta ironía en la pregunta, pero no volvió a mirarlo. «¿Por dónde debemos entrar?», preguntó mientras se dirigía al camión. Dio dos pasos y ocultó sus caderas empujando el bolso a la zona.

Blanco se quedó con las ganas.

—Por el pasillo. Que nadie raspe las paredes.

Dos horas seguidas duró el traslado de los muebles al tercer piso. El conductor parecía tener su experiencia. Primero la cama y se la arman, así la señora descansa cuando guste. Después la cocina, así la señora hierve la caldera y se prepara un té. Después la sala de estar, porque pueden llegarle visitas. El comedor es poca cosa. El escritorio ha de sobrarle porque no veo ni muebles, ni libros, ni mesa de trabajo. Quizá le sirva de depósito. Y su gente obedecía sin chistar. A la gran carrera.

La mujer se había quedado en su piso y hablaba por el celular con un marcado acento chapaco. Es muy bonito. Tiene buena vista, sí. Además hay una farmacia abajo. Es que solo la he visto al pasar. No, pero cualquier rato pregunto. Quiero dormir dos días. Mejor tres. No dejes de llamarme, porfa. «Te quiero», susurró epilogalmente.

Blanco, en ascenso, la escuchó desde el codo de la grada.

Cuando ya no hubo ni un mueble en la acera, el conductor apareció en la puerta del tres y tocó levemente la puerta. Es todo, señora. Firme este papel, por favor. Gracias, señora. No se preocupe, señora. Yo voy a invitar a su nombre, señora. En otra ocasión invitará usted. Y bajó las gradas tan rápido como las subió.

Blanco dejó pasar un momento para tocarle la puerta.

La mujer, que tenía un florero de vidrio entre las manos, lo miró muy extrañada. No abrió la boca y más bien frunció el ceño.

—Estas son sus llaves, linda. No hay horario de visitas. El edificio no se cierra. Funciona todo el día.

La dejó con la boca abierta, pensando en sus palabras. Bajó mirando atento las gradas para no resbalar en ninguna cáscara. Caminó por el pasillo como si el Wilstermann fuera el mejor equipo de fútbol del mundo, y cómo se alegró al ver a la señorita Margarita atendiendo a un cliente.

Ella le hizo señas para que ingresara y la esperara un momento.

En la farmacia había una fila de tres personas. Una señora muy flaca y abrigada para el invierno canadiense estaba frente al mostrador. Requería leche de magnesia porque tenía pesadez en el estómago. Blanco volvió a mirarla. Detrás de la señora estaba una anciana que descansaba en un pie y luego en el otro. Tenía el cabello lila, los cachetes rosados y la boca roja. A ratos suspiraba. Y estaba un señor de bigote que exigía ser reconocido, con el ceño fruncido. Estaba formalmente vestido y tenía el cuerpo recto, típico en quienes se han tragado un palo de escoba. Su apellido era tradicional y latifundista. Hubo un tiempo en que un monseñor almorzaba los domingos en su casa.

Margarita se dio modos para entregar a Blanco un papel y apuntarle, amable, el teléfono negro sobre su mostrador.

Blanco se puso colorado de vergüenza.

Discó y esperó que Lindomar se pusiera al habla.

La chilena dueña del *clande* del séptimo lo saludó al pasar. Blanco seguía en la farmacia porque Lindomar no se hallaba en su casa. Ya estaba sentado de espaldas al ventanal, pero torciendo lo que podía el cuello le era posible mirar a quienes entraban y salían del edificio. La chilena ingresó un tanto consentida. Tenía mirada de pájaro y tetas de una hembra marina. Se había puesto un vestido ligero y calzado sandalias con terraplén muy alto para combatir su pequeñez o casi enanismo. Blanco la observó de frente y de espaldas, y se sonrió satisfecho de la vista.

Volvió a llamar a Chicaloma y le dijeron lo mismo. Lindomar había sido citado por la policía a declarar. Pero que todo estaba bien. La mujer que le hablaba era su concubina y tenían cinco hijos. Todos negritos, claro. Y le sugirió que volviera a llamar por la tarde, después de la siesta, porque el Negro no iba a salir de casa. Nunca lo hacía. Sí, le diría. Y se despidieron.

Margarita lo miraba divertida (y ocupada) desde el mostrador.

—¿Se le está ocultando alguien?

Blanco volvió a enrojecer. La farmacéutica tenía el cabello finísimo, tan delgado como la telaraña, y lucía siempre chascosa. Era morocha, como las orientales, de cuerpo torneado y bondadoso, y le sonreía. Le coqueteaba naturalmente.

—Yo soy un investigador retirado.

—Las vocaciones no nos abandonan nunca.

—Lo mío fue por necesidad.

Ah. Margarita revisó sus papeles y caminó hasta el otro extremo del mostrador. Allí también revisó papeles y comenzó a preparar unas bolsas de medicamentos. Cuando concluía, las anudaba y anotaba el apellido de la familia. Una moto-taxi pasaría a buscarlas luego.

—¿Qué hubiera estudiado, entonces?

—Nada. Me hubiera quedado en Punata.

63

Porque allí vivía su tía Julieta y ella tenía una finca grande, herencia de su madre. Seguramente hubiera plantado maíz y tendría muchos hijos con María. Todo eso pensó en unos segundos, sin reparar que su tía vendió la finca y se quedó con la casa de adobe y nada más. Y que María amaba a un abogado arrogante y falso como billete de alasitas. Una mente criminal y manipuladora. Lo más cierto sería que tendría su chichería y que tendría su chola vital. Desde ahí vería pasar a los muertos. Un día pasaría su propio cadáver.

—Yo no conozco Punata, ni nada del Valle Bajo. Me gustaría visitar esos pueblos. Comer ahí.

A Blanco se le iluminó la mirada.

—Yo la llevo el domingo. Vamos a visitar los cuatro pueblos.

Margarita se quedó mirando sus cosas. Meditó. Lentamente levantó su mirada para contestar.

—Oh, gracias. Acepto, pero ojalá estemos de ánimo porque este jueves es Año Nuevo. Seguro que todos vamos a estar de fiesta. Quizá no llegue a recuperarme para el domingo.

Se rio traviesa.

Blanco asintió. Él se quedaría en su cama y escucharía los cohetes y bombas de la gente. Ni siquiera podría dormir. ¿Cuándo llegaría Gladis? Ni atisbos para fin de año. Que se quedara en Navidad estaba bien, porque su nietito. Pero Año Nuevo era para los viejos. La gente abría botellas de cidra y brindaba. Se farreaba. Se ponía a bailar. A las doce se abrazaba feliz de alguien. De todos.

—Usted me avisa el sábado. Tomamos un colectivo y nos vamos a las siete de la mañana. A las cinco de la tarde estaríamos de vuelta.

Margarita pareció ilusionarse. Visitar los pueblos coloniales antes de que se vuelvan polvo. Quizá se podría comer pichón, trigo pelado, quesito de chancho. Santiago sabría aconsejarle. Y visitar la casa de Melgarejo y la de Barrientos. Mirar la represa repleta de agua. Era un buen plan.

—Yo creo que nos animamos este domingo.

Blanco se alegró. A las siete en la parada de la avenida República. Y comentó que arrancarían en Cliza, pasarían por Tarata, por Punata y luego por Arani. De allí mismo se volverían hasta Cochabamba. Comerían todo y visitarían iglesias. Se sentarían en los bancos de las plazuelas para saludar a toda la gente. Respirarían aire puro.

No había nada más que hablar. Blanco volvería en la tarde para hacer uso del teléfono. Ella le hizo una seña de que sí. Por eso salió tan petulante como entró a la farmacia. Volvió a trepar al tercero y se sorprendió de que la puerta estuviera semiabierta.

La chapaca hablaba por el celular.

—¡Oiga, coronel, las cosas que usted me dice! Si es tan machito podría decírmelas de frente. No me haga reír. Bueno, está bien. Déjeme organizar mis cosas hoy, y mañana me llama. ¿Quién? ¿Y querrá? Lo he hallado un poco levantisco, chúcaro, como decimos por allá. Le ordeno, ajá. Adiós.

Blanco subió al cuarto por precaución. Luego decidió trepar hasta la azotea. Miró la ciudad con los ojos de siempre. Muy al sur, la costra quieta del *smog*. Polvo de ladrillo, tierra y heces fecales. Al centro, los edificios y los petardos, las bombas. Quizá las granadas de gas. Al norte, las avenidas y recuerdos de la campiña que duró hasta los sesenta. Pensó que así sería por el resto de la vida, porque la ciudad quedaba lejos del mar y el progreso. La Paz seguiría desarrollándose con la inventiva

65

aymara. Y Santa Cruz con la plata del Estado. Los restantes departamentos continuarían su siesta.

Las palabras de la chapaca asentaron por fin en su cabezota. Lo había interpretado bien. Levantisco. Chúcaro. Seguramente esperaba que se le batiera la cola. Uribe se aparecería pronto para regañarlo, pero él estaría en su puesto de combate y le daría batalla frontal.

Volvió a bajar las gradas, aunque más lento que nunca, y se persignó en el quinto. Acercó el oído a la puerta oscura para escuchar el murmullo de ánimas de la señora Lobo, pero el departamento albergaba el silencio de un féretro.

Tocó la puerta.

Un momento después, la puerta se abrió.

—Señora Lobo. He venido a preguntarle si todo está bien.

La señora viejita lo miró a través del humo grisáceo de su cigarro. Le sonrió complacida por su preocupación. Le franqueó la puerta. Pase usted y tome asiento. Puedo invitarle a café en grano, más un cigarrillo, y le averiguo algo de su futuro. Suspendió las cejas a la espera de una respuesta. Blanco ingresó sonriente al departamento y pronto respiró incienso y humo de alas de murciélago del trópico. Se detuvo respetuoso en el pequeñísimo altar de ladrillos con dos velas encendidas, a los pies de la columna del albañil, y se persignó.

Se dio cuenta de que no sabía rezar completo.

—¿Todavía se comunica con el pobre?

La viejita contestó desde la cocina:

—Es un charlatán. Nos charlamos de lo lindo. Me cuenta las matufiadas del coronel. Y además es juguetón. Hace cloquear sus huesos cuando tengo visitas. Si viera cómo las asusta. La Amparito Alvear, viuda de Santisteban López, ya no quiere venir. Pobrecita. Dice que tiene pesadillas.

Blanco se sentó en la mesa del comedor y se quemó el

paladar con el primer sorbo del café caliente. Pasó por alto el accidente y encendió feliz el cigarrillo. No debía desprender la ceniza, por lo que fumó como señora: la punta del cigarro dirigida hacia el techo.

—Uribe ha hecho mucha plata con el servicio de identificación, con la pichicata y los autos robados. Este pobre hombre lo descubrió y mire dónde descansa ahora. A veces llora, porque ha dejado mujer e hijos. ¡Si usted lo escuchara! Yo se lo rezo para que se resigne. Ya no hay nada que hacer.

Blanco hacía argollas de humo y sorbía el café caliente. El cigarrillo no dejaba de apuntar al cielo para conservar la columna de la ceniza. Todo lo que afirmaba la señora se lo había contado el albañil. Y era correcto. Él podía corroborar y hasta complementar. Había realizado una investigación exhaustiva en su momento.

—Hum, una buena mujer te extraña. Qué afortunado. Esa mujer llora cuando te recuerda. Está muy lejos. Tienes estabilidad laboral. Vives bien. Algo solo. Ahora deja caer la ceniza en este cenicero limpio. Hum, confirmo lo de la mujer. Pero por aquí veo unos sobresaltos, y algo de angustia... la buena noticia es que hay luz radiante al final del túnel.

Blanco se preocupó. Se acomodó mejor en la silla. Aplastó el saldo del cigarrillo antes de llegar al filtro. Tomó lo que quedaba del café.

La señora Lobo tenía unos ojitos dulces, quizá verdes. La piel de su cara estaba muy arrugada, fruncida, lo que la ayudaba a ganar en ternura. Parecía un durazno olvidado al fondo del cajón. Le gustaba caminar por el edificio, siempre abrigada, con sacón de lana, y enfundaba los pies en unos zapatones de franela.

—Uribe no sube a cobrarme la renta. Yo se la dejo con Margarita.

67

—Debe pensar que usted es una bruja.

—Seguro que sí, pero tú también piensas lo mismo y me visitas.

Blanco se puso de pie. Ya iba siendo hora del almuerzo, y la barriga le sonaría como motor viejo. Se despidió muy agradecido y bajó con calma y en silencio las gradas, con las abarcas en la mano.

Pero en el tercero lo esperaba la mujer chapaca apoyada en el marco de la puerta. Tenía un jarrón muy fino entre las manos (los dedos blancos y las uñas violentamente rojas) recién desempolvado. Al verlo *enrectó* todo el cuerpo para destacar su porte.

Blanco la saludó con la cabeza y siguió su camino.

—El coronel Uribe indica que usted me ayude a mover los muebles.

Blanco se detuvo cerca del codo de las gradas rumbo al segundo.

No la miró:

—Que me lo diga a la cara.

La mujer descompuso la belleza de su rostro con la furia. Estuvo a punto de soltar el jarrón. Atrevido. Insolente. Ella le haría saber al coronel de su respuesta. Y desapareció al interior de su departamento con un golpe de puerta.

Lindomar tampoco volvió a su casa por la tarde. Su concubina había ido a buscarlo a la policía y lo encontró detenido en la única celda, aunque con la reja abierta. Alguien de La Paz había dado la orden. No le quisieron decir quién. Ella se reía de la situación porque los policías eran amigos de su negro y le gritaban cosas al pasar. Pero luego le dijeron que quizá se lo llevarían a La Paz y ella se puso a llorar. Sus chiquilines seguían jugando a su alrededor porque no entendían nada.

Blanco llamó al Américas buscando al Abrelatas. Le contestó la voz de caverna del otro mozo. Blanco reaccionó de inmediato buscando a doña Valica. A los segundos le contestó ella.

—Llamo para agradecerle el servicio de la otra noche, doña Valica. Le dejé el importe con Quiñones.

—Sí, me lo ha dado. No hay de qué. Pero me debe de la curación en la frente del otro. Han tenido que hacerle un corte, dejar que salga el humor y ponerle puntos. Usted había sido de buena mano, pues.

—Se me pone pesada en las causas justas.

—Me ha costado convencerlo de que no lo denuncie a la policía.

—Debería dejarlo. Yo lo denunciaría por racismo y discriminación.

Doña Valica guardó silencio.

—Bueno, ahí que se quede todo —dijo.

69

Blanco asintió con la cabeza. Margarita atendía a un hombre gordo que sufría de acidez. Se frotaba la barriga y acariciaba lo que bien podía ser el lomo de una hernia de hiato bien desarrollada. Vació un sobre de polvo blanco en un vasito desechable, esperó unos segundos y se lo tomó. Seguro que le aliviaría el ardor, pero inmediatamente le comenzaría el hambre. Su vida era eso: dolor y hambre. Él comería unas salteñas, unas empanadas, un picante de cualquier cosa, y le volvería a doler.

Margarita lo escuchó muy atenta. Debía consultar al médico porque de seguro necesitaba un tratamiento. Le iba a vender unos sobres más. Y un tónico para plastificarle el estómago.

—Aguántese de comer y vaya corriendo al médico.

—Imposible. Lo único que no resisto es la tentación.

—Entonces coma blanco. Es delicioso comer sano.

Blanco sostuvo el auricular del teléfono con una mano. Con la otra llamó la atención de Margarita. Se golpeó el pecho indicando que él era un Blanco, ofreciéndose como comida para ella. Sano. Rebosante. A veces con leve cojera en una de las piernas. Nada importante. Se le pasaba con reposo e indiferencia.

Margarita lo amonestó por burlarse con un gesto de la cara.

—Hola, hola. Se ha *chipado* la comunicación.

—Doña Valica: ¿me permite hablar con Quiñones?

Después del gordo estaba el señor solterón que caminaba del brazo de su madre anciana. Tenía cerrados todos los botones de su camisa limpia, inclusive uno del cuello cabalgado sobre la gruesa manzana de Adán. Miró con ojos huidizos a Blanco y comenzó a traspirar de la frente amplia como temiendo lo peor. Su madre lo timoneaba con su mano huesuda, lunareja. Querían pastillas para la taquicardia. La anciana deseaba seguir viviendo lo más largo posible, por su hijito, para acompañarlo en esta vida cruel. Uno acompañaba al otro. Y viceversa. Se habían quedado solos, uno por culpa del otro.

—¿Sí?

—Escuchame, Abrelatas. Solo tengo intuiciones, pálpitos. Necesito la cédula de identidad de tu hijo.

—Oiga, jefe. Deje en paz a mi hijo. Ya está muerto, ¿entiende?

—Bruto. ¿Acaso no quieres encontrar su cadáver? El sábado estabas llorando como mujer.

—Lloro porque soy viejo. A usted también lo he visto lagrimear sin que se dé cuenta. No significa más que eso.

—Ah, caray. Ya te intimidaron. O sea que voy por buen camino.

Abrelatas colgó la comunicación. Blanco se quedó mirando la bocina y temblando de rabia. Giró el cuerpo para irse de la farmacia y no reparó en la presencia del coronel Uribe a su lado. Se pasó de largo.

—Oiga, poeta.

Uribe lo tomó del brazo y lo llevó al fondo del pasillo taconeando sin vergüenza. Sus pasos resonaron más debido a la cerámica. Se detuvieron en el sector oscuro, cerca a las gradas, porque no encendían ninguna bombilla durante el día.

En ese rincón le habló de muy cerca, casi punzándolo con las agujas de su bigote entrecano y cepillón.

—Oiga, so carajo, usted es un malagradecido. Yo me desvivo para que viva como un rey y usted es incapaz de hacerme un simple favor. ¿Acaso no le dije que fuera amable con la chapaca?

—La he querido mimar y no se ha dejado.

—Es mi pretendida, ¿me entiende? Me la he traído aquí para sacarle el jugo. ¿No ha visto que vale la pena? Además es de juerga. Inclusive canta. ¿Puede ayudarme? ¿Puede hacerme quedar bien con ella? Es todo lo que le pido.

—No es poco.

—Pero hágalo, carajo. O se me va a la calle.

—¿Del brazo del albañil? O con los papeles de su prontuario…

El coronel Uribe apretó los dientes para concentrar toda su furia en los ojos. También lo apretó aún más del brazo. Comenzó a temblar y se le escapó un hilo de baba por la comisura izquierda. De inmediato volcó los ojos y Blanco se quedó mirando dos globos sanguinolentos y venosos.

Al cabo de un momento se tranquilizó.

—Usted no actúa como un amigo.

—No soy su amigo.

—Entonces actúe como mi empleado.

—Tráteme como a su empleado.

—Está bien. Me rindo. Escúcheme: ¿podría usted, Blanco, colaborar con la mujer del tercero? Se lo pido por favor. Es muy importante para mí. Qué me dice.

—Solo si ella me trata con cariño.

—Lo tratará como a su niño.

—Además usted tendría que hacerme un favor.

El coronel Uribe se fue del edificio a media tarde. (Blanco observaba todo desde la azotea.) Bajó las gradas del ingreso de peatones y se quedó en la acera alisándose el poco pelo que le quedaba. Desde la altura se divisaba con claridad su calvicie de hostia en la coronilla. Dubitó unos segundos. Se subió a su vagoneta y se marchó.

Todo resultaba obvio. Se había dado una ducha y tenía puesta la ropa con la que llegó a visitarlos. No solo eso: dio un pequeño brinco juvenil en la grada y se dirigió a su voluminosa vagoneta como un campeón. Arrancó rápido y torció en la esquina rumbo al norte. Ya no se le podía ver.

Blanco consideró que había llegado la hora de trabajar. Bajó como un gato sin despertar a la viejita del telescopio y sin alborotar el gallinero del séptimo, y ni respiró en el piso del canario hare krishna. En el quinto se persignó y oró por toda la humanidad, y en el cuarto se dio de bruces con el dramaturgo de los ojos celestes y abismales. Se miraron intentando decirse algo, pero no les fue posible. El dramaturgo corrió gradas abajo brincando como un salvaje asustado y pronto se le escuchó cerrar la puerta de la calle con un sonoro golpe violento. Luego cruzó audazmente la avenida dando de alaridos y brincos. Espantando a la gente. Desapareció por la esquina.

En el tercero tocó la puerta y sonrió desde antes de que le abrieran. La mujer se sorprendió de verlo así, como en fotografía. Ella le franqueó la entrada y le hizo una seña de que lo esperara. Podía sentarse en cualquiera de los sofás. O mirar desde los ventanales. En fin: lo que quisiera. Estaba en su casa.

La mujer se estaba secando el cabello y estaba cubierta de un salto de ducha. Tenía los bellos pies descalzos. Por eso Blanco entristeció cuando la vio desaparecer en algún cuarto. De inmediato caminó tras su densa huella aromática y se llenó los pulmones de felicidad. Jabón y piel. Sueños. Piel. Piel. Piel.

Se soltó en un sofá con los ojos cerrados. ¿Hace cuánto que no veía a Gladis? ¿Seis meses? ¿Siete, quizá? Mucha hambruna. Con menos tiempo que ese algún otro tomaba la decisión firme de volverse maricón. Tendría que solicitar socorro, a crédito, a la chilena. Y mejor si se desahogaba con ella, que parecía experta, y no con ninguna de las otras muchachitas que no colmarían su expectativa de servicio.

Todavía especulaba con los ojos cerrados cuando reingresó la bella y se le plantó delante. «Usted se está durmiendo». Blanco saltó del sofá y se puso en posición de firmes.

—Blanco. Santiago Blanco.

La saludó.

La mujer se sonrió pero captó la intención del hombre.

—Liliana Wenninger. Mucho gusto.

Se dieron un apretón de manos.

El sofá grande ocupaba todo el largo de la pared que separaba la sala de la cocina. Liliana Wenninger lo prefería así. Si se ubicaba el comedor en ese lugar, se desperdiciaba la pared y el sofá hubiera trancado el paso a los ventanales. Y los dos sillones se ubicaron frente al grande. Al centro la mesita de vidrio. Blanco posicionó los muebles sin

73

ninguna ayuda. La mujer tenía las uñas postizas y continuaba descalza. Por eso se limitaba a apuntar con el dedo. Por aquí. Por allá. Probemos con este otro. Mejor cambiemos. Y el mueble más liviano pesaba como un muerto.

También reacomodaron la cama. Era inmensa y pesaba un poco más que un elefante después del almuerzo. Blanco comenzó a traspirar. Tenía los brazos temblando. Igual que las rodillas. Por último, se dejó caer entre las sábanas muy hecho al jugueteo. Liliana Wenninger lo puso de pie con dos o tres golpes de almohada.

Después se sentaron a tomar un café y fumar un cigarrillo.

Blanco emuló a la señora Lobo.

—Veo una futura felicidad. Hay un mal hombre que vigila tus pasos con celo profesional. Está al acecho. Y veo muertos. Y dinero. Ese hombre falso debe desaparecer de tu vida porque te hace daño. Mucho daño.

Liliana Wenninger se puso a llorar inconsolablemente. Escondió la cabeza entre los brazos y no asomó como cinco minutos mientras el cuerpo se le sacudía. Blanco se sorprendió. Su juego había llegado demasiado lejos al parecer.

Lindomar Preciado Angola no volvió a su casa el martes, tampoco el miércoles ni el jueves, último día del año. Su concubina iba a la policía por las mañanas y por las tardes, llevándole comida. Al negro le gustaba comer picante de gallina con plátano hervido. En eso era muy yungueño, claro, y muy chicalomense. Con arroz y yuca. Se sentaban a la sombra de un alero del patio y él comía con hambre. Su concubina lo miraba. Y conversaban. Los policías pasaban por su lado pero no los molestaban.

La concubina le dijo a Santiago Blanco que el lío empezó cuando su negro fotografió el cadáver del colgado. Por puro morboso, oiga. No tenía cara, porque las hormigas y los gusanos se lo habían llevado todo. Seguro que fue eso lo que le impresionó. Y el cuerpo era cualquier cosa. Un tullido raquítico. Pero los policías paceños nos cayeron en la noche exigiendo que les mostráramos la máquina fotográfica o el celular. Cómo se enojaron por eso. Uno de ellos golpeaba a mi negro en la cabeza, todo el tiempo, con una madera. La mujer quiso defenderlo pero otro la agarró de los cabellos, con lo difícil que era. Pero usted sabe, señor, lo terco que es mi negro. No abrió la boca ni les dijo que sí tomó las fotografías o que no. Creo que ni se quejó de dolor.

«Te vamos a matar», le decían. Alguno se aproximó a mis niños con mala cara, pero ni siquiera llegó a agarrarlos. Después se cansaron de tanto hacer lo mismo y se lo llevaron a la oscuridad. Yo solo escuché el ruido de un motor y se fueron en la noche. Sus focos parecían luciérnagas cuando ya trepaban por la colina. Al amanecer me lo devolvieron cojeando. Hinchado de la cara y con un dedo de la mano roto.

Pero el lunes lo llamaron para que fuera a declarar a la policía, y ya no salió. No habla mucho, pero me ha encargado decirle «misión cumplida» y que lo espere un poco. Él le tiene muchísimo aprecio a usted. Dice que es un orgullo haber sido su ayudante.

Un largo silencio se instaló en la comunicación.

—¿Me puede decir por qué?

Blanco se secó una lágrima y pensó en el Abrelatas. Margarita, que lo observaba entre clientes, le regaló un pañuelo de papel con perfume. Y le sonrió muy solidaria.

—Me estoy poniendo viejo. Lagrimeo de nada.

—Quizás es solo cuestión de gotas.

Margarita se le echó encima con un gotero de agua

blanca y un poco de algodón. Blanco quedó temblando al verla tan cerca suyo. Unas hebras muy finas le cayeron al rostro, y sus ojos se juntaron hasta convertirse en uno, como los cíclopes. En ese mismo impulso le sintió el aliento. Luego se dejó secar las gotas con el algodón. Una caricia inolvidable.

Más tarde fue a la morgue en busca de la fiscal. La encontró sentada a la sombra de un paraíso en el parque, al otro lado de la acera. Cruzó con el temor de ser arrollado por el tráfico vehicular.

La fiscal comía un relleno de papa con queso. El aceite goteaba a sus papeles y los dejaba transparentes. La letra desaparecía. A ratos se limpiaba los dedos en los mismos papeles. Y miraba cómo fluía el tráfico vehicular ya sin remedio. Los vehículos se habían convertido en propietarios de toda la ciudad.

Blanco sintió que se le hacía agua la boca.

—Hemos donado al chamuscado a los muchachos de medicina. Ya no debe haber nada de él. Su amigo Quiñones no me ha buscado.

—Esta tarde voy a tener la ficha técnica de su hijo.

—Uno de los policías que recogió el cadáver es mi alumno de Derecho y me debe un examen. Estoy esperando que se me acerque. El portero de la noche se niega a hablar. Es mejor no insistir.

—Ya están sobre aviso.

—Le regalo esta estupidez para que se distraiga esta noche. El ministro es un payaso.

—Hay gente que le cree. En la plaza principal rezan por él.

El coronel Uribe lo llamó a bocinazos a las siete de la tarde. Todavía había luz natural y la ciudad lucía como una postal bien hecha. La colina de San Pedro era la más beneficiada. Los tenues rayos del sol morían sobre su ladera cubierta de una maleza reverdecida por las lluvias. La laguna Alalay se estremecía como una piel acariciada por mano inteligente. Los pajaritos trinaban mientras se acomodaban en el enorme sauce llorón de la acera del frente. Los perros vagabundos roncaban de hambre y sueño en su inmensa sombra.

Blanco, inmóvil en la azotea, suspiraba con tanta poesía.

Los bocinazos desde la acera sonaban impacientes. Uribe tenía varias tareas que cumplir para su fiesta de Año Nuevo. Debía recoger el cerdo con receta alemana y el postre de maracuyá, las tres botellas de champán y el cajón de vino espumante francés. Su mujer estaría comprando los pitos y la docena de sombreros cucuruchos para las fotos de medianoche. Sus hijos estarían buscando afanosos los calzones rojos, las uvas y las rogativas en el internet para esperar, con confianza, el nuevo año. Alguna maleta vacía ya estaría detrás de la puerta. Alguien la llevaría a dar una vuelta por el barrio.

—Se está volviendo lento, hombre. Aquí tiene la carpeta completa. No se olvide que yo no sé nada. Si lo he visto no me acuerdo. Y aquí está toda su paga de diciembre. Hágasela durar. Usted se dedica mucho al morfe.

Blanco asintió. Él escuchaba los consejos y agradecía. Batía la mano cuando la vagoneta partía como un enorme hipopótamo y torcía la esquina. Todavía agradecía cuando leía la ficha: Pedro Quiñones, n. 1990, 1,71 cm y 68 kilos, tez morena, cabello y ojos negros, cicatriz en pómulo izquierdo, tres muelas de oro, prontuariado por robo menor el año 2008, condenado a cuatro años en San Sebastián por asalto a mano armada sin consecuencias. Especialidad: autista. Miembro de banda internacional, sin comprobar. Foto de frente con un número en el pecho y foto de perfil. Gesto criminal. Bajo permanente investigación.

En el sobre estaba su dinero. Blanco lo contó en segundos, porque el haber básico no daba para más.

Se sentó en su cama para mirar televisión y por supuesto que toda la prensa hacía la cobertura de la víspera y llegaría al descorche típico y hasta una hora más. Se podían ver los programas del año pasado, y todos los años anteriores, y era lo mismo. La gente gritaba, brincaba y se ponía contenta. A medianoche discurseaba y lloraba. Se daba de besos y abrazos. Generaba buen ánimo para comenzar de nuevo. La esperanza renovada. Cosas así. La mismidad.

Sus ojos continuaron mirando las imágenes pero pronto se abstrajo en sus propios pensamientos e intuiciones. Una modorra comenzó a ganarle el cuerpo y luego un sopor. Las sombras densas del sueño descendieron a su cabeza poco alerta y comenzó a roncar con los brazos cruzados sobre el pecho. El cuello chueco.

Lo despertaron los petardos de medianoche. Y los ladridos de tanto perro asustado.

La fiesta estaba en su apogeo. Salió de su cuarto rumbo a la acera y se encontró con un grupo de jóvenes que caminaban apurados hacia el este. Casi todos tenían una botella en la mano, salvo las señoritas que caminaban con dificultad por los tacos altos, los vestidos cortos y estrechísimos. Sus piernas lucían como columnas sólidas de carne prieta. Blanco se asustó de su imaginación delirante.

Un hombre giró alrededor del kiosco lentamente. Quizá pensaba en echarse a dormir en su retaguardia. Sin embargo, lo más probable era que se pusiera a mear, como mínimo. No había un mingitorio en el área, y por supuesto que el mercado de las cholitas estaba cerrado. Blanco se sintió de lo más bien comprendiendo la situación.

Algunos vehículos corrían por la avenida bocineando. Querían que el mundo entero lo supiera. Su felicidad consistía en una botella descorchada, una minifalda a su lado y el vehículo de papá. Bocineaban y chillaban con mucho de convencimiento. Esa era la felicidad. Por fin la habían alcanzado.

No pasaba nada más. Seguramente comenzaría a llover temprano en la mañana. Algunos refucilos así lo indicaban. La ciudad estaría muerta y alguien recogería borrachos de las calles. Quizá la policía. Los muchachos de padres pudientes irían a tropezones a comer fricasé de chancho al local de moda. El rito completo. Y por fin se irían a dormir.

En horas, todo el mundo sabría que la vida seguiría igual.

Fragmento de declaración del ministro ante el fiscal

Se rodeó un perímetro de tres kilómetros con fuerzas capacitadas en lucha contra guerrilla urbana. Las bocacalles, las azoteas de los edificios y puntos estratégicos. No se cortó el tráfico todavía. Se dejó a alguien a cargo de ese gran anillo. Se rodeó el barrio de igual manera, con mucho cuidado y con gente especializada en armas de precisión. Se dejó un jefe. Todo en las sombras, porque estamos hablando de las tres de la mañana. Los quince hombres de la acción central se aproximaron al hotel desde ambas esquinas de la calle. Se mimetizaron en las sombras y en el monte de bolsas negras de la basura, y esperaron la orden. Dos hombres redujeron a la gente del mostrador. Otro hombre buscó al de seguridad del hotel y no lo encontró. Se quedó al acecho. Ingresaron en fila los restantes y subieron las gradas como gamos. Uno continuó hasta el noveno piso y allí se quedó durante la acción. Otro se quedó en el séptimo. Uno no ingresó y se mantuvo atento en la puerta para ordenar a los huéspedes curiosos, llegada la hora de la trifulca, que se metieran en sus cuartos y se cerraran con llave.

Abrimos la puerta con una navaja especial, señor juez, e ingresamos como una tromba. No necesitábamos encender la luz porque teníamos los anteojos de visión nocturna. El ruso o croata reaccionó de inmediato y saltó de la cama en un segundo. El belga se asustó y apretó el gatillo sin mirar, y fue ultimado en el acto. El irlandés nos engañó, porque quiso rendirse pero se metió bajo la cama y descerrajó su arma. Uno de los nuestros le cayó en la espalda y quiso maniatarlo, pero no se dejó y por eso se le cortó el cuello y se lo remató con bala en la nuca. El ruso o croata comenzó a dispararnos desde el baño, parapetado en la tina, y nosotros le reventamos una granada de gas. Todavía nos disparó unos minutos, pero luego comenzó a vomitar y maldecir. Nosotros le disparamos en la cara.

Cuando comprobamos que la misión estaba concluida, dimos parte y desaparecimos del hotel. El anillo grande se cerró y el barrio fue patrullado por militares.

El ministerio convocó a conferencia de prensa in situ. Expuso todas las armas de los terroristas. Expuso los vídeos, las computadoras y hasta el lote de celulares. De allí son las fotografías. Y mostró los cuerpos con toda la restricción de ley porque a veces los medios no reparan en los niños. Ya se sabe.

Estos sujetos fueron traídos de diversos lugares para comandar toda la acción terrorista. Eran mercenarios con frondosos antecedentes. Alguno estuvo en la guerra de los Balcanes. Su intención era generar zozobra en la ciudad de Santa Cruz y que la violencia creciera. Sabían de armas, sabían preparar a los novatos y sabían de estrategias militares. Eran un peligro real para la patria, señor juez.

Sus aliados criollos eran connotados regionalistas y oportunistas, se sabe. Unos más que otros, pero ninguno de ellos pensaba en Bolivia. Hace algunos años que se vino tramando esto, cuando cambiaron al presidente del comité cívico (un buen hombre) y colocaron, en su lugar, a un pistolero llegado de los Balcanes, precisamente. Allí empezó todo. Buscaron ponerse en contacto con los mercenarios y se organizaron con tesorería y logística. Cuando se posesionó el presidente, se puso en marcha el plan. Primero muy lentamente. Trabando aquí, imposibilitando allá. Chantajeando. Peleando por clarificar su propio liderazgo. Después ejercitando acciones más duras, más audaces, impropias en un régimen de Derecho. Usted recordará cómo nos extrañamos con el bombazo en casa de una autoridad eclesiástica. Pero nosotros también empezamos a trabajar. Infiltramos gente, hicimos labor de seguimiento, nos fuimos enterando de nombres y de planes. Y advertimos que varios querían ser el líder supremo y se ponían zancadillas, y se daban la espalda, y luego a uno de ellos se le ocurrió meter bala a los campesinos en la selva, y el otro ordenó un reventón, y un tercero huyó, y el cuarto y el quinto. El gobierno se sostuvo con acciones precisas, muy firmes. Por eso es que esperamos el momento oportuno para atacar el cuarto del hotel. No podía ser antes ni después. Y los terroristas cayeron en la balacera. Nadie puede decir lo contrario. Y menos lo que vienen diciendo estos graciosos: que el gobierno trajo a los mercenarios para justificar su represión cruenta a los líderes naturales de la región. Nada de eso puede ser cierto. ¿Y sabe por qué? Porque no se ex-

81

trañe que muchos de esos líderes terminen trabajando con nosotros en cuestión de años. De hecho, algunos ya lo están. No sé si ha leído el periódico últimamente. Nosotros queremos la unión nacional. El partido único. Y ellos quieren dinero.

Blanco no pudo dormir. Se levantó de la cama, se montó en sus abarcas de indio y se fue a la ducha con una toalla desflecada colgada del cuello. La ciudad se acomodaba para dormir, aunque todavía reventaba uno que otro petardo loco, y a ratos se escuchaba el bramido de algún vehículo estúpido a toda carrera en la avenida.

Salió a la calle vestido como para una conquista, pero en la puerta no supo ir a derecha ni izquierda. Cruzó la avenida y se dirigió hacia el puente de Cala-Cala. En el camino se encontró con una chifa que le provocó risa y burla. Un poquito de arroz. Un poquito de fideo. Un poquito de cerdo. De carne de vaca. Y de pollo. Pero uno no se llenaba nunca. Era sospechoso, además, que a las mujeres les gustara tanto. Y unos pasos más allá había una hamburguesería abierta. Doble carne, doble queso, lechuga y tomate, y un pan que parecía hostia, más siete papas fritas. Costaba como un pique macho en el Américas. Por algo les gustaba a los niños.

Siguió caminando pensando en eso. La comida de las mujeres y la de los niños. A las mujeres les gustaba picotear sabores. Alzaban la cabeza, se apretaban los labios, sacaban la punta de la lengua y quedaban satisfechas. En cambio los niños calculaban. Les gustaban los colores de las comidas y su porción chiquitísima, y se animaban porque casi de inmediato volvían al juego. Él, en cambio, vivía la comida como una gran experiencia múltiple. Olores, textura, sabores, sensaciones, deglución. No exa-

82

geraba si afirmaba que el placer continuaba en el inodoro, un rato largo, y mucho mejor si con un afortunado suplemento cultural con artículos extranjeros.

Después se tenía una churrasquería tras otra despachando buenos y perforantes olores, pero había que ser gaucho, de esos que contaba el sabio D'Orbigny. Carne gruesa y sangrante, inevitable dejar saldos enormes para las aves carroñeras. Como los perros de la calle. (Blanco peló las encías por su ocurrencia.)

Casi en la esquina escuchó el canto de una mujer. Se detuvo. Era una voz gruesa y ronca, pero con polenta para toda la noche. El canto se filtraba por unas ventanas del segundo piso tapiadas con cartón. Un bolero repleto de verdades. Se veía sombras de gente y alguna alegría. Caminó otro poco buscando la puerta de ingreso. Se encontró de sopetón con un gorila rubio y de ojos verdes, sentado de lado sobre una moto inmensa. Blanco lo miró en detalle intentando averiguar si era el portero. Tenía una gorra de aviador de su papá, una ceja de sien a sien, la nariz tan aplastada que era muy posible que se la chupara por las noches, y un bigote grueso y caído de las puntas como cualquier sucio sauce llorón del río.

—Solo muéstrame que tienes dinero, hermano.

—Créeme que sí.

—Muéstramelo. Estamos cansados de hacer farrear a vagos. Luego el dueño nos descuenta del sueldo. Hazlo por consideración a mis hijos.

Blanco metió la mano a su bolsillo delantero y mostró un fajo simple de billetes. Lo volvió a guardar contento y quiso abrir la estrecha puerta de la verja, pero se le vino abajo con parte de la pared de ladrillos.

—Déjala, hermano. Un accidente lo tiene cualquiera. Además, estaba solo puesta desde hace unas horas.

Subió diez peldaños sin codo y se detuvo ante la

puerta. La abrió en el momento en que alguna gente aplaudía. Era un ambiente oscuro, de luces indirectas y pobres. Una pantalla gigante brillaba en la pared del fondo, y el micrófono iba a las mesas de la mano de una señorita flaca y huesuda sin ninguna gracia.

Blanco se acomodó en el taburete del bar. Pidió una cerveza. Alguien comenzó a cantar muy feo, con el mismo timbre de los patos negros en las lagunas. La letra de la canción le ganaba en velocidad por una línea, pero a él parecía importarle poco. O nada. Terminó de cantar cuando la pantalla estaba granulada desde hacía un buen rato.

Blanco pidió otra cerveza y se preguntó si en esa pocilga habría baño o agujero. Una mujer cantaba una canción moderna y lo hacía muy bien. La gente la aplaudió en media interpretación. Ella se puso de pie y continuó su canto, pero actuando, y se volvió cursi, como esas niñas declamadoras. Al final del tema nadie la aplaudió. «Gracias», dijo ella, de todas formas. Puso cara de contenta a sus amigos.

Blanco pidió su tercera cerveza. «¿Hay baño en el boliche?» Había, pero estaba ocupado. La luz roja. El hombre se la apuntó. Se podía entrar con la luz verde. El hombre mostraba satisfecho su instalación. Así nadie tocaba la puerta interrumpiendo al usuario. Parecía otro país. Suiza, quizá.

Un hombre mayor cantó una canción que decía: «Cachito Cachito, Cachito mío, pedazo de cielo que Dios me dio», y la gente se rio con todas sus ganas. El señor continuó hasta terminar. La gente lo aplaudió con gran entusiasmo.

Blanco pidió su cuarta cerveza. El del bar le dijo que sí, que con todo gusto, pero que fuera pagando lo que debía. Eran las reglas del local. Uno se descuidaba un rato y

84

ya no encontraba al borracho. Había que cubrir la deuda. Así que poniendo y todos contentos.

La lucecita del baño desapareció detrás de una inmensa sombra por un buen momento. Blanco se desorientó. La buscó aguzando la vista y nada por donde debía estar. No desconfió de sus ojos operados y probados. Ya tenía años con las lentes substituyendo los cristalinos debido a una catarata precoz. Solo que la luz no había. Iba a preguntarle al hombre orgulloso si era posible que se arruinara su ingeniosa conexión de cables, pero la luz se destacó con brillo cuando la sombra se asentó.

El micrófono se dirigió precisamente a esa mesa.

Blanco ingresó al baño pero oyendo todo.

La voz se aclaró la garganta y resquebrajó el cielo falso. La gente se le calló con gran expectativa. Y entonces empezó a cantar desde el fondo mismo de la tierra. Otra vez un bolero señalando la verdad. A los segundos, Blanco, de vuelta en su taburete, lagrimeaba como un hombre sentimental.

La mujer cantaba y maldecía, lloraba y suplicaba, y se golpeaba con un puño el pecho, se jalaba de los cabellos y miraba a Dios en la oscuridad. La gente hacía lo mismo completamente hipnotizada por su canto de otro mundo. Un bolero detrás de otro, sin pausa, hasta que Blanco completó una caja de veinticuatro cervezas individuales.

El hombre del bar dormía sobre el mostrador. La voz continuaba con su interpretación y Blanco no tenía más lágrimas. Afuera llovía a cántaros.

De pronto todo terminó. El gorila rubio encendió la luz y revisó toda la desolación del ambiente. Silbó asombrado. De los ceniceros humeantes y hediondos se elevaba poéticamente la ceniza. Las botellas volcadas dejaban caer prostáticamente sus últimas gotas al piso, y varias sillas yacían de lado sobre la madera cochambrosa.

85

—Nos vamos yendo, hermano. Que no se nos vuelva un vicio.

Blanco continuaba en el estupor. La inmensa mujer de pie lo miraba como si él fuera el fantasma.

—Santiago Blanco —dijo ella secándose los ojos fatigados por la pena de sus canciones.

—Margot Talavera —dijo él con súbitas ganas de besarla desde los pies hasta la cabeza.

Bajaron las gradas con precaución. Cruzaron la puerta rota que yacía en la acera y caminaron por la calle oscura, paralela a la avenida, bajo una lluvia persistente. A los pocos pasos encontraron un escarabajo sin techo y convertido en una bañera.

Margot Talavera abrió gentil la puerta del copiloto. El agua sucia de la lluvia comenzó a chorrear. Hizo lo mismo con la otra puerta. Después se arremangó y sacó el agua del asiento posterior con todo el brazo.

La mujer se sentó detrás del volante y el vehículo se ladeó. Blanco se sentó luego y el vehículo se equilibró pero se aplastó contra el asfalto negro y pedregoso.

Arrancaron echando chispas por el escape.

—Avenida América y Cala-Cala —dijo él, con autoridad.

Las patas del catre reventaron en astillas. De todas formas uno siguió trepado en el otro. Habían dejado el escarabajo sobre la acera, justo al lado del kiosco, y Santiago Blanco vivió una punzada aguda entre las costillas. («¡Perdóname, mi amor! ¡Pero juro que lo necesito!») La lluvia de varias horas embistió con particular crudeza mientras cruzaban la avenida y no los dejó oírse nada cuando se refugiaron bajo el techo de calamina del cuarto. Por eso es que prefirieron sacarse la ropa sin más palabras y tenderse en la cama de una plaza sin mayor protocolo.

Se amaron todo lo que quedaba de la noche y continuaron amándose cuando salía el sol, hasta que el canario del sexto les tocó la puerta. Quería abrazar a Blanco por el nuevo año e invitarlo a conversar. La paz estaba al alcance de cualquier ser humano. Bastaba con dar un pequeño paso, ínfimo, se diría, y acceder a la felicidad de la hormiga. O de la vaca. Pero Blanco ni le abrió la puerta. Se limitó a agradecerle desde el catre roto. Lo pensaría y se lo haría saber. Es que él era cristiano y gozaba cargando una cruz. Igual cosa les sucedía a los jorobados. Y volvió a su faena interminable de amar a la fiscal Margot Talavera.

Se despidieron de hambre. Ella se vistió de pie colgándose una blusa de seda, ajustándose una braga de tela firme y un pantalón de buena caída. Se montó sobre sus zapatos de suela de corcho y se abrigó con un coqueto y brilloso saco de enchapes. Blanco escuchó su taconeo pesado rumbo a la puerta del garaje y luego el agudo silbido de insecto del fatigado motor del escarabajo. Y por fin durmió la noche que se había pasado de largo.

No quiso levantarse al mediodía porque no imaginó ningún local con las puertas abiertas. Se quedó en cama unas horas más escuchando la radio. Habían detenido a un alcalde borracho estrellado contra un árbol. Habían detenido a una pandilla juvenil. Cambió de sintonía para escuchar música del ayer.

Abrió la puerta de su cuarto y sacó la mesita con su carga cultural. El cajón con ropa. Pensó que el televisor fue afortunado porque usualmente se quedaba debajo del catre, salvo en esta oportunidad que quedó en la mesita. Y sacó el catre y lo apoyó de pie en la pared. Barrió las astillas de las patas y se rascó la cabeza. Luego devolvió todo lo sano a su lugar.

87

Paseó por la acera del barrio buscando algo de comer, pero no halló ningún boliche abierto. Caminó por la avenida desierta de gente aunque llena de perros y tampoco. Llegó hasta el mismo puente del Topáter y se encontró con un puesto de api y buñuelos en la calle. Se acercó a la señora de la venta y la besó como a su tía.

—Deme uno mixto y seis buñuelos, más otros seis para llevar, mamita.

La doña removió el api guindo y el api blanco. Preparó un jarrón con oreja grande y un cucharón. Blanco acompañó sus movimientos. Refregó un plato panero con su mandil y lo cargó de buñuelos *talqueados* de azúcar molida. Se lo puso en el mesón. Cargó el cucharón y lo suspendió hasta sus cejas y descargó al jarrón desde esa altura, como un arcoíris de esperanza.

Alguna gente entraba y salía de la iglesia. Se quedaba en la puerta. A otra le iba mejor sentarse en unos asientos de madera detrás de unos pinos. Pese a la hora, la ciudad seguía durmiendo. A ratos pasaba un vehículo. A ratos se le acercaba un perro y se le quedaba mirando con el hocico abierto y la lengua babeante.

—Tomá un buñuelo. Hasta hace poco yo era un hambriento como vos.

El cielo estaba encapotado y seguramente llovería en la noche. El río estaba cargado de agua pero modestamente. Sin turbión. Nadie se detenía a observarlo. Para las nuevas generaciones, el río Rocha no era ni siquiera un nombre. Se lo podía entubar y rellenar su lecho. El cochabambino no tenía raíces telúricas. Se podía aplanar la colina San Sebastián. O descabezar el Tunari. Hacer desaparecer el molle. O la laguna Alalay. No le importaba. A su alcalde le fascinaba el cemento rígido. Los pasos a desnivel. Los anillos de velocidad. El automóvil. Y a la gente también. La bicicleta era peligrosa y el peatón un suicida. Las aceras estaban rotas o no existían. Y el colectivo público era una lata hedionda por dentro y humeante por fuera a cargo de un criminal cualquiera. Había que comprarse un vehículo o encerrarse con llave en el cuarto.

Se alzó de hombros.

Blanco continuó masticando los buñuelos. Los sintió chiclosos, pero se aguantó. La doña empezó a cocinarlos a las cuatro de la mañana y luego se quedó hasta agotar la mercadería. No era fácil. Competía con el fricasé de chancho y con la ranga. A las cinco de la tarde, los buñuelos estaban tan duros como una piedra, y se volvían ligosos al recalentarse.

La doña empezó a empaquetar sus utensilios. Extendió su manta en la acera, dobló una de las esquinas y depositó una olla grande, una chica, un sartén dentro de una bolsa, el cucharón, el fruslero, el anafre, platillos, tazas, jarrones, un frasco con azúcar molida, uno vacío de miel de abeja, y se sentó en la acera a esperar al gordo comelón.

—Doce pesos.

Blanco se puso de pie. La doña le pidió que la ayudara a cargarse. En un segundo envolvió todo dentro de la bolsa. Un bulto considerable. Luego agarró dos puntas de la manta e hizo girar el bulto por sobre su cabeza y se lo acomodó en la espalda. Ya estaba.

—Pasarime la mesa y el taburete.

Blanco la vio trepar el puente. No se le veía el sombrero, tampoco el cuerpo, ni los brazos, pero sí las piernas gruesas enfundadas en medias de lana hasta la rodilla. Algo de la pollera. El bulto ocultaba todo. A ratos se veían las patas de la mesa y el taburete. Era una hormiga grande, humana, y seguramente alimentaba a sus hijos, a su marido. Se volvió un punto sobre el lomo del puente y luego una imagen en el recuerdo. Una lágrima.

89

Blanco decidió cambiar de ruta para retornar al edificio. Una cojera leve se le presentó súbitamente en la pierna derecha. (El rostro de Angelina le llenó de lágrimas los ojos.) Cambió pronto a la mano izquierda el bultito de los buñuelos. Se rio.

—Qué cojudo.

El 2 de enero amaneció lloviendo menudo y tupido. Unas agujas un tanto oblicuas capaces de hacer doler el rostro. A Blanco no le importó. Había despertado cuando el sueño se le agotó y se puso de pie en el acto. A veces le sucedía eso. Se enfundó en su chamarra amarilla, se montó en sus abarcas y se puso en marcha con gran entusiasmo.

Trepó bufando hasta la azotea del octavo piso. Llegó acezando. Casi no se veía la acera del frente. El sauce llorón era la sombra negra y jironada de un espectro. El kiosco era un bulto grande sobre la acera. El bullicio del mercado de las cholitas en sábado no se explicaba con los ojos, sino con la memoria. El velo del agua y la neblina lo ocultaban todo. El silencio total reinaba en las alturas.

De pronto, ese cielo de agua y neblina gris se encendió de fulgor. El sol iba a dar batalla. Las nubes se evaporaron, la lluvia quedó suspendida, y un arcoíris de varios colores cruzó parte del cielo y se enterró en los cerros del sur.

Blanco se sonrió contento. Los pajaritos del sauce llorón trinaron la noticia. Las colinas comenzaron a dibujarse nítidas. La cordillera se pintó de azul. El juvenil rostro de Angelina surgió con la mejor de sus sonrisas.

Blanco se estremeció de inmediato. Estiró una mano hacia el cielo y quiso que Angelina la tomara. Pero no, solo continuó sonriéndole con suma ternura. «¡Llévame!», le imploró. «¡No vuelvas a dejarme solo!» Angelina lo miró con amor. ¿Cómo podría llevarlo? Él era cuerpo y ella era alma. El cielo era para las almas. Solo podía verlo y sonreírle. Ni siquiera hablarle.

Gritó desesperado:

—¡No me dejes solo, Angelinaaa!

Los ojos de la muchacha se llenaron de lágrimas. Ella estaba muerta, Santiago. Los muertos no volvían a la tierra. Se quedaban en el cielo. Ella no debió saltar al vacío sino quedarse junto a tu cama en el hospital. Dejar que el tiempo aclarara los sentimientos de ambos. Pero saltó porque te oyó decir que no la querías. Qué cruel. Que tan solo era una niña. Y que los dos (y era muy cierto) eran apenas un juguete del abuelo manipulador, capaz de cualquier cosa por conservar las manos del Ché. Por ejemplo: de entregar a su nieta a un humilde investigador de la policía. Pero ella lo amaba aunque no supiera expresarlo bien. Por eso se lo abrazó apenas lo vio. No porque estuviera loca. O porque no tuviera el uso de la razón. Te amaba, Santiago. Y sin ti, mi vida no tenía sentido.

—¡No, no me dejes otra vez, Angelina!

Santiago Blanco estiró la mano, desesperado, hacia el próximo cielo. Su cuerpo se balanceó en la baranda. Un vértigo poderoso lo llevó a mirar la calle y se desequilibró. Un extraño impulso, surgido de sus entrañas, lo animó a saltar al vacío.

Pero una mano lo aferró del hombro.

—¡Cálmese, por Dios! ¿Qué le sucede?

Todavía lloraba recostado en el sofá grande de Liliana Wenninger. Él la había visto. Le sucedía algunas veces, y siempre en mañanas de lluvia. Angelina asomaba su rostro entre las nubes y le sonreía. Lagrimeaba. Pero no estiraba la mano. Quizá no podía, realmente. Y Blanco quería morir de inmediato para estar a su lado. Enloquecía de desesperación.

Liliana Wenninger le aplicaba fomentos de manzanilla en la frente. Se había sentado a su lado y sopaba la toalla en un bañador, la exprimía y la dejaba reposar en la frente del hombre.

Blanco le contaba sus penas. Le miraba con deseo los pies descalzos.

—¿Fue el amor de tu vida?

—Con el tiempo, sí.

Porque Blanco conoció a Angelina cuando ella era una muchacha de colegio y él ya tenía años en la policía. Pero Angelina se lo abrazó y lo olió en el ingreso a la casa de su abuelo. Le dijo que lo quería sin saber nada de él, ni siquiera su nombre. Y se lo raptó cuando salía de la misma casa, y se abrazaron, y se besaron, en un cuarto de alquiler. Pero luego, a las pocas horas, unos hombres lo molieron a patadas y lo dejaron mal muerto en el hospital. Casi un vegetal.

—¿Qué querían?

—Las manos del Ché.

Destrozaron su cuarto de la calle Calama y se llevaron la caja. Pero era una trampa del abuelo. La verdadera caja era otra. A Blanco se le pagó para que se hiciera pegar una paliza. Eso fue, en buenas cuentas.

—¿De ahí tu cojera?

Sí. La cojera aparecía como Angelina, alguna vez. Y se iba siempre. Y cuando se le presentaba, en una pierna o en otra, él se quedaba pensando en la muchacha. Porque esa última mañana, convaleciente en el hospital, él le dijo con poca voz que todavía era una niña, que debía crecer. Y ella saltó al vacío por la ventana.

—Me dejó viudo sin casarme.

Liliana Wenninger le aplicaba los fomentos y le peinaba las canas de las sienes. Sus uñas, violentamente rojas y largas, se hundían en su cabello y le raspaban el cuero. Parecía estar mimándolo.

—Yo soy triplemente viuda.

Blanco se le quedó mirando sin palabras. La bella mujer lo afirmaba levemente con la cabeza. «Tres veces viuda», repitió. Su mirada de miel se apagó. Sus labios húmedos se marchitaron. Una lágrima quedó atrapada en sus largas pestañas con rímel.

—¿Y se te aparecen como mi Angelina?

—Sí, pero en mis pesadillas.

La caldera comenzó a pitar en la cocina. La mujer caminó mostrando lo que ocultó con el bolso el día de su arribo. Blanco se sintió reanimado y muy curioso. Se puso de pie (las abarcas bajo el sofá) y fue a tomar un café con quien ya le había salvado la vida.

—El primero murió a los meses de casados. Yo tenía veinte años. Era ingeniero y se murió saliendo de la explosión de la mina, de un fulminante ataque al corazón.

Blanco se llenó el jarrón de café y le pareció un poquitín amargo. Se aumentó azúcar de inmediato. La mujer le contaba parte de su vida dejando que él la mirara a placer. Se limpiaba las lágrimas y se jalaba las patitas de gallo que se insinuaban en sus ojos. Fruncía la boca para tragar un posible llanto y Blanco imaginaba que le estampaba un beso impregnado de amor y deseo. Movía las manos de dedos largos y tejía una telaraña que atrapaba a su interlocutor. Lo fascinaba con su belleza.

—El segundo se me murió hace cinco años. Era cirujano. También de un ataque al corazón. Teníamos un año de casados.

Metió sus dedos entre los cabellos del cerquillo y los

93

peinó para atrás y para un costado, descubriendo su frente. Se distrajo jugando lentamente con la cucharilla. ¿Pensaba en el tercero? ¿Buscaba las palabras? Suspiró y enfrentó el tema.

—El tercero se me murió hace un año y medio. Era banquero. Estaba en reunión de directorio, reclinó la nuca en su silla y se acabó. También le reventó el corazón. Teníamos menos de un año de casados.

Blanco apuró su café para leer la borra. Miró con cuidado, buscó una señal o signo cualquiera, pero solo le pareció una basura. La señora Lobo embaucaba a todos con sus fantasías.

Ahora lo miraba la mujer. Blanco siguió con la mirada en el fondo de la taza.

—¿Comentarios?

Quizá se le escapó:

—La Viuda Negra.

Santiago Blanco había besado a Liliana Wenninger en la boca. Fue un beso largo. Además, la había agarrado de la cintura. Luego la puerta se cerró tras él con el inconfundible golpe del arrepentimiento.

Bajó las gradas al segundo piso temblando de emoción. Y al primero sin dar crédito a lo que sucedió. Él había dicho aquella estupidez pero no pareció importarle a la mujer. Tal vez ya se lo habían dicho más de una vez y no se sorprendió. Rodeó la mesa para disculparse agarrándole la mano, pero ella se puso de pie y quedó respirando su aliento. En sus ojos parecía contenerse la furia.

Entonces la besó.

El corazón le brincaba en el pecho de la pura emoción. Caminó hacia la acera y se quedó mirando el ajetreo del sábado. Deseaba distraerse. Los vehículos se amontonaban en la cuadra, se estacionaban en doble o triple hilera y los colectivos ya no podían pasar. Los bocinazos protestaban de inmediato. Los insultos afloraban. Un policía de tránsito se las tomaba con calma mientras la casera de la acera, cubierta por una sombrilla inmensa, le servía un vaso de durazno hervido con pepa.

Dos carteristas descansaban la espalda en el grueso tronco del sauce llorón. Un perro amarillo estaba recostado a sus pies. Un señor caminaba la acera con dos bolsas pesadas en las manos y dos paquetes entre sus brazos y el cuerpo. Detrás de él, su mujer se carcajeaba hablando por el celular. A ratos se detenía para reír mejor. A sus costillas.

Había muchísima más gente. Una rubia de cabello corto y buen busto le sonrió al pasar. Blanco se extrañó. La miró confundirse entre la multitud y la espió atento. Ella hablaba por el celular y movía las manos. Hablaba con las caseras sin dejar el celular y siempre moviendo las manos. Se sentó en un puesto sobre la acera que ofrecía ceviche y siguió hablando con medio mundo y comiendo mientras movía las manos inquietas. Era incansable.

Blanco se sonrió.

Un taxi paró en doble fila y bocineó. El conductor lo llamaba con la mano. Tenía una olla envuelta en un secador que le mandaba el coronel. Sí, y la carrera también estaba pagada. Era chancho, le decía eso porque todo el viaje tuvo que olerlo. Y tenía chuño blanco, papa, arroz y una salsa rara, quizás alemana. Agridulce. Blanco frunció el ceño. El taxista no pareció inmutarse. Había alzado la tapa de la olla solo un poquito, lo suficiente para comprobar con el dedo que no era una bomba.

—Tú harías lo mismo, gordinflón.

—Yo siempre he sido decente, compañero.

95

—No te hagas. Yo te conozco desde que eras policía. Un abusivo. Te hacías pagar la comida con nosotros.

—¿Quiénes eran ustedes?

—Los delincuentes comunes. Ustedes nos alojaban en las celdas del patio.

—Hubiera querido sentarte en el escritorio del comandante, créeme.

El taxista arrancó. Blanco caminó hacia su cuarto con la olla tibia en sus manos. La depositó sobre un suplemento para no manchar la mesa y se sentó en la silla. También encendió el televisor. En esa posición le salían el canal nacional y los tres departamentales. A cuál peor. Puras noticias malas y pésimas. Las deportivas.

Margarita llegó corriendo a la parada del colectivo con media hora al menos de retraso. Una emergencia. Una inyección a un diabético. Un pobre hombre que vivía solo. Que se estaba muriendo solo. Llegó agitada, con el corazón en la boca y una mano sobre el sombrero para evitar que la pelusa de su cabello se enredara por la brisa.

—Además me dormí. Ni recordaba que debíamos vernos. Y de pronto me acordé… ¡Qué susto! ¿Te pasó alguna vez?

Salieron de la ciudad bordeando la laguna Alalay y cruzando por una avenida entre dos cerros dinamitados. El caserío continuó como siete o más kilómetros y luego afloraron los cerros con algo de vegetación debido a las lluvias. Margarita decía que no tenía costumbre de salir al campo. Una vez su madre la había llevado a Quillacollo, a la iglesia, pero no le gustó chocar con tanta gente. Así que viajaba en avión a La Paz, o a Santa Cruz, viendo solo cielo. También viajaba a Miami, claro, aunque últimamente iba más a Buenos Aires porque le fascinaba el tango. Pero al campo nunca. No se le había ocurrido. ¿Qué había en el campo, Santi? Además, le daban miedo los bichos.

—Los pollos se pasean vivos.

El colectivo avanzó humeando por la carretera. Sobre la loma de un cerro pelado se tenía como cien casitas del programa social, todas vacías, y un lote de turriles oxidados. ¿Qué era eso? ¿Un pueblito? Margarita miraba todo con suma atención. Un negociado típico. Y más allá, colgada de unos cerros hermosos, una casota blanca con unos niños rubitos y varias vacas gordas y petulantes. («Son los dueños de un periódico».) Después nada. El colectivo seguía su marcha metiendo bulla desagradable con su radio rota.

—No conozco nada, Santiago. ¿A dónde va esta carretera?

Blanco suspendió las cejas. Esta carretera va a Tarata donde nació el general Barrientos. Y Melgarejo. Y se metieron por sus callecitas de polvo y barro mirando los balcones de la Colonia. Precioso todo, pero a punto de caerse. Se sentaron en la plaza para escuchar trinar a tanto pajarito feliz. Y visitaron el mercado para comer choricitos embutidos en tripa de conejo cuy. Con trigo pelado. Con queso de chancho.

—¡Qué lindo todo! ¿Y de verdad la gente vive aquí? ¿Y toda su vida? Yo creo que solo vienen los fines de semana. Yo no podría pasarme la vida en tanta quietud pese a su belleza.

—Viven aquí. Y son felices. La gente se entierra sonriendo y hartada.

En otro colectivo salieron hacia Cliza. A Margarita le encantó ver a tanto campesino vestido de domingo. El sombrero, la camisa y el saco, los pantalones y los zapatos. ¿A dónde iban? A la misa. Al abogado. Quizás al médico. Al mercado. Las tiendas del pueblo ofrecían sus productos sobre la acera. Los vehículos se estacionaban entre los burros y las mulas.

—Queremos pichones, *mamitay*. Con su caldo y una papa. Con llajua.

La doña elevaba el fuego, hacía hervir otra vez el caldo. Mientras, en una sola visita, limpiaba la mesa con un trapo húmedo, dejaba el pan, la sal, los cubiertos y las servilletas de papel sábana. Volvía a su lugar sin dudar de nada. Servía dos platos hondos, humeantes, y los depositaba en la mesa.

—Aquí empezó la toma de tierras antes de la reforma agraria. Con los campesinos cliceños. De Ucureña. De Ana Rancho. De vacas, en Arani. El país les debe ese hecho.

—¡Oh!

Margarita miraba sorprendida a Santiago. ¿De cómo sabía tanto? Le tenía que avisar qué leía. Ella había estudiado en un colegio de la ciudad y se sentía ajena a todo. Una extranjera. Ni siquiera tuvo la curiosidad para preguntar. Qué vergüenza. También estudió en la universidad, pero siempre se hablaba de otra cosa.

—Soy punateño. Es charla obligada de indios y cholos. Nos sentimos orgullosos de haber participado de la revolución del 52.

Subieron a otro colectivo para llegar a Punata. Blanco reconocía su ciudad pero desconocía cada cuadra. Las calles tenían asfalto rígido, aceras, comercio y tráfico vehicular importante donde antes se tuvo huertas, casas y calles terrosas. También había un coliseo nuevo y una iglesia tan grande e imponente como una catedral. Blanco frunció el ceño, porque en su niñez ese espacio le servía para cazar pajaritos. Y casi no habló ni una palabra de nada mientras comían humintas de olla en un patio de piedra con la puerta abierta. A los minutos, una mujer bellísima salió del fondo del restaurante de la acera del frente, seguida por un niño y un pato negro, muy afanosos los dos. Ella se les rio un momento y les hizo mimos rascándoles la cabeza (el pato incluso estiró su largo cuello). Se quedó en la puerta mirando hacia ambos lados de la calle y tonadeando una melodía. A Margarita le encantó la escena. Por un momento estuvo con el tenedor al aire contemplándola. A Blanco, en cambio, esa mujer le dolió severamente en todo el cuerpo. Dejó de comer y frunció el ceño.

La mujer le indicó algo a su niño y todavía se quedó un ratito más. El cabello negro, grueso y ondulado, aún le goteaba sobre el vestido. Ella se lo exprimía doblando el tronco a un costado. De pronto, reparó en la pareja de citadinos comiendo huminta en el patio arbolado del frente y se les quedó observando. Cruzó su mirada con Blanco y parpadeó unos segundos, quizá sorprendida. De inmediato giró el cuerpo y regresó al interior de su local un tanto apurada, llevando al niño de la mano contra su voluntad y seguida del pato que, en su negrura, tenía cola blanca. Y desapareció.

Blanco apuró el trámite del pago del consumo para salir del local. En la esquina se subieron al colectivo rumbo a Arani. Margarita observó que la vegetación disminuía, que soplaba una brisa persistente y que el camino se perdía trepando los cerros desnudos hacia otro cielo.

—Es el camino a Mizque y Aiquile. Muy cerca queda Vacas. También su laguna.

Margarita quedó fascinada con el templo de Arani. Dejó sentado a su acompañante en una banca y ella recorrió los pasillos con verdadera calma. Blanco la vio palpar los muros de piedra y abrazarse a las columnas.

La vio de rodillas ante San Idelfonso y persignarse frente al altar. También la vio salir del templo y retornar con un par de cirios que dejó encendidos sobre una charola de fierro. Se arrodilló por varios minutos y volvió a su lado.

Susurró: «Muchas gracias por este inolvidable paseo».

El lunes despertó apurado por los silbidos de un dulce ulincho. Pensó que el pajarito se había confundido de puerta, o de árbol, porque luego de unos segundos se calló. Él se reacomodó en el catre y pensó dormir hasta las seis y media y nada más. Sus amigos necesitaban de él.

Lloviznaba y hacía algo de frío. Blanco subió las gradas bufando sin pensar en el sueño de los vecinos. El viento de la víspera había depositado una bolsa de nylon en un rincón. La cordillera lucía con nieve en la cresta y Blanco se repitió lo que había escuchado siempre a los mayores cuando era un crío: «Buena cosecha». Las colinas de San Pedro se veían veladas por el agua, y la de San Sebastián, al sur de la ciudad, parecía estar gozando de los primeros rayos de sol.

Era una llovizna que limpiaría el cielo de *smog*. El polvo amarillento de las ladrilleras se asentaría. También las partículas de las heces, debido a que la ciudad, siempre al sur, era una alcantarilla abierta. Y el polvo de los camiones. La llovizna persistente asentaría todo eso y la gente podría ver su horizonte de cerros a plenitud. Era un valle interesante.

En la acera del frente, bajo la fronda del sauce llorón, un olvidado de la sociedad, cargado de dos bultos y acompañado de un perro, meaba con gran dedicación contra el tronco. ¿Y qué meaba? Si seguro que no tenía ni agua para beber. El hombre comenzó a dar de brinquitos, se acomodó todo en su lugar y siguió su camino hacia el mercado de las cholitas.

Blanco frunció el entrecejo. La mendicidad le encogía la piel del alma y le recordaba su propia, aunque breve, experiencia. No se comía, tampoco se bebía, y para colmo uno debía ocultarse detrás de los árboles. La gente lo miraba peor que al perro. Como a una sarna. Se volcaban las caras. Se cerraban las ventanas. Se echaban llave las puertas. El mendigo se quedaba aislado de la realidad social. Daba ganas de matarse.

Se quedó mirando el kiosco. Pese a la distancia de ocho pisos, creyó advertir un ligero temblor en su estructura. Parpadeó un par de veces para sacarse el agua de las pestañas. El kiosco volvió a temblar. A veces sucedía que despertaba y veía todo borroso y granulado como la pantalla de tv fuera de horario de programación. Sus lentes internos necesitaban lubricarse por un momento. Había que cerrar los ojos con paciencia. Luego, abriéndolos, se veía la realidad del entorno tal cual era. A colores.

—Gladis.

La mujer de buen ver, rellena de carnes donde hacía falta, trabajaba afanosa quitando las barras de fierros y los candados del entorno, todas las ventanas de madera, y dejaba al descubierto el interior menudo del kiosco. Blanco observaba el detalle. Ella entraba y salía. Estaba vestida con polera, vaqueros y zapatillas, y no parecía importarle la llovizna. En un viaje cargó los tres taburetes encadenados y los dejó frente al mostrador. En otro cargó dos garrafas vacías de gas y las dejó sobre la acera a la espera del camión de la empresa. De inmediato salió con un balde azul lleno de agua y jabón y se puso a refregar la cubierta.

Blanco comenzó a silbar como los ulinchos.

Al quinto intento, Gladis lo divisó y sonriente le batió la mano por un largo rato.

101

El hombre infló los pulmones de felicidad. Muy distinto era el amor a los antojos. Viendo a Gladis se evaporaba su sentimiento de orfandad. Se sentía completo y en paz. Un hombre enamorado.

Bajó las gradas silbando. No le importó despertar al canario. Y rezó lo que pudo en el quinto a la memoria del albañil, que poco a poco se iba convirtiendo en su santo preferido. Y pasó por el cuarto. Pero en el tercero se abrió la puerta y una mano de uñas rojas y violentas lo atrapó del cuello.

La bella mujer lo besó y cerró la puerta a sus espaldas.

Blanco emergió del torbellino de piel y sangre con poca conciencia. El mundo giraba en su cabeza a una extraordinaria velocidad. El perfume de la mujer se le había quedado impregnado profundamente en la nariz, en las manos y en la ropa. Y sus «¡ay!» le resonaban en la cabeza acelerando el ritmo de su corazón.

Por eso bajó hasta el garaje y se metió en la ducha. Algunas mujeres salían de uno con agua y jabón. Se lavó el cabello frotándoselo con rabia y risa. Se refregó la piel con trapo enjabonado. Se lijó los codos y talones con la piedra del río y se quedó bajo el chorro hasta recuperar su yo esencial.

Se vistió de domingo y recién se animó a cruzar la avenida.

—Por fin vienes. ¿Te has concubinado con alguien? Con quién. Yo te he silbado a las seis, para meterme en tu cama.

—Te he extrañado meses hasta que me he dormido. Un día más y tal vez me encontrabas muerto de amartelo.

Quedaron abrazados dentro del kiosco. Gladis le susurró en la oreja que lo había extrañado. Muchas noches se había soñado con él haciendo su travesura. «Me tienes que poner al día». Se volvieron a abrazar. Le contó de su hijo, pero pronto se le quedó hablando de su nieto.

—Se llama Tiago, no sé por qué. Varios niñitos se llaman Tiago ahora.

Hace monerías todo el día. Me lo he comido a besos. Tengo sus fotos. Qué pena tener que dejarlo.

(«¿Tiago? ¿Qué costaba ponerle Santiago? Cincuenta centavos».)

—¿Dónde están? ¿En Sanandita? ¿En Palos Blancos?

No, ya no estaban en esos lugares. Ahora estaban en Villamontes por razones prácticas. Su hijo trabajaba en campamento y su nuera y su nieto se quedaban en esa ciudad donde había de todo. Ya eran chaqueños. La gente era muy linda. Daba ganas de trasladarse allí. A ella le estaba tentando esa idea. Inclusive se veía más circulante.

—Mi nuera quiere que abramos una sillpanchería.

Gladis se le quedó mirando a los ojos, pero Blanco solo parpadeó. A él, el calor le provocaba granitos menudos, unos sobre otros, con la punta llena de agua. Lo escaldaba de la entrepierna y tenía que caminar como los jinetes. Además le provocaba sed y no de agua. Se agarraba a manotazos la cara y los brazos por los zancudos. Difícil asunto para un valluno de tierra adentro.

Pero en realidad contestó otra cosa: «Me podría pelear a machetazos con los matacos y los chiriguanos. Te quedarías viuda el primer viernes de soltero.»

Gladis se trepó a un taburete para enjabonar la cubierta. El balde a su lado, en otro taburete. Blanco continuó hablando sobre los riesgos sabidos del Chaco, pero ella ni siquiera pareció escucharlo. Entonces él se sentó en el tercer taburete y le contempló las piernas enfundadas en los vaqueros. El traste. Y se fue quedando callado porque le ganaron las imágenes de veinte o más años atrás, cuando Gladis se llamaba simplemente Soledad.

Su locura. Su camotera.

Blanco era gordo pero no tanto. Su oficio de investigador lo sujetaba al límite. Ya casi era un cuarentón pero hervía de deseos carnales. Por eso se filtraba al clandestino al lado de su casa, en la calle Calama. Bailaba con una, con la otra, pero Soledad se le escabullía. Las chicas lo visitaban para la siesta, pero ella no. Le decían cosas sabrosas desde el balcón y le pedían que las invitara a comer sillpanchos. Pero Soledad no.

Gladis comenzó a hablarle mientras lavaba el techo.

—Te vas a quedar bien solo. Ya tienes cincuenta y seis años. No tienes hijos, no quieres ser abuelo de mi nieto… Yo he vuelto por ti, a recogerte. Y tú te me burlas. Todo el viaje he hecho en vano. Ni siquiera me dices «lo voy a pensar». Yo te estoy hablando muy en serio. Te estoy ofreciendo que hagamos un hogar.

Blanco asintió con la cabeza. Un hogar en Villamontes. Gladis con el crío en las mañanas y con los sillpanchos en las tardes y noches. Él estaría con la cerveza fría todo el día. ¿O también le habrían pensado un oficio? A veces uno era sorprendido. Quizá parchador de llantas. Quizás un pequeño negocio de baterías y repuestos aprovechando el contrabando argentino. O tal vez, en el mismo local, pero al mediodía, freidor de sábalos.

Gladis continuó hablando sin verlo pero haciéndole gotear agua con jabón. Él se reubicó. La mujer frotaba el techo y trituraba su cintura. Pensó que no estaba mal. Todo lo contrario: estaba muy bien.

Pero igual se alejó unos pasos del lugar y se trepó a un colectivo.

El policía estaba atareado pero se satisfizo poniéndolo al tanto de su delicado trabajo.

—Veinticinco fríos para veinte mesones. Deberíamos suprimir toda la mierda del Año Nuevo y seguir de largo con el viejo. Nos ahorraríamos los muertos. ¿Sabe qué he hecho? Entre y mírelo.

Le encendió la luz y lo invitó a pasar. Blanco caminó hacia el primer mesón y se sonrió de inmediato con la indiecita feliz entre los brazos de un gordo. El hombre parecía dándole calor. En la calle no le hubiera regalado ni una moneda. Es más, se hubiera cruzado a la acera del frente pensando que ya era tiempo que un camión recogiera a los pordioseros para echarlos a los cerros. Pero en el segundo mesón había trenzado de brazos y piernas a dos hombres. Parecían luchando. O bailando. O amándose como podrían hacerlo dos hombres de un gimnasio. Uno era un tanto alto, bien flaco, pero fibrudo, que coronaba su labio superior con un finísimo bigotillo negro tipo paja, capaz de esconderse bajo la uña de su meñique. El otro era un retacón casi calvo, con unas manazas ideales para estrangular toros mientras miraba tv. Juntos se complementaban como pareja. En el tercer mesón estaban dos mujeres. La de pollera tenía la cara tajeada desde la oreja hasta la comisura derecha de la boca. Tenía las trenzas anudadas al cuello, lo que la obligaba a mantener la base del cráneo contra su espalda. Su pareja era una mujer de vestido, con un diente de oro, los ojos achinados en blanco, y tenía aferrado un monedero en la mano derecha, oculta de los ojos de cualquier polizonte, y las uñas llenas de carne humana.

No quiso ver más.

Salió del ambiente sorpresivamente indispuesto del estómago.

—Nadie viene a reclamarlos. Dirán: «que se haga

cargo el Estado». Los que van a hacerse cargo son los carroñeros de medicina. Y los van a cortar y dejar en el puro hueso pelado.

—¿Viene hoy la fiscal?

—Viene si no ha farreado ayer. Le gusta la buena vida. ¿Por qué cree, si no, que está siempre de mal humor? Seguramente le duele el hígado. ¿Se imagina de qué tamaño es ese hígado? Alcanzaría para sacar de la anemia a media África.

Blanco abandonó la morgue y cruzó al parque de enfrente. Se sentó mirando la puerta por donde la fiscal debía llegar. El tráfico vehicular era de alta concentración. Los colectivos iban uno detrás de otro. Bramando y bocineando. Y había tanta gente como para llenar una tribuna del estadio. Los jóvenes corrían hacia las aulas de medicina. Los viejos también pero al hospital. Los comerciantes tenían la espalda contra la verja y ocupaban más de media acera. Ofrecían carpetas, lapiceros, papeles, chicles y dulces, pan, peines, ligas, botones y clips. Todos chillaban. Hasta un perro con la pata atropellada.

La fiscal apareció en su asiento. Blanco se sorprendió.

Dijo ella: «El factor sorpresa es importante no solo en el fútbol.»

Blanco se sonrió curioseando de soslayo a retaguardia.

Margot Talavera miraba sus papeles un rato antes apretujados contra su pecho.

—Vengo de dictar clases. Empiezo a las siete menos cuarto y los largo a las ocho porque me da hambre. Le invito unos rellenos de papa al frente.

Cruzaron la avenida sin que importara el tráfico. La fiscal caminaba a buen paso por delante y Blanco trotaba detrás. Un ciclista frenó asustado de lo que veía venir y se desparramó en el piso.

—Usted es Blanco y yo soy la fiscal.

Se habían sentado en un kiosco dentro de la facultad de medicina. La fiscal, aún unos pasos antes de llegar, ordenó con los dedos a la encargada. La señora, que atendía cinco mesas bulliciosas de catedráticos y alumnos, y que sostenía dos charolas de metal, desapareció al interior de su negocio a buena velocidad.

—Tienen detenido a mi amigo en Chicaloma.

—Mi alumno tampoco apareció. Quizá ya esté destinado a la frontera.

—Y mi amigo Abrelatas está intimidado.

La señora depositó dos olorosos platillos con rellenos de papa. Cada platillo con un relleno alargado de queso y otro redondo con carne.

—Ahora les traigo la llajua. ¿Algo de tomar?

—Agua. Las gaseosas engordan. No por el gas, precisamente, porque eso se elimina al caminar. Sino por el azúcar. No sé qué opina el caballero.

Blanco quedó nuevamente sorprendido.

La señora desapareció entre las otras mesas.

—No se olvide que estamos trabajando algo mucho menor que incluso una tesis. Lo suyo es un pálpito. Así que tampoco me pida que lo acompañe en el dolor. Yo no lo conozco tanto como para valorar sus pálpitos. ¿Cuál fue el último que tuvo? ¿Lo confirmó?

—No lo recuerdo. Que Bolivia iba a ser goleada por la Argentina. Y fue goleada. Pero ahora solo me palpita la barriga.

La fiscal mordió la punta del alargado como una gatita y lo masticó y trituró con los dientes. Cuando parecía a punto de derramar el bocado, se lo recogió del vacío con la lengua. Volvió a morder otro pedacito menudo y puso a trabajar sus dientes de felino menor.

Blanco la observaba sin disimulo.

—Si su amigo negro no se comunica, que viaje su amigo delincuente.

Blanco comió primero el alargado porque el queso le provocaba sed. Luego el redondo para quedarse con el sabor de la carne y su poco de caldo en el paladar. Se limpió la boca con una simple servilleta de papel. Pensó que en el mercado las vendedoras eran menos roñosas.

—Puedo buscar a su alumno en la policía si usted me da el nombre. Es probable que quede alguien de mis tiempos y me ayude a encontrarlo.

La fiscal dejó de mascar para mirarlo fijamente. Lo estaba pensando. Retomó su masco de liliputiense y pareció tomar una determinación. Alzó una mano para que Blanco la esperara comer.

—¿Y cómo se lo preguntaría? ¿Y por qué él le respondería?

—Y a usted, ¿por qué sí lo haría?

—No sea tonto, hombre. Por la calificación, está claro.

Blanco frunció el ceño. La mujer subestimaba su inteligencia. Dejó que terminara de mascar su pedacito para contestarle: «Yo le ofrecería su calificación, si usted está de acuerdo».

Desanduvo el camino que días atrás había hecho con Abrelatas. Volvió a detenerse en el puesto con sombrilla de refrescos de durazno hervido con pepa. El perro lo miró con un ojo mientras dormía con el otro. La casera le sirvió un vaso que rebalsaba y luego le aumentó un poco más.

Bebió mirándose a los ojos con una abeja.

Siguió su camino en medio de estudiantes tatuados y bulliciosos, y se tuvo que aguantar más de un empujón producto de sus juegos tontos. Más cerca a la plaza principal, los abogados intentaron jalarlo a sus cubículos y hasta alguno hubo que se le paró al frente.

—Hago minutas de transferencia por cinco lucas. Divorcios por cien.

Blanco continuó su camino. Llegó a la puerta de la policía cruzando la plaza. Sorteando activistas de izquierda que vociferaban que el gobierno ya se había vendido al capitalismo. Acaba de firmar la exploración dentro de los parques naturales. Ha ido a ponerse de rodillas ante los empresarios gringos. Se ha vuelto amigo del presidente francés. Ya no juega al fútbol, sino a beisbol. Es una burla, compañeros. Debemos reaccionar.

En la esquina se saludó con el lustrabotas.

—Hola, Memín.

—¡Oh, Dormido! ¡De cuánto tiempo! ¿Te estás reincorporando?

También saludó al exjugador del club Aurora en su kiosco.

—Querido Mario.

—¡Oh, Blanquito! Te he buscado tanto cuando tu equipo estaba en la B. Quería acompañarte en el dolor. Con buena voluntad, lo juro.

—Muchas gracias. Me hacía falta. ¿El tuyo todavía existe? O solo es un paisaje en la laguna.

—Hijo de puta.

Ingresó a la policía cruzando el umbral y registrándose en una mesa de treinta centímetros a cargo de un cabo. En el patio se asoleaban los jefes. Festejaban bromas con risotadas de animal. Algunos delincuentes comunes se afanaban trapeando los pasillos, limpiando las ventanas, baldeando toda la batería de baños y las celdas. Un teniente leía el código de procedimiento penal mientras un niño le lustraba los zapatos. Un coronel apareció en los pasillos del segundo piso y vociferó palabrotas contra alguien, pero nadie se dio por aludido. La vida siguió igual. Parecida a la vida en el paraíso.

Blanco asomó su cabeza por cada una de las oficinas. Oscuras, frías, malolientes. Muebles rotos. Paredes sucias. Papeles amontonados. Flojera.

Vagancia. Vulgaridad. Todo seguía igual a sus tiempos en la institución. Improvisación. Falta de profesionalización. Corrupción. Estaba aún peor. Se veía.

Se detuvo entre dos pilares del pasillo sombreado, exactamente en el lugar donde ubicaba su mesa de tres patas cigüeñas con su vieja máquina y su cuaderno de notas. El joven Santiago Blanco. Los casos de secuestro. El eterno de estafa. Los de corrupción. Los homicidios. Tantos... ¿Cómo era posible que no hubiera hecho amistad con ningún colega en tantos años? Y, era así. ¿Nadie se acordaba de él? Nadie. ¿Tan «nadie» había sido? Sí.

Caminó entre los grupos de oficiales, subió al segundo piso, husmeó en las oficinas y nada. Pese a que se hizo ver con todos, nadie lo miró. Se le hizo añicos el corazón.

Se alzó de hombros resignado. Estaba bien. No iba a llorar porque no hubiera quien lo saludara. Volvió a bajar las gradas y se fue directo a donde el teniente que leía el código y se lustraba los zapatos, pero en su lugar, con un periódico de un peso entre las manos, se hallaba un capitán de barriga prominente.

Se miraron a los ojos con dureza.

El capitán tenía ojos negros brillantes, igual que las cejas y el bigote. El rostro se le había deformado de tanto comer patitas a media mañana y de tanto alcohol por las noches. Estaba hinchado. Tenía retención de orina. Y triglicéridos. Blanco pensó que el hombre debió ser simpático hasta dejar la teta. Nunca más volvería a serlo. Era un proceso de afeamiento sin reversa. Pero iría subiendo de grado.

—Busco al teniente Argote.

El hombre lo miró con suma atención y desprecio. Cerró el periódico y aprovechó la mano libre para apuntarle el segundo piso. Después movió el mismo dedo a la izquierda. De inmediato reabrió el periódico para mirar a la mujer desnuda en páginas centrales.

Blanco cruzó el patio, pasó cerca a las celdas y subió las gradas. Un mal olor lo atrapó a medio camino y lo acompañó hasta una oficina chica e improvisada. Un agente de civil, pelirrojo y pecoso, le salió al paso. Tenía un revólver aplastado entre la cintura y una cadenita peligrosa en lugar del cinturón.

El hombre estudió a Blanco con mala cara.

—Busco al teniente Argote.

Argote asomó el rostro para mirarlo. Era un muchacho de rasgos bien delineados pero con mirada dura. No le dijo nada. Se limitó a observarlo sin ni siquiera abrir la boca.

El pelirrojo se levantó del escritorio y salió de la oficina rozando a la visita con el hombro. El mal olor se acrecentó.

Blanco ocupó su lugar. Era un espacio desigual debajo las gradas que continuaban a unas celdas en el último piso. Tenía el techo oblicuo sobre la cabeza misma del teniente y apenas ochenta centímetros de ancho. Sobre el papeleo sucio y amontonado de su escritorio descansaba el código penal.

—La fiscal Talavera está de acuerdo en lo que voy a decirle.

—¿Quién es la fiscal Talavera?

—Su docente de procedimiento penal. Le cambiamos su calificación por información confidencial.

111

Argote se le quedó mirando. Su rostro comenzó a arrugarse como la fruta seca. Fuera de temporada. También empezó a traspirar de las patillas.

—¿Y usted quién es?

—Un investigador privado. Estoy ayudando a un amigo.

—¿Y qué quiere saber?

Argote se lo preguntó acentuando su enojo. Un ligero tic lo obligaba a guiñar con el ojo izquierdo. La boca se le fruncía. Parecía descompuesto y sin remedio.

Blanco tomó una determinación: «¿Dónde está el cadáver robado de la morgue? Su padre anda buscándolo».

Argote comenzó a temblar de las manos con una furia incontenible. Se aferró a los papeles y los apretó en sus puños. Se mordió los labios. El ojo izquierdo se le cerró del todo.

Blanco no se inmutó. Él seguía siendo un hombre duro pese a su vida blandengue de civil.

Argote se puso de pie y se golpeó la cabeza en el techo oblicuo. No le importó. Salió del hueco, se aproximó a Blanco y lo golpeó en la barriga con mucho oficio. De inmediato lo golpeó en la oreja izquierda y lo sacó de la oficina.

El pelirrojo lo recibió entre sus brazos.

—Llévalo a pasear —le ordenó Argote.

El pelirrojo lo golpeó en la nuca con una cachiporra fuera de uso y lo desvaneció.

Volvió a su hogar cerca a medianoche. Había despertado entre sucios y espinosos matorrales debido a la música de los grillos. Un perro pobre lo miraba con atención. El cielo negro comenzó a relampaguear y había brisa fría.

112

Cuando quiso ponerse de pie sintió que su cerebro se le quedaba en el suelo. Por eso no se movió ni cuando el perro le lamió la cara ni cuando la lluvia comenzó a caer. Pensó que necesitaba tiempo para reintegrarse orgánicamente. Mentalmente. Espiritualmente.

Fue una buena lluvia. Blanco reaccionó positivamente. Dejó que el agua lo bañara íntegramente y lo salpicara de barro a su antojo. El golpe de derecha en el hígado había sido absorbido del todo. No le quedaba secuela. El golpe en el oído le había provocado un sangrado fino que la lluvia lavó, y muy pronto. Pero ya estaba bien. El golpe en la nuca iba a irse lentamente. Tenía un chichón voluminoso y sangre seca colada al cuero cabelludo. El golpe lo había desvanecido. Al despertar se sintió mareado. No solo eso, se sintió atontado y con problemas reales para expresarse. En la lengua.

De todas formas se puso de pie y comenzó el descenso adivinando un sendero bajo la gruesa lluvia. El perro lo acompañó cien metros, pero luego se sentó deseándole suerte batiéndole la cola. Blanco continuó su camino a los tropezones guiándose por una luz pobrísima que supuso era el ingreso a una vivienda campesina.

Veinte minutos después entendió que la lucecita era la portería norte del barrio de los pudientes de la ciudad. Un guardia de empresa, con palo y uniforme, aunque sin pistola, lo miraba sin pestañear desde la ventana con vidrio de su estrecha caseta. Después se le rio sin moverse de su sitio.

Blanco apretó el timbre sin soltar. Los perros de las primeras casas se alborotaron. El portero saltó de susto y fue rápido a su pronto encuentro, el palo en alto. No le cabía en la cabeza lo que estaba pasando.

—¡Suelte eso! Es un timbre, no un pezón.

Blanco lo soltó obediente. Con la ropa chorreada y

embarrada había desaparecido su elegancia de las siete de la mañana. Parecía un borracho ya sin remedio, capaz de vender su alma por un trago fuerte.

—¿Qué quiere que le regale? Ni siquiera tengo comida para mí. Aquí se trabaja por un salario de hambre. Los ricos son bien tacaños.

—Necesito cruzar la urbanización hacia la clínica. He sido agredido en la misma policía y me han tirado al cerro.

El portero frunció el ceño. Mala cosa. Los dueños de casas no podían ni ver a un pobre porque se les quitaba el apetito. Por eso se reunieron y se vinieron a vivir aquí, a una loma con cerco. De aquí al trabajo. De aquí a la whiskería. Al aeropuerto. Sin tener que mirar la realidad social debajo de la línea de flotación. Así que no podía complacer al señor. Por eso lo miró un tanto compasivo.

—Bordee el muro y llegará a la calle de salida a la ciudad. Los pobres hacen eso. A veces les arrojan con pan desde las ventanas. Si tiene suerte. A veces con agua sucia.

Blanco asintió. Comprendía al portero.

—Está bien. Voy a rodear el muro. Pero, ¿podría decirme qué tengo en la nuca? Tal vez una araña me está poniendo huevos.

El portero accedió de inmediato. Se aproximó a la reja de la puerta y sacó la mano para separar los cabellos. Blanco se la tomó y la torció hacia abajo, con posibilidades ciertas de romperle la muñeca.

—Abres la puerta, desgraciado. No me obligues a romperte el hueso.

El portero chilló de dolor pero pronto buscó la llave en el bolsillo. Se dio modos y abrió la puerta. Blanco ingresó a la urbanización sin aflojar la presión en la mano torcida contra natura. Luego lo obligó a caminar hacia la salida. Parecían enamorados tomados de la mano.

Los perros finos comenzaron a ladrar confundidos.

Se metió a la ducha de agua caliente buscando consuelo. Un bálsamo para su vida desgraciada. Se acarició la nuca con la yema de los dedos. Se secó el cuerpo como una doncella. Regresó a su cuarto y pensó en dormir un par de días sin soñar nada.

Pero a las seis de la mañana escuchó el taconeo cubano de Uribe. El hombre le tocó la puerta y entró sin más. Como a su casa.

—¡Carajo, Blanco, qué buena vida que usted lleva! ¿Me podría ayudar a conseguir un trabajo así? ¿Con un jefe como yo? Imposible, ¿verdad?

—Usted es único. Quizás el diablo.

El coronel Uribe zapateó en su lugar. Carajo. Él contrató un portero para que lo ayudara, y no un hincha pelotas. ¿Dónde diablos se metía? Ayer debía trasladarse un juez de familia y usted no había por ninguna parte. Y ahora me trata así en vez de disculparse. Si me olvido las llaves, estoy más que jodido. Volvió a zapatear en círculos a punto de resbalar.

—¡Póngase de pie y ayude con los muebles, so carajo!

—No estoy en condiciones. El mundo me gira a gran velocidad. Tengo la nuca rota por una cachiporra de sus tiempos.

Blanco giró la cabeza y le mostró el chichón. La misma almohada se hallaba manchada de sangre. Era una prueba preconstituida. Necesitaba un par más de horas de descanso. Para que cicatrice. Cerró los ojos. Cruzó las manos sobre el pecho.

Uribe salió del cuarto tirando la puerta.

115

Blanco se largó un pedo.

Se levantó de la cama una hora antes de lo planeado. Los gritos soeces de los cargadores le reventaban en la ventana de su cuarto. Se vistió con la camisa del día anterior, un pantalón corto y sus abarcas. Salió a la acera a hacerse ver.

Cuatro indígenas alzaban los muebles en sus espaldas y corrían hacia el segundo piso. El conductor del camión les recomendaba que tuvieran un poco de piedad con las patas del ropero, de la cómoda, y que no rasparan las paredes. Uribe dirigía el tráfico en el pasillo frente al gran ventanal de la farmacia. Un hombre gordo y calvo, parecido a un sacerdote, asomaba su rostro sonriente y redondo por la ventana del segundo y verificaba cuánto mueble faltaba aún.

Blanco comprendió que sobraba. El circuito cerraba sin él.

Pero Uribe lo llamó con un silbido de tribuna.

—A manera de coquetear con la señorita quédese aquí. Fíjese que no se raspe la pared. Puede pararse quieto, pero hay que cuidar el ventanal. No sé qué es más caro. Se juega usted el sueldo.

Uribe subió las gradas y a los segundos se escuchó que llamaba a la puerta del tercero. Margarita le sonrió desde su mostrador, pero apenas fue un gesto amable. Una familia íntegra reclamaba su atención profesional.

A los quince minutos no quedaba nada en la acera. El inquilino bajó a cerciorarse. El conductor cerró las puertas de su carrocería, se trepó a la cabina y se fue. Su ausencia descubrió para todos la acera del frente. Muy cerca, el viejo sauce llorón. Algo distante, un kiosco rojo con taburetes de tres patas encadenados entre sí. Una mujer afanosa detrás del mostrador.

Blanco fue a su encuentro.

—Una linaza caliente y un sándwich de huevo. Para hoy.

Se trepó al taburete central con dificultad de equilibrio por los sendos golpes en la cabeza y el oído.

—Por si acaso, no hay crédito. Así que cambiadito, por favor.

Blanco suspendió las cejas. Esa disposición lo obligaba a caminar a su cuarto. Se bajó del taburete para el efecto. Esperó que la mujer le dijera que bien podía esperar unos minutos, pero eso no sucedió.

Fue a su cuarto y volvió. Si la relación iba a estar monetarizada, él iba a buscar variantes en la oferta local.

Gladis le sirvió la linaza y el sándwich en minutos, sin mirarlo.

—Ayer casi me matan. Les ha fallado por un pelo.

—No tienes que preocuparte. Hierba mala nunca muere.

Blanco continuó masticando. El huevo no tenía sal. Tampoco salsa de tomate picado con cebolla. Estaba hecho sin amor.

—Si quieres me arrojo de la azotea.

—No, por favor. Salpicarías hasta mi kiosco.

Terminó el sándwich en silencio. Tomó la linaza mirando a Uribe en la ventana del tercero (Liliana Wenninger se dejó ver un momento). Pagó el monto exacto y se alejó sin decir palabra.

Entró a la farmacia para llamar a la concubina de Lindomar.

—A mi madre le encantó el pan de Arani, Santi. Con café y quesillo. Dice que es pan campesino. Sin bromato.

Margarita le habló por sobre la cabeza de un viejito. El señor tenía el bastón colgado de su brazo y buscaba con ambas manos su billetera. Buscó en los siete bolsillos de su saco, en los dos de su chaleco, en el único de la camisa y en los cinco de su pantalón. Luego miró desconsolado a Margarita con las manos abiertas.

—¡No se preocupe, don Aquilino! ¡Me lo paga después!

El viejito no escuchaba nada. Margarita le repetía con señas.

Blanco discó de memoria el número de teléfono de Chicaloma. Esta vez no le contestó ni siquiera la señora concubina.

Llamó al restaurante Américas pero colgó de inmediato. Demasiado temprano.

Llamó a la morgue. Le respondió el policía.

—Necesito hablar con la fiscal Talavera.

—No está. Ella llega más tarde, cuando salen del perol los rellenos. Si me deja su número le digo que lo llame.

Blanco colgó.

El coronel Uribe estaba a su lado. Le sonrió muy amable. Le dijo que Liliana estaba muy agradecida por la ayuda recibida para ordenar tanto mueble. A cuál más pesado. Le dio un golpe en la espalda para marcharse taconeando triunfador en el mosaico.

El viejito se había sentado a recordar dónde dejó su billetera. Luego, a recordar dónde vivía. Margarita le convidó a un vaso de agua. Pero ya tenía otro cliente frente al mostrador.

Blanco se sentó al lado de don Aquilino.

Diez minutos después, Margarita le desinfectó la herida de la nuca y le hizo tragar un calmante. Blanco se lo guardó entre la encía y el cachete.

Después fue a su cuarto y lo escupió.

Blanco se quedó en su cuarto hasta media mañana. Se recostó con la almohada doblada y sin apoyar la nuca.

Cuando se descuidaba y lo hacía, un pinchazo lo castigaba. A esa hora la resolana lo invadía todo y él advertía que la vista se le nublaba. Por eso se puso de pie y pensó pasar revista, sin omitir detalle, piso por piso, a modo de ordenar sus pocas ideas. De matar el tiempo.

Fue caminando hacia las gradas con la mente puesta en Gladis. Hacía un par de años que ella le había propuesto amadamente que fuera el abuelo de su nietito por nacer. «Que te diga abuelo, Santi». Blanco se enterneció y consideró muy seriamente la oferta familiar. Pero llegada la hora no quiso ni siquiera viajar al Chaco. Así que nunca conoció al niño.

Y Gladis no dejó de viajar. Cerraba el kiosco y se iba en flota. Dos o tres días. Viaje largo. Y se quedaba un mes. O dos. Y no se comunicaban ni para saber si seguían vivos, porque Blanco no tenía teléfono y le daba algo de vergüenza molestar a la farmacéutica.

—No quieres ser abuelo de mi nieto. No quieres tener familia conmigo ni cambiar de vida. Quieres quedarte así.

—Tengo que cuidar mi trabajo. No quiero volver a los puentes cuando algo falle.

Tanto viaje de retorno para abrir un kiosco. Eso era estúpido. En todo caso, seguramente para ver a su novio. Pero cuando lo veía no lo reconocía. Y tampoco se reconocía ella misma. Eso quedaba claro. Blanco advertía el olvido de sus gustos. Gladis se reía. «Estoy confundida. Hace tiempo que no te veo». Y Blanco se desacostumbró a su presencia. Después de todo, siempre había vivido solo.

Llegó al segundo y tocó la puerta. El gordo bonachón apareció casi al instante. Sonreía divertido. Llevaba un viejo sombrero de paja desflecada y un loro crecido sobre el hombro. Ambos parecían muy contentos. Parecía un

119

cura clásico, de pueblo, visitando la ciudad. Parecía un juez de familia atendiendo en casa.

—Pasá, hermanito. Estoy dándoles agua a mis canarios y peleando con la tortuga. Mirala: es un tanque de guerra alemán.

La tortuga tenía las cuatro patas estiradas y parecía de dos pisos. El cuello largo, parado y rígido, le permitía morder un fino tapete de encaje de punto del sofá. Estaba furiosa de algo.

Más allá, tres gatos miraban poéticamente la ciudad desde la ventana cerrada. A ratos columpiaban la cola, como la manita de una bailarina viaja por el aire. Faltaba que alguien amenizara con un piano.

El hombre encendió un cigarrillo y el loro comenzó a parlotear muy molesto.

—No le gusta el humo. No he podido enseñarle a fumar.

Blanco buscó más animales en el piso. Un perrito apareció de debajo de la cama. Corrió hacia ellos pero de pronto se detuvo y se meó abriendo las patitas. Luego se resbaló en sus aguas varias veces.

El gordo bonachón lo riñó. La ceniza del cigarro se le cayó al suelo y se mezcló con la orina. Él aplastó todo con su chinela.

—Falta mi víbora. Debe estar por ahí. Le gusta meterse a mi cama, al menos si está destendida. Ya se la voy a presentar.

Blanco asintió. Los muebles del comedor estaban puestos en su sitio. Los restantes, no. Sin embargo no eran muchos.

—Puedo ayudarlo a ordenar sus muebles, señor juez.

—Ni te preocupes, hermanito. Yo lo hago. Voy a salir por comida para estos y yo mismo los empujo al volver. Es cuestión de un esfuerzo chico.

Blanco se despidió. Todavía vio cómo la tortuga empujaba una caja con la cabeza. Y cómo el loro torcía el cuello para evitar el humo negro del cigarrillo.

Subió al tercero. Liliana Wenninger lo recibió llorando porque hacía unos segundos que el coronel le había tirado el teléfono. Desencuentros de pareja. Ya se le pasaría la rabia. Y no le comentó ni una palabra de cuanto les había sucedido ayer. Y esquivó un abrazo. Pero reparó en la curación de su nuca.

—Mirá lo que te ha pasado, Santi. ¿Se te ha caído una teja?

Blanco bufó como respuesta. Mientras ella le hurgueteaba la nuca a modo de caricia, él le observaba los pies y sentía un desorden hormonal. Le provocaban deseos inéditos en su vida sexual.

Subió al cuarto y tocó la puerta levemente pero varias veces.

121

El dramaturgo se le paró al frente con su mirada celeste más abismal que nunca. Frunció la frente y logró que su cabellera bajara hasta las cejas. De inmediato distendió la frente y la cabellera entera se echó atrás. Quizás a su lugar.

Blanco quedó sin palabras.

El dramaturgo comenzó a hipnotizarlo mirándolo fijamente. Como una cobra. Como un demente. Lo sintió metiéndose en su mente en forma de ondas.

Blanco retrocedió un paso debido a la fuerza de esa mirada.

Un segundo después subió al quinto.

Tocó la puerta con energía. Una voz le indicó que esperara. Esperó un buen rato. Se sentó en las gradas debido a la demora. Decidió ir al sexto y volver al quinto de bajada. Pero la puerta se abrió.

Salió el perfume de madera seca del hombre. La

punta de sus zapatos Hush Puppies. Él y la señora Lobo todavía conversaron un momento. Se dieron la mano, un beso, se rieron y se despidieron. La visita ni siquiera reparó en su presencia. Con elegantes pasos bajó las gradas y desapareció. Sin ruido. Tal cual había llegado.

La señora Lobo sacó la cara por la puerta para convocar al portero.

—Los hombres del mundo deberían ser como él. Huela cómo de bien me ha dejado la mano.

La señora Lobo le encajó la mano a la nariz. Blanco se inundó con el hálito del perfume finísimo. Mucha categoría. Mucha sabiduría para vivir.

—Quería que le leyera qué suerte ha de depararle el futuro. Qué risa me ha dado. Yo le he dicho que no hay más suerte que la suya. Que toda la suerte del mundo es suya. Y nos hemos reído que da un contento.

122   Blanco la escuchó con el ceño fruncido. Una picazón instalada en las tripas comenzó a fatigarlo. Si bien no pudo mirar el rostro del hombre, algo le resultó familiar. Quizás el perfume (en sus tiempos de polizonte le había tocado dar la mano a los delincuentes de cuello blanco antes de echarles el guante). O su risa gruesa, falsa y elegante. O su forma de caminar como si siempre estuviera pisando una alfombra. O el infinito césped de su reino.

—¿Cómo me ha dicho que se llama el señor?

—No le he dicho. Yo guardo en reserva el nombre de mis clientes.

Blanco se avergonzó de su artimaña fallida. Seguramente la señora Lobo estaría resentida. Se paró en silencio frente a la columna. Se persignó. Le rogó que le diera luz en la mente para resolver sus penas de amor y los problemas del diario vivir.

Caminó hacia la puerta.

—Me pone contento que usted esté bien.

La señora Lobo le cerró la puerta con impaciencia. No le contestó ni con las cejas.

Blanco subió al sexto. Frente a la puerta respiró varias veces hasta el fondo mismo de sus pulmones. Se calmó. Se dijo que debía contenerse. El mundo tenía sus rarezas. Diversas mentalidades. Diversos espíritus. Varias formas de cojudez.

Tocó la puerta y la puerta se abrió celestialmente.

El hombre lo observó desde la dulzura esencial. Le perdonaba todo. No le exigía ninguna explicación. Lo amaba. Lo entendía tanto como podía entender a una hormiga. A un rinoceronte. A un enajenado. A Einstein. Al presidente.

—Hola, buen hombre.

Tenía la frente unida a la espalda por una calvicie lograda con el filo de la navaja (la ridícula cola de caballo oculta detrás de la nuca). Un hábito delgado parecido a un camisón del humanismo. Y un par de sandalias más grandes que el arca de Noé.

Su aliento era eucalipto puro.

Blanco tragó saliva.

—Estoy pasando revista al edificio. ¿Necesita algo? Lo puedo ayudar en lo que guste.

El religioso se sonrió hacia adentro. Los gestos humanos. ¿Acaso el mundo podía aspirar a ser perfecto? ¿Qué importancia tenía un desperfecto material? Se debía trascender toda la nimiedad y atender lo importante. Lo importante era someterse a la ley divina. Cultivar el alma. La ecología.

—Todo está bien, buen hombre. Salvo que algo esté mal. A mí ya me ha sucedido cruzar un campo de caraguatas. Descalzo, naturalmente. Y no sentí que algo estuviera mal. ¿Debía quejarme? ¡Pero si soy feliz! Las duras espinas me lo recordaban a cada paso. Anda, no te preocupes. Todo está como quiere Él.

Blanco se pellizcó los muslos desde el interior de los bolsillos. Se contuvo de la lengua apretando los labios. Comenzó a retroceder asintiendo con la cabeza. Como los japoneses educados.

—Déjame convidarte un hervido de lechugas.

—No, gracias. Me afloja el estómago.

—Te lo purifica, buen hombre. Es muy distinto.

Trepó las gradas de dos trancos para salir del campo visual del hare. El corazón le golpeaba el pecho. La molestia le crispaba las manos. Sentía ganas de estrellar su puño contra la pared.

Esperó un momento para tocar la puerta del séptimo.

Nadie le abrió. Las chicas estarían durmiendo.

Pasó al octavo. Tocó la puerta. Se sentó a esperar que la doña supiera qué pasaba en el mundo.

Al cabo de unos minutos, la puerta se abrió. La señora sacó la cara con la curiosidad de un pajarito. Miró a todos lados, menos a él.

—Hola, señora. He venido a preguntarle si necesita algo.

La señora lo vio y pareció alegrarse. Lo llamó con la mano. Lo invitó a pasar.

—Necesito memoria. Hoy no sabía ni quién era yo. Me he mirado en el espejo como una hora. He buscado mi nombre en los papeles. No sabes el susto que me he dado.

—Yo voy a venir a visitarla cada día.

—¡Pero si me olvido para qué sirve la puerta! Escucho golpes y pienso que ha comenzado la guerra con los chilenos. Esa gente es muy fea. Como no tienen vergüenza de nada, se quedan con lo ajeno. Y siempre están bien trajeados. Parecen caballeros. La de abajo parece una dama.

Blanco suspendió las cejas sorprendido.

—¿Tiene pan? ¿Café? ¿No quiere que le compre algo?

—Tengo de todo, hijo. Menos memoria. Ojalá se pudiera comprar algo de memoria en la farmacia. Esa chica tan dulce. Tan linda. ¿Que se llama? Yo le digo santa... Oh, se me ha ido su nombre.

Subió a la azotea. Caminó de un punto cardinal al otro. El kiosco de Gladis tenía un cliente. Un hombre trepado al taburete que comía algo. Ella se mostraba en el mostrador y luego desaparecía entre sus cajones. Volvía a aparecer. El hombre ya tenía un vaso de refresco en la mano.

¿Debía irse con ella y ser abuelo de su nieto?

Solo paró un momento en la farmacia para hablar con Abrelatas. Sí, doña Valica, se lo prometo. Será un segundo. Pero fueron varios minutos y segundos porque el mozo intimidado no quiso entrar en tema, aunque luego quería saber todos los detalles.

—Ya te he dicho que es un pálpito, no un hecho confirmado. Teniente Argote. No creo que haya otro teniente Argote. A veces pienso que no eres más burro porque te falta tiempo, Abrelatas.

Colgó. Buscó en su monedero un boliviano y lo depositó en la cajita de metal que allí había. «Llamada local», dijo. Se miró de reojo en el espejo y pensó que ya no era edad para andar así. La camisa sucia y con la espalda barrosa. El pantalón corto arrugado y descosturado. Las abarcas con suela de goma. Las piernas gruesas, menos mal. Se miró la cara y advirtió que las patillas estaban prácticamente blancas. Y que las arrugas eran profundas e irreversibles. Un hombre en vísperas de sus cincuenta y siete años. Todos los años de sobresalto absoluto. Ese era el magro resultado.

De pronto, el odioso perfume de madera seca, finísimo, se le repitió en la nariz. Buscó en la farmacia al hombre que salió del quinto, pero no lo halló.

Margarita también lo miraba en el espejo.

—Buena facha. Si dejaras de cenar, no tendrías panza.

—No ceno.

Salió de la farmacia rumbo a su cuarto. Cambió la camisa por una polera y volvió a salir rumbo al mercado. De pasada vio vacío el kiosco, pero no varió de rumbo.

Entró directo a las ollas sin mirar a nadie. A prudente distancia frenó su marcha. La primera dejaba escapar una espesa sopa de quinua con carne gorda y pedazos de papa imilla. La segunda rebalsaba de tallarín del país y costilla de cordero como corona. La tercera, habas pectu con arroz blanco y papa. La cuarta, ch'ake de trigo con carne gorda y papa. La quinta repetía falso conejo de la semana pasada, con fideo macarrón y papa harinosa.

No le apetecía nada. Retornó a su cuarto.

Se durmió hasta las cuatro y media de la tarde.

Alzó el primer suplemento de la pila y se fue al inodoro. Un artículo decía que la literatura boliviana se estaba globalizando. Nombraba algunos escritores publicados en el extranjero. También señalaba a quienes habían ganado premios. Uno de ellos en una radio de Murcia. Otro, en una revista del corazón. Uno joven estaba en la lista de promesas. Otro, mayor, era el niño mimado de la literatura italiana. Blanco leía nombres que no le decían nada. Se sonrió. Qué alivio no leer libros. El artículo decía que Bolivia ya no era un país desconocido. El autor inflaba su pecho de orgullo. Tenía el nacionalismo exacerbado. Nuestros escritores, a su juicio, se codeaban con la fama de un tal Borges, de un tal Rulfo, de un Carpentier. Éramos mucha cosa. Había sido simple cuestión de buena voluntad. De atreverse. Nada que envidiar. Prometía continuar con su análisis en otro número.

Blanco se quedó pensando. ¿Por qué él no se alegraba de cuestiones así? Por ignorante, claro. Porque no leía libros como lo hacía ese crítico. Lo mismo le pasaba cuando escuchaba transmisiones de fútbol. En el camarín, los periodistas bolivianos elogiaban a sus jugadores. Harían daño por todo lado. Ganarían aprovechando, además, la altura de La Paz. El entusiasmo rebalsaba en ellos y la gente. Mientras tanto, él se ponía triste, pesimista. Sabía que la realidad era otra. Nos iban a golear. Seríamos últimos. Quizá penúltimos.

No leía libros ni veía fútbol nacional. Ni siquiera al Wilstermann.

¿De quién era la culpa? Los políticos no habían logrado organizar la sociedad. Eso lo leyó en otro suplemento. Teníamos políticos conduciendo instituciones en vez de profesionales de la materia. El mismo alcalde debía ser un administrador de empresas. El rector de la universidad. ¿Por qué los políticos se consideraban tan capaces como para dirigir todo? La política de partidos debía reducirse a su mínima esencia. Eso decía el sensato artículo que en ese tiempo leyó. Pero no. La política estaba metida hasta en la sopa.

Cortó el suplemento en cuadraditos. Luego jaló la cadena dos veces.

Cerca a las seis de la tarde volvió a cambiarse la polera por camisa y las abarcas por zapatos. Y se puso pantalón largo. Se fue caminando por la avenida. Cuando pasó por el kiosco rojo nadie le silbó como ulincho. Nadie ni siquiera lo miró. Por eso es que metió las manos en los bolsillos y siguió su impulso decidido a cruzar el puente.

Caminó por la avenida más concurrida de la ciudad

buscando hacerse dar hambre. Pasó por grandes locales olor a todo, pero ninguno lo retuvo. A ratos dudaba. Quizá si se sentaba frente a un pique macho. O frente a una buena hamburguesa. Quizás un sillpancho como en sus tiempos de vicio. O un pollo frito. Pero nada. Llegó a la conclusión de que estaba enfermo. De gravedad.

La gente lo raspaba al pasar por su lado. Alguna lo golpeaba debido a la acera tan copada. Los vagabundos peruanos con sus mantas, su macilla y sus baratijas de plata. Los mendigos del norte de Potosí. La gente que salía de su oficina. La otra, que entraba y salía de los cafés.

—Hola.

Una rubia falsa se le había parado enfrente. Tenía el cabello sujeto en una cola. Una costra de maquillaje. La blusa a punto de reventar del busto. La falda estrecha al colmo en las caderas. Los zapatos blancos. Le sonreía con mucha dificultad.

Blanco tardó un momento en reaccionar. Al lado de la mujer, apenas a la altura de sus aretes, un hombrecillo de traje cerrado y corbata parecía sonreír debajo de su bigote de escobillón. Abogado a primera vista.

—Marilú.

Atinó a decir.

La mujer se sonrió resquebrajando el revoque alrededor de su boca. Era ella misma, sí. El hombre de su lado era su marido. Abogado con todas las de la ley. Criminalista. Futuro ministro de gobierno. Ya tenían un par de hijos. Brillantes ambos.

El hombre se aclaró la voz. También se arregló el nudo de la corbata. No dejó de mirar a Blanco desde un principio. Con sentido crítico.

—Debemos irnos, mi amor.

—Sí. Tenemos una recepción con gente muy importante. Un gusto.

Blanco asintió. Pasaron por su lado. Ella le dejó el mal aliento de su perfume de flores. El retacón nada, porque una gorda lo golpeó y lo sacó de carril.

Decidió volver al edificio por un camino distinto. En una esquina se dio de bruces con un puesto de anticuchos. Tres personas ya tenían la mano prendida al alambre. En la punta, la papa bañada con salsa de maní. Luego, trinchados, pedazos fritos de corazón de vaca. Tres por cinco pesos.

La casera lo atendió de inmediato. Tres alambres calientes sobre un plato de lata. Blanco apoyó la espalda en el poste de luz. Estaba nostálgico. Se sentía muy triste debido a los recuerdos que no se cansaban de caminar detrás suyo.

No llovía, pero el cielo se había mantenido encapotado. Sin embargo, por un resquicio, la luna blanca los alumbraba. La jovencita Marilú había sido su esposa por una semana y media. Una semana y media en la que ella no dejó de mentir a la gente. Mi marido es abogado. Criminalista. Futuro ministro de gobierno. Y su marido era apenas un investigador de la policía. A veces vestía un uniforme: traje negro, camisa blanca y corbata negra. La misma mentira le dijo a su padre. Pero Blanco rápidamente le contó toda la verdad porque el señor en cuestión era su compañero de equipo de fulbito. Raúl. El zurdo. Qué vergüenza, todo.

Se divorciaron así de pronto. Marilú se enamoraba de peleles y luego sentía la necesidad de falsear la realidad. Seguramente por eso se teñía de un rubio tan evidente. Y se maquillaba como pared vieja. Y se apretaba las faldas como para castigar sus carnes pecadoras.

Blanco se rio pensando en el poco de hombre que la

acompañaba. Un abogado más. Un tipito que apenas se agenciaba dinero para costurarse los trajes a medida. Y luego a pavonear. Pobre infeliz. Seguramente su oficina daba a la calle. O a un patio común. Un conventillo leguleyesco.

Comió otros tres anticuchos mientras observaba la luna y analizaba sus recuerdos.

Eso había sido todo. Por Marilú no sintió ni remotamente lo que sí sintió por María Bertha, la llamita de Independencia. En ese viaje, montado sobre la carga de tubérculos y conversando con Lindomar, escuchándolo decir tanta burrera en contra del país, Blanco quiso dar una lección. Esperó que se le presentara la oportunidad, y la aprovechó. Se compró una llamita blanca y se la llevó a vivir a su cuarto en la calle Calama. Unos maleantes la lonjearon meses después en venganza.

Lindomar entendió el mensaje. El país no era feo, Negro. Era bello. Y la sociedad, lo que era, más que fea, mugre. Eso lo sabían ellos que eran policías, y de investigación. Su duro oficio los obligaba a mirar la pirámide social desde el mismo cimiento. Desde el sótano. Y podían dar fe de tanta miseria humana. Y cuanto más la ascendían, más mugre. Más cadáveres. Más rapiña. Más limpio el cuello, más sospecha. Si se rascaba con la uña, se despintaba el oro de la alta sociedad. Se leía el letrero de latón: leche Klim.

Blanco se sonrió de su hallazgo literario.

Marilú fue parte de su vida durante el tiempo de María Bertha. Pero la llamita no compartió con nadie su amor. Blanco la sacaba a pasear por el parque vial. La gente se sacaba fotos con ella (él cobraba). Todo el pueblo rojo, al salir victorioso del estadio, hacía fila y se sacaba una foto. La llama era la atracción de la tarde. ¡Qué tiempos aquellos!

Por si fuera poca esa felicidad, al lado mismo de su cuarto estaba el *clande*. En el *clande* estaba Soledad.

Se puso a caminar de retorno.

Gladis lo esperaba con el kiosco ya cerrado.

—En una semana me voy. No voy a volver. Pero quiero que te vayas conmigo.

La mujer dio unos pasos a la calzada y se subió al último colectivo de la noche.

El día miércoles se presentaron en el timbre dos funcionarios y dos guardias municipales vestidos de azul. Uno de los guardias apretó su dedo gordo, y de uña negra, contra el botón. El timbre resonó como bomba bajo el techo de calamina de la portería. Los otros tres hombres se reían porque volaba una abeja.

Blanco los miró desde la puerta de su cuarto. El guardia volvió a eso de apretar el botón mientras se plegaba a la risa tonta. Esta vez porque la abeja le había flechado el cuello a uno de los funcionarios.

Salió al encuentro de todos montado en sus abarcas.

—¿Se les debe algo? O son puras ganas de joder.

El funcionario sano del cuello dejó de reír al escuchar al hombre.

—¿Usted es el dueño? Bueno, llámelo. No hablamos con pulgas, sino con el perro.

Los hombres, incluido el flechado, se desternillaron de risa.

—El perro no habla. Ladra. Pero a ustedes les haría pis en los zapatos. Es coronel de policía.

El flechado se puso furioso y quiso brincarle a golpes. Tenía la mano izquierda sobre la flecha. Sus compañeros no lo dejaron. Uno de ellos se le paró por delante dándole la espalda. Conteniéndolo.

131

—Estamos en democracia. El coronel es un ciudadano más.

—Igual que usted. Solo que con dinero. Y con revólver.

Los hombres se callaron por un momento.

Los guardias hablaron entre sí por lo bajo. Uno de ellos dio un giro y disimuló para filtrarse por la puerta, pero Blanco se la cerró en las narices. Se le rio en la cara.

El funcionario sano pareció perder la paciencia.

—¡Queremos notificar al dueño!

—No está. No vive aquí.

—¿Dónde vive?

—Nadie lo sabe. Ni la policía.

Los hombres hicieron un círculo para intercambiar ideas. Fallaron al principio tocando el timbre con prepotencia. Eso enojó al gordo. Quizá si le pedían disculpas. Lo mejor era tratar con cuidado a la gente. Daba más resultado.

—Oiga, señor. Disculpe nuestra torpeza. Hemos tocado el timbre sin reparar en su buen oído. ¿Podría atendernos bien? Usted sabe, solo estamos cumpliendo nuestro deber.

—Con todo gusto. El coronel Uribe no vive en el edificio. Aparece una que otra vez, cuando tiene sus necesidades. Yo soy su portero. Sería feliz si pudiera ayudar a los señores.

Los cuatro hombres lo miraron con el ceño fruncido. Recelosos. Era clara la sorna del sujeto, pero no había otra forma de avanzar en el asunto. La hipocresía fue inventada para eso.

—Muchas gracias por su explicación. Lo que sucede es que no consta ningún papel de este magnífico edificio en nuestros archivos. No hay ni una solicitud de construcción. Menos un plano. Lo que es peor, el terreno está a nombre de un pichicatero muerto hace muchos años.

—Ha debido tener sociedad con el coronel Uribe.

—Lo que queremos es que el propietario se aproxime con sus papeles por nuestra oficina. Somos de la oficina legal de la alcaldía. Para eso hemos traído esta notificación. ¿Podría usted firmarla en señal de recepción?

—No sé leer. Por eso soy portero.

Los guardias se le burlaron. Los abogados no le creyeron.

—¿Podría darnos el teléfono del coronel? Quizá lo sepa de memoria.

—No lo sé, porque yo no tengo teléfono.

El abogado fue frunciendo el ceño por enésima vez.

—¿Qué nos recomienda hacer? Esto es muy importante.

—Demoler el edificio. Volver a foja cero. Si yo fuera alcalde haría eso y la gente me aplaudiría. Tendría palas mecánicas en vez de abogados. Hay una casa de ricos en la plazuela Tarija. Empezaría por ahí.

Los cuatro hombres se reunieron en círculo a deliberar. El flechado se acariciaba el cuello con la mano y luego se la miraba. No sangraba. Pero él insistía en verificarlo.

—Vamos a notificarlo por cedulón. Esta tarde, seguramente. Que sea un lindo día para usted.

El flechado lo miró con odio. Blanco se le sonrió. Los dos guardias lo observaron en detalle para no olvidarlo. Seguramente querían dar con él en la calle. Blanco les hizo adiós con las manos. Como los marineros a sus novias quietas en los puertos.

Con la billetera en la mano se sentó en un taburete encadenado. Algo hurgueteaba Gladis debajo del mostrador. Quizás entre los cajones chicos de botellas chicas. O entre los cajones de aceite y alcohol del anafre. Entre el cajón de tomate y cebolla. Pero tardó unos segundos en ponerse de pie y dar la cara ante el ruido de palmas batientes del prepotente.

Pareció encontrarse de sopetón con un cliente inesperado.

—Una linaza caliente. Un sándwich de huevo con sal. No olvide nunca la salsa, porque me puedo enojar.

Gladis lo miró aguantándose la risa. La cara del hombre con el pelo tan revuelto debido a la almohada. Su mala traza. Su actuación de machito frente a los municipales.

—¿Tiene dinero? En esta casa ya no se fía. Pagan mal o nunca.

Blanco mostró su billetera con el ceño fruncido.

La mujer se puso a trabajar. Encendió el anafre en base a un bombeo constante. Goteó aceite sobre la sartén. Esperó unos segundos. Rompió un huevo en la arista de la madera y lo dejó caer delicadamente sobre el aceite. Abrió el pan de la panza. Cortó un cuarto de tomate en pedacitos y sacó de una botella un poco de cebolla. Mezcló ambos con las manos. Se las limpió en su mandil. Desplazó el huevo de la sartén al pan. Lo roció de sal. Igual a la salsa sobre el huevo. Cerró el pan y lo puso sobre un plato panero roto del borde.

Blanco salivaba desde el inicio del proceso.

De inmediato aterrizó en el mostrador un vaso con linaza caliente.

—En Villamontes también hay esto. Es universal.

Blanco continuó masticando sin responder. Gladis desapareció en las profundidades de su pequeñísimo negocio. El ruido agudo de las botellas y latas se confundía con el ruido de los cajones arrastrados. Faltaba que algún ratón se le espantara.

—La cuestión es que haya amor —dijo él.

Volvió a mascar su sándwich. El ruido de todo se detuvo apenas un momento. Gladis no contestó. Continuó con su faena. Blanco observaba el gentío en el mercado de las cholitas. Miércoles. Día de feria. Los taxis iban y venían. Los bocinazos se estaban dejando esperar.

Gladis apareció súbitamente frente a él.

—Para cosechar amor, hay que sembrar amor.

Blanco suspendió las cejas pero volvió a mascar su sándwich. Aún le quedaba un pedazo. No le contestó. El jugo del huevo le había pringado los dedos. Iba a chupárselos apenas se diera.

El rostro de Gladis denotaba que había estado reflexionando.

—Hemos sembrado. Ojalá que la cosecha no se la coman los pájaros. ¿Qué pájaros hay en Villamontes?

—Estúpido.

Gladis desapareció en las profundidades, pero rápidamente salió con rumbo al aire exterior. Se puso a barrer la acera entre su kiosco y el sauce llorón. Tres perros huyeron despavoridos por el susto. El borracho apenas se reacomodó para continuar durmiendo.

Gladis siguió barriendo alrededor del kiosco. Blanco se frotaba cada uno de sus dedos con servilletas de papel sábana. Ella pasó por su lado y le dejó un inexplicable aire de afecto. Cálido. Que lo abrazó hasta el alma.

—En Villamontes hay loros choncleros. Se comen el maíz.

Blanco la jaló hacia sí del antebrazo. La abrazó. Le hundió la nariz en la mata de cabello.

Se quedaron abrazados un momento.

—Sabes que te quiero —Gladis le habló llorosa.

—Las pruebas del amor hay que brindarlas en el acto.

—Tonto.

135

Y

Margarita lo recibió muy contenta. Ella había visto la escena de amor a través de su gran ventanal. Solo una vez le tapó la visión un colectivo. Y un micro. Pero luego pudo verlos acaramelados. Qué abrazo más hermoso. De dos adultos. Se había puesto a lagrimear de emoción.

—Ojalá se me dé a mí también.

Se limpió las lágrimas con la puntita de su mandil blanco. Ya estaba grandecita y nada. Mucho estudio. Mucho trabajo. Y su mamá. En todo eso se le iba la vida. Si no hubieran ido al campo, ni siquiera conocería la zona sur. Estaba encerrada. Enclaustrada. Ella curaba a la gente, la ayudaba con sus dolencias, pero recién había reparado que se sentía muy enferma. Que se había descuidado de su propia persona.

—Debería dejarse ver. Salga los viernes por la noche.

Pero ¿con quién? ¿Acaso podía salir sola? Necesitaba que una amiga la invitara. O un amigo. La gente salía con alguien. O con muchos. Por eso es que hacían bulla. Y ella estaba desconectada de todos. Además, las de su curso ya habían hecho familia.

—No vaya a creer que las envidio malamente.

Volvió a lagrimear y se cubrió el rostro con las manos. Todo el día se la pasaba atendiendo enfermos. Siempre estaba ocupada. Y en su casa, por si fuera poco, debía atender a su mamá. Y su mamá era una señora un tanto caprichosa. Llena de terquedades. Así que seguía trabajando hasta que por fin era hora de dormir.

Santiago Blanco la abrazó. Le acarició la calavera porque su pelo era tan delgado y fino que competía con una telaraña. La apretó a su cuerpo y le sintió las protuberancias firmes del pecho. Era una mujer muy linda. La piel se le erizó un poco.

—Cuando salga, coquetee. Póngase minifalda.

Margarita asintió. Lloró todavía un momento más entre los brazos de aquel hombre bueno, y luego empezó a desprenderse con la delicadeza de una cicatriz.

—Voy a atender a la gente. Mire cómo se ha acumulado.

Blanco asintió. Caminó al teléfono y discó sin suerte a Chicaloma. Lo dejó timbrar hasta que diera ocupado. Se quedó pensando. Nuevamente llamó, pero a la fiscalía.

—Con la fiscal Talavera, por favor.

La fiscal se puso al habla de inmediato con voz de trueno.

—Oiga, so bruto. ¿Cómo se le ha ocurrido pegar al teniente Argote? Y si podía lo mataba, seguro. Le ha dejado la nariz sobre la frente, un corte de ocho centímetros en el brazo y una costilla rajada. ¿Qué clase de maleante es usted? Ahora mismo voy a hacerlo detener.

Blanco escuchó el vozarrón sin interrumpir. Aprovechó la perorata para respirar profundamente y sintonizar con la materia. Margarita estaba de sonrisas con todo el mundo.

—No he sido yo. Yo solo golpeo mozos de bar.

—El teniente Argote tiene diez días de baja. Con ese informe forense, es hasta un deber moral encerrarlo a usted seis meses. Qué bruto. ¿Con qué lo ha pegado? ¿Con un bate de beisbol? De hecho ha usado una navaja.

—Escúchame, Margot. No he sido yo.

—Él afirma que sí.

—Él sabe muy bien que no. Algo se trae entre manos.

Margot Talavera comenzó a respirar enojada. El policía afirmaba que un exinvestigador, por encargo de la fiscal, lo increpó duramente debido a la desaparición de un cadáver en vísperas de Navidad. El informe decía que el hombre se había extralimitado en sus conceptos. Y en

137

sus ofertas. Y que además, unos pocos días después, lo había golpeado con un palo y hasta le hizo un corte con un arma blanca. O sea, navaja.

El fiscal departamental la había llamado a su despacho.

Unos segundos después, pareció tranquilizarse.

—¿Qué es lo que pretende, entonces?

—Espantarnos. No quiere que le volvamos a preguntar por Quiñones.

—Puede ser. Pero, ¿y quién lo ha dejado para el gato?

Blanco cortó la comunicación. Un tumulto de gente se arremolinaba frente al mostrador. Hacía su pedido al mismo tiempo. Margarita no podía con todos. Además, sensibilizada como estaba, tenía los ojos con lágrimas y no atinaba a reaccionar.

Blanco batió palmas con autoridad.

138

—¡Se me ponen en fila! ¡Los ancianos adelante por la urgencia obvia!

La gente lo miró enojada. Blanco dijo que era lo correcto. Llevó a un anciano frente a Margarita. Ubicó del brazo a un segundo en la larga fila. Y a un tercero que no oía nada y se dejaba hacer. La señora anciana se negó a ser la cuarta y retrocedió sin más al penúltimo lugar. «Yo no soy tan vieja». El muchacho adolescente quedó último. Traspiraba. Tenía la camisa muy empapada. La mirada desesperada.

—¿Te pasa algo a ti?

El muchacho asintió. Le habló al oído triturándose las manos. Blanco lo escuchó atentamente. Le dio un manazo en la espalda de respaldo pleno.

La fila avanzó con regularidad. Otra gente se plegó. El muchacho se torcía los dedos de las manos y traspiraba copiosamente de la cabellera. Y miraba a la gente de su espalda. Blanco lo tranquilizó con un gesto.

Habló al oído de Margarita.

Al cabo de unos minutos, el muchacho salió de la farmacia llevando muy contento su paquete.

Eso era todo en la farmacia.

Entró a su cuarto y encendió la radio con alcance nacional. Pensó en barrer y trapear su cuarto mientras pensaba en todo nuevamente. Sacó la mesa con los suplementos culturales. El televisor. Su cajón de ropa interior y sucia. El esqueleto de los colgadores. Alzó el somier de su catre y lo puso de pie contra la pared. La silla a su lado.

El hare krishna lo saludó desde su ventana. Tenía los pies desnudos y colgaban al vacío. Parecía muy contento. Como el loro en la ventana chica del segundo. Y la víbora, que lo miró y le sacó repetidas veces la lengua.

Blanco lo saludó con la mano y aumentó el volumen a la radio.

Había llegado la mamá del irlandés. Era la gran noticia. El traductor decía que la señora había recurrido inclusive a la comunidad europea. Que tenía ese respaldo. Porque a su hijo lo habían matado por terrorista cuando en realidad lo había contratado el gobierno boliviano para entrenar grupos de comandos. A ella le constaba eso, porque su hijo vivía en Dublín y en su casa. «Yo he leído toda esa correspondencia», dijo. Además, tenía la copia en la cartera.

Los periodistas la atontaron con tanta pregunta. La señora repitió que su hijo llegó de manera oficial a Bolivia, con pasajes enviados por un señor del ministerio de gobierno. «Yo sé que su pasaporte ha desaparecido, pero él ingresó por el aeropuerto de La Paz». Era mentira que fuera terrorista. Él tenía su página web y la leían en todo el mundo. Había trabajado incluso en el ejército norteamericano, en Afganistán. Era un instructor capacitado para grupos especiales del ejército. Nunca había trabajado con fuerzas llamadas irregulares. Llegó a Bolivia contratado por el gobierno. Todo lo demás, lo que se venía diciendo, era una mentira. Ella tenía la copia de los depósitos bancarios del funcionario de gobierno en la cuenta de su hijo. Y estaban en su cartera.

Los periodistas le preguntaron si su hijo conocía al ruso o croata de antes. O al belga. La señora respondió que ella nunca le había escuchado a su hijo hablar de ellos.

Blanco remojó el trapo en la lavandería de dos fosas. Lo exprimió a romper. Con enojo. Volvió a su cuarto cuando la radio informaba de otras desgracias. Se puso a trapear con esmero.

—Cabrones.

Cerca al mediodía se duchó por un rato largo. Dejó que el agua fría y abundante le templara los nervios y le quitara la traspiración. Se secó con la toalla que parecía un cuero por lo vieja que estaba. El cuerpo le quedó rojo. Inflamado.

Cuando volvió a su cuarto se encontró con Gladis en la silla.

—¿De cómo has roto tu catre?

—Me he engordado.

—Yo te veo igual. Has debido estar rebotando.

Blanco se secó el cuerpo una vez más. Comenzó a vestirse de abajo a arriba. Con su mejor ropa. También se peinó sin verse.

—¿Puedo ir contigo?

—Puedes. Tú eres la dueña de mi vida.

Gladis cerró el kiosco sin los fierros de las ventanas. Hasta donde se entendió, Blanco haría un par de preguntas al Abrelatas mientras se servían el almuerzo. Volverían en un par de horas. No valía la pena tanta seguridad como en las noches.

Pero el Abrelatas no estaba de turno. El restaurante Américas tenía al otro mozo y nadie más. Suficiente para cuatro mesas. Blanco lo miró con ánimo de pelea. El mozo simuló estar muy atareado. Se metió entre la gente dándole la espalda.

—Este nos va a meter sus dedos en la sopa.

Se fueron a buscar comida en otro lugar.

Encontraron una fonda de brasileños.

—En Cochabamba ya hace tanto calor como en Villamontes. De eso no te tienes que preocupar.

Blanco frunció el ceño. Se había servido un plato de fejoada con algo de arroz y mucha carne de chancho. La pesó en una balanza y el encargado se rio por lo bajo. El plato de Gladis había pesado la tercera parte. Pagó y se sentó en una mesa debajo del ventilador de aspas. Curiosamente, recién empezó a traspirar.

Gladis insistió:

—Cualquier rato la gente va a caminar con un trapo en el cuello. Igual que allá. Del calentamiento no se libra nadie.

Blanco comenzó horadando por la base. Metió la punta del tenedor y extrajo porotos y arroz. De inmediato punzó un pedazo de chancho. Esa era la idea completa del plato. Buscó el llajuero, pero no lo halló. Lo dejó así. A veces sucedía que el picante impermeabilizaba los sabores. Desaparecía el sabor a arena de los carbohidratos. La carne se convertía en un pedazo de goma sin reminiscencias de sangre. Su misma lengua, estragada por tanto delicioso fuego, ya no detectaba el chillido de un grano de sal. Tampoco se encogía al rozar la acidez. Y cada vez le hacía más falta el azúcar.

—¿Está metido en líos tu amigo Abrelatas?

Blanco asintió. Introdujo el tenedor al vientre mismo de la comida y lo giró dos veces para empaparlo en el

141

caldo del poroto. Lo fue sacando un tanto lentamente por la zona del arroz. Lo observó cargado y empapado. Se sonrió al metérselo en la boca.

—¿Hasta cuándo vas a tener esa clase de amigos? El Abrelatas cortaba caras. Tú lo agarrabas a patadas. Lo hacías baldear las celdas. ¿De cómo es que ahora se quieren tanto?

Blanco no podía contestar su pregunta. Tenía la boca llena. Pero alzó los hombros. Él no sabía de cómo. Tampoco sentía que lo quería. Pero les pasaba que se tenían uno al otro. Era una fidelidad entre un expolicía y un exmaleante. No era nada excepcional. En algunas circunstancias, inclusive habían trabajado juntos.

—Son oficios primo-hermanos. Nosotros nos entendemos.

Gladis también comía, pero a desgana. Jugaba con el tenedor entre el arroz y el poroto. Alzaba muy poquito. Tardaba en volver a alzar.

—¿Has de irte conmigo, Santi? En una semana. En seis días.

Blanco había vuelto a cargar la boca a tope. Masticaba cerrando los ojos y pensando en lo que hacía. El jugo del poroto, la carne y el arroz, más el sorbo de la gaseosa negra, lo hicieron suspirar como a poeta romántico. Amariconado.

—Tú no has querido vivir conmigo aquí. ¿Por qué ahora quieres que me vaya contigo? ¿Por qué has cambiado de idea?

—Debe ser porque te quiero. Pero allí está mi hijo y mi nieto, y quiero que también estés tú. ¿Es pecado eso?

Blanco negó con la cabeza. No era pecado. Él no podía decir eso. Le parecía un gran plan. Armar una familia con abuelos, padres y nieto. Era lo correcto. Pero para eso debía abandonar su techo, su trabajo, y si fallaba el plan, estaría en la calle. Y la calle era el infierno. Los puentes, la indigencia y la absoluta humillación.

—Quizá me tome más tiempo lo que estoy investigando.

—Yo estoy vaciando el kiosco para irme en una semana. Si quieres, te puedo esperar unos días para que nos vayamos juntos.

Blanco negó con la cabeza, pero sin comer nada. No sabía de cuánto tiempo estaba hablando. Dos semanas. Tres. Quizá la perjudicaría. Mejor era que siguiera su planificación. Estarían en contacto.

—Te quedarías sola en mi cuarto. Tengo que salir mucho. A la morgue y a la policía.

Gladis asintió. Empujó su plato al centro de la mesa y quedó triste.

—Lo más probable es que no vayas nunca.

—Quizá vaya.

—He vuelto por ti. Siempre vuelvo por ti. Pero no voy a esperarte toda la vida. No quiero vivir así. Voy a esperarte solo un tiempo.

143

Caminó a la policía sin cruzar la plaza. Prefirió guarecerse del sol y pasar por la puerta del concejo municipal y de la interpol bajo el techo de la galería. En la plaza estaban muy alborotados los operadores de la izquierda ultra revolucionaria. Tenían un megáfono y decían que el presidente, otrora compañero de causa, ahora se emborrachaba con whisky etiqueta azul. Se había aburguesado, compañeros. Ni hablar del vicepresidente. La elegancia de sus trajes, el corte de sus cabellos, sus fiestas. ¿Dónde había quedado lo revolucionario? Todo era despilfarro. Y lujo. Discriminación. Parecían los hijos de la revolución del 52. Pequeños burgueses. Por eso no les costaba ni un rubor mentirle al pueblo. ¿Quién trajo a los terroristas? ¿Por qué no nos dicen la verdad? En Santa Cruz no se ha derrotado a su oligarquía, sino que se la ha reforzado. Se le ha dado mejores condiciones de reproducción de su base material. Los ricos son más ricos, compañeros. Abramos los ojos. Los mata collas son sus aliados. Ya no patean a nuestros indios. Ahora son sus aliados. Los jefes de su campaña.

Ingresó a la policía directamente hasta el patio. Los jefes brillaban ya por su ausencia. Estarían haciendo una sana digestión en sus camas. El sol de las dos reinaba a plomo en el cuartel. Los maleantes vociferaban insultos desde sus celdas. Una vendedora de refrescos de fruta hervida había pasado por sus narices sin condolerse de su sed. Otra vendedora de fritos caminaba a su espalda. Los maleantes no tenían ni una moneda. Chillaban. Ellas no vendían ni un frito de lechuga al fiado. ¿Qué garantía se tenía? Hoy estaban muy angelitos en las celdas y mañana estarían demonios cartereando en las ferias. A ellas mismas. Sería dinero perdido.

Subió las gradas y el mal olor lo atrapó de inmediato. Se le metió en la nariz y se alojó en su organismo. Un híbrido de orín y verduras podridas. Se apresuró en llegar a la oficina ubicada debajo de la grada y se encontró con la puerta abierta, los papeles en el piso, los zapatos sobre el escritorio y los ronquidos del pelirrojo, sentado en la silla, taladrando el techo de yeso.

Blanco lo observó con detenimiento. De la cadena del pantalón, con la dulzura de una fruta, colgaba la cachiporra. El hombre dormía a placer y soñaba cosas lindas. Tenía los brazos cruzados sobre el pecho y la boca un tanto abierta y babosa. Ni su madre le daría un beso. Tenía mucho sueño por delante.

No había nadie más en el ambiente. Ni en las gradas.

144

QUE TE VAYA COMO MERECES

Por eso Blanco se agachó y descolgó la cachiporra sin mayor dificultad. Pesaba medio kilo y servía para dormir a un toro. Se ubicó detrás del hombre y le sopapeó con violencia la mejilla derecha. El pelirrojo se sobresaltó, abrió los brazos y miró hacia su derecha exponiendo a placer su nuca. Blanco lo cachiporreó muy fuerte. Fortísimo.

El hombre iba a desplomarse de la silla si él no lo sujetaba muy bien de los hombros. Le acomodó los brazos en cruz. La quijada sobre el pecho. Le observó la sangre tibia bañando su nuca. Colgó la cachiporra (limpia de huellas) en la cadenita y bajó las gradas como los gatos.

Tampoco encontró a quién saludar.

Cerró pronto la puerta de su cuarto por temor a los zancudos infames y ladinos. Consideraba que cada año que pasaba los zancudos estaban más grandes. Indestructibles. Parecían aviones chilenos. Se sonrió pelando feliz los dientes. Entraban a su cuarto y le zumbaban por los oídos. Se pasaba la noche intentando cazarlos. A veces se levantaba y encendía la luz, pero no los hallaba por ningún lado. Eran malas noches. Por eso abría la puerta y se metía como ladrón y la cerraba rápidamente. Como una vieja aún virgen. A los segundos encendía la luz.

En la esquina lo retrasó el hare krishna y su banda de músicos locos. O locos músicos. Blanco hubiera querido refugiarse en el kiosco de Gladis y sacarles la lengua, pero el loco del sexto no lo dejó avanzar ni siquiera un paso bailando delante suyo. De inmediato, el loco del timbal hizo lo mismo. Y el de la pandereta. (Había uno grandote y obeso, con sotana anaranjada y sandalias franciscanas, que miraba feliz el espectáculo y le sonreía desde la mismísima bondad. Parecía el jefe.) La esquina presentaba un espectáculo decadente de la humanidad.

Gladis vio todo eso y advirtió la desesperación peligrosa de su novio. Salió de su kiosco y batió palmas. Los espantó del camino. Reingresó a su kiosco con Blanco de la mano. Lo besó con amor.

—No me hagas esperar. Te prometo que seremos felices.

Blanco la abrazó como en mejores tiempos. También lagrimeó como un Romeo, y se acordó del Abrelatas. «Yo creo que voy a ir», dijo, pero la poca voz apenas voló a los oídos de la mujer.

A los minutos, cruzó apurado la avenida y se metió en su cuarto.

¿Qué debía hacer? Encendió el televisor y fue cambiando de canal. Mientras pensaba, miraba. Los canales daban su informativo, y una señora de aspecto muy distinguido hablaba con la prensa. Ya ha quedado claro que mi hijo fue traído por un funcionario del ministerio de gobierno. Todas las pruebas las he mostrado al ministro en presencia de mi embajador. Como el señor presidente no quiere recibirme, entiendo que no tiene interés en llegar a la verdad. Frente a esa decisión soy impotente. Voy a volverme a Irlanda con los restos de mi hijo. Sé que Dios hará justicia.

La prensa comentaba el suceso. Blanco acompañaba el razonamiento del periodista mientras pensaba en sus problemas. Un zancudo le silbó en el oído. Dio varios manotazos en el aire. Se miró las manos. Pensó en la nuca del pelirrojo.

Salió de su cuarto rumbo a la lavandería de dos fosas.

El gordo bonachón del segundo le habló desde la ventana: «Alguien le está zapateando la espalda a alguien. En algún piso de arriba. No deja dormir a mis animales. Que lo mate de una vez».

El loro y los tres gatos sacaron la cabeza por la ventana. La tortuga se presentó en los brazos del hombre.

—Ya subo.

Se frotó las manos con detergente y se las volvió a mirar. Estaban tan limpias como hacía unos minutos. La nuca no estalló en sangre, sino que se abrió una boca que dejó correr la sangre como un manantial. Nada grave. A todos les pasaba darse un golpe en la nuca. O recibirlo.

Subió las gradas revisando la puerta de la farmacia. La halló firme. Y asentó la oreja en el segundo. El loro decía cosas y los gatos maullaban de cara a la luna. Hizo lo mismo en el tercero. El silencio era aterrador. Subió al cuarto justo cuando un objeto se estrellaba precisamente contra la puerta.

Blanco esperó que el piso se tranquilizara. La voz de un viejo emitía un discurso desde la tumba. Una voz de niña imploraba piedad. Un hombre buscaba la fuente de la verdad. Y una mujer desfallecía con una vil daga en el pecho.

La interpretación volvió a repetirse.

El viejo: «¡Los muertos sabemos todo! ¡La vida es un libro abierto! No has de engañarme».

La niña: «¡Yo quiero que me cuide el ángel de la guarda!»

El Hombre: «¡La verdad la escriben los vivos! ¡Mueran los muertos!»

La mujer: «¡Oh, celos criminales! ¿Acaso por quitarme la vida lo has liberado de amarme?»

Blanco suspendió las cejas. El dramaturgo estaba trabajando. Corría a un rincón del cuarto y arrastraba un cajón. Zapateaba y hablaba como la mujer desfalleciente. Lloraba y clamaba como la niña.

Estaba loco.

Bajó las gradas y tocó la puerta del gordo bonachón. Una humareda le salió al encuentro. Una mano grande la disolvió a manotazos.

—Está ejercitando una obra de teatro. Debemos apoyarlo. Producción nacional. He leído artículos al respecto.

El gordo bonachón se sorprendió. ¿Y acaso no había mejores horas? Las de la noche estaban hechas para dormir. Imagínese que yo pasee a esta víbora en el día. La gente moriría de un infarto. La paseo de noche cuando la gente duerme. A mis gatos les abro la ventana también en la noche. Pero al loro y a los canarios los tapo con una frazada a las seis de la tarde. Hay horarios. El loco ese debería saberlo. ¿Querrá una citación judicial?

El gordo bonachón despachó otra bocanada de humo.

—Está bien. Cualquier rato hablo con él.

La puerta se cerró.

Llovió desde la noche con intensidad. La calamina había retumbado como apedreada sin cesar. De manera inclemente. Blanco ya estaba sordo y demente pese a que tenía la cabeza metida debajo de la almohada. A ratos daba de puñetazos. Sus pensamientos rebotaban en la cabeza y no volvían a su lugar.

Se levantó a las seis de la mañana y se montó en sus abarcas de indio con suela de goma de una pulgada. Se vistió el pantalón corto con bolsillos laterales y la chamarra impermeable color amarillo. Salió a caminar rumbo al puente para recuperar la razón. La lluvia pronto le bañó la cara y los pies. Súbitamente, se puso a lagrimear.

El río Rocha se había convertido en un impetuoso turbión de gruesas venas. Desde el puente del Topáter (donde Blanco se acodó en la baranda y decidió recuperar la paz de su espíritu), mirando hacia el este e imaginando las colinas de Sacaba, se lo veía venir. Un fino punto barroso al fondo. Una víbora de otros tiempos, con los aros del lomo jaspeados y brillantes, más acá. Una fuerza natural y reconciliadora cuando pasaba por debajo del puente y seguía su camino arrastrando matorrales espinosos, un burro muerto y hasta un par de novios gordos, vestidos impecablemente bien para la ceremonia eternamente pospuesta: ella de blanco desde el velo de encaje fino, sujeto a su fuerte cabellera, hasta el delicado ramo de pétalos de rosa sujeto aún a su pecho virgen. Y él, un traje oscuro, camisa blanca con fino cuello cadete de relieves y la corbata de moño guinda, y los macizos anillos de oro cierto de la alianza en su puño derecho. Viajaban con los pies por delante, descalzos, cara al cielo, y sonreían agradecidos a la gente que cada verano reparaba en ellos y les deseaban la mejor de las suertes.

Blanco les dijo adiós tragándose sus lágrimas.

La lluvia era un velo de agua que danzaba en el espacio. El cuerpo se le quebraba y en su fina cadera se veía saltar la gelatina de los sapos. Pero también apretaba los brazos, las piernas, y se erguía impenetrable como un soldado yendo a la guerra. Iba a llover todo el santo día.

—Hola, jefe.

El Abrelatas se acodó a su lado. La lluvia lo bañaba desde el cabello enrulado hasta los zapatos deformados. Él no se cubría con nada. Tampoco le importaba. Era solo agua, nada más. No mataba a nadie. Ni siquiera daba resfrío. Toda su infancia había sido en la calle, con los pies descalzos, y ahí estaba. No enfermó. Si llegó al hospital fue por los tajos de las navajas. O por las pateaduras de la policía. Directo a emergencias.

Blanco no lo miró sino al principio. El agua barrosa reventaba contra un tronco clavado de punta en el lecho y se elevaba dispersa y espumosa, y sucia, por los aires. A los niños les hubiera encantado ver el espectáculo.

—Te he estado buscando. Hay algo que debes hacer.

El Abrelatas se enjugó la cara con las palmas de sus

149

manos. La lluvia le empañaba la vista. Le provocaba ardor en su infección. Pero tampoco le importaba tanto. Había peores cosas en la vida.

—He averiguado con mis cuates. Ese Argote me lo ha robado. Seguro que para venderlo a los carroñeros. Ahí vamos a parar los que no tenemos ni nombre. Pero lo he pegado biencito. Hasta quizá lo mate si no me lo devuelve. Hijo de la gran puta.

Blanco giró el cuerpo para hablarle. La lluvia se le metió por la oreja izquierda. Le cerró un ojo. Se le llenó en la boca. Parecía una travesura. Por eso volvió a girar el cuerpo y le habló mirando al río.

—Deberías viajar a La Paz.

—¿A La Paz? Imposible, jefe. Yo no he salido de Cochabamba. ¿Qué quiere que haga en La Paz? Ni ropa tengo.

—Tengo mis pálpitos.

—¿Sus qué? Mire ese bulto. Es una oveja, creo.

El bulto desapareció en las aguas. Pasó por debajo del puente. Apareció cien metros más allá. Si era una oveja, estaba muerta.

Se salieron del puente y llegaron a los apis con buñuelos. Esperaron su turno detrás de unos taxistas. Uno de ellos se reía de su colega que había estado trabajando en la puerta de un prostíbulo. Cuchicheaban, pero solo él se reía. Blanco les dio la espalda.

—Deberías visitar a la fiscal, porque vamos a necesitar desenterrarlo si lo encontramos.

El Abrelatas se alzó de hombros.

—Lo desentierro igual. Y me lo llevo donde yo quiera. Es mi hijo.

Se sentaron en el mesón común. El Abrelatas sorbió del api y captó la atención de los taxistas. Lo miraron estudiándolo. Volvió a sorber. Las dos señoras salidas de la misa de gallo también lo miraron. De inmediato empezó su pelea con el buñuelo. Quiso mascarlo, pero los tres dientes que conservaba no lo ayudaban. Menos las encías. Porfió un buen rato. Probó de otra manera. Terminó arrancando pedazos con las manos sucias.

—Deberías ponerte una placa.

—¡No sabe lo que cuesta, jefe! Mi hijo tenía dos implantes. Uno aquí y otro aquí. Un ojo de la cara. Tendría que volver a lo mío. Ahí hay dinero. Pero la verdad es que me da flojera. No se duerme tranquilo. La policía se enoja si no le das la mitad.

Blanco asintió. No quería insistir. El Abrelatas se ponía terco. Él, en cambio, hubiera sido un hombre triste sin sus dientes de acero. Mascaba el wit'u como si tuviera doble hilera de dientes. Trituraba la carne de pecho y su grasa dura hasta que los dientes se dieran un beso. A los filamentos del charque los volvía polvo. Era imposible que se le escapara algo intacto. Ni los huesos, diría. Menos un buñuelo de monjitas.

Un taxista golpeó la mesa enojado.

—Hay que tener modales. O no hay que sentarse en la mesa.

El Abrelatas sorbió el api. Se llenó la boca con un pedazo de buñuelo arrancado con sus dedos sucios. Se lo embutió. Se atoró un poco.

Los dos taxistas lo miraron. Las señoras prefirieron dejar su lugar por temor a una trifulca. Se pararon bajo la lluvia. Una de ellas se acordó que en la cartera tenía un paraguas. Se rieron un momento como loritos. La otra le agarró el tazón y el api. La esperó que abriera el artefacto y se refugiaron bajo su toldo de lo más bien.

El Abrelatas eructó. Se hurgó la boca. La nariz.

Blanco torció la silla para ponerse de pie en el momento preciso.

El Abrelatas se hurgó los bolsillos y sacó su navaja. Se puso de pie y caminó hacia los hombres. Los miró aterradoramente, con el labio superior temblando de rabia. Les mostró sus tres dientes en una sonrisa macabra. Sus encías inflamadas.

Punzó los buñuelos ajenos con su arma y, moviendo levemente las cejas, les preguntó si tenían algún inconveniente. Le dijeron que no. Con el aval requerido procedió a trasladarlos a su propio plato.

La charla continuó.

—Uno se acostumbra, jefe. Mis encías son como la boca de la tortuga. No vaya a creer que no. Puedo arrancar carne humana. Sería por mejorar el aspecto, tal vez.

—También por eso.

—Quizá pueda pedirle a cuenta de honorarios a doña Valica. Podría pagarle con las propinas.

—Primero consultá con un dentista.

Los taxistas salieron del local. Se quejaron a la dueña de lo sucedido. La señora asomó la cabeza en el recinto. Se encontró con la sonrisa amable de Blanco. Inclusive con su saludo inglés.

Los taxistas le discutieron. Uno de ellos elevó la voz. La doña se alzó de hombros. El otro insistió. Agresivo.

El Abrelatas fue a su encuentro todavía chorreando agua.

—Se me van yendo antes de que los tajee.

El taxista belicoso se le puso al frente con los brazos abiertos. Tenía el cabello revuelto, la cara congestionada y los ojos saltones. De inmediato sintió un cosquilleo metálico en la nuez de la garganta. Un tufo podrido en la nariz.

El Abrelatas presionó un poco más con su navaja. Un globito rojo le tiñó la punta del arma. Un cherry propio de los postres.

El otro taxista corrió a la puerta. Volvió a entrar. Se encontró con la sonrisa amable de Blanco. Con la dulzura de su mirada. Se detuvo en seco.

Blanco lo llamó como a un niño.

—Mi amigo es un exdelincuente común. Yo soy un expolicía.

El hombre balbuceó atolondrado:

—Mucho gusto.

—Estaríamos muy agradecidos si ustedes pagaran nuestro importe. Me he confundido de chamarra. La lana se ha quedado en la otra. Estoy recién levantado de cama. En abarcas.

—Cómo no. Cóbrese, señora.

—Son dos apis y dos buñuelos. Treinta bolivianos. Nadie en el mundo se empobrece por esa cifra. En cambio sí se puede ganar el cielo.

—Gracias, papilín —agradeció el Abrelatas.

—Ahora váyanse a trabajar. Hay demanda en lluvia. No salpiquen a la gente.

Dejó de llover cuando Margarita salía del taxi y cruzaba la acera muy apurada. Es que su cabello se encrespaba con el agua. Blanco la ayudó con la puerta y las luces, súbitamente de buen humor. Empujó las vitrinas a su lugar de exposición. La dejó instalada mientras ella se abotonaba el mandil blanco.

—Creo que estoy enamorada.

Blanco suspendió las cejas. Margarita le había hecho la confesión sin quitarle la mirada. Estaba muy contenta. Optimista. Creía que la vida valía la pena. Un día atrás pensaba todo lo contrario. Pero en segundos sucedía el milagro. Ahora estaba de maravilla.

—¿A qué santo le debemos la vela?

153

Margarita se carcajeó. Sacó un cepillo oculto de detrás de la puerta y se puso a bailar aprovechando que no había nadie. Ni siquiera Blanco. No le importó.

Blanco, cejijunto, tocó la puerta del cuarto. La alegría de Margarita le había cambiado el buen humor por uno malo. Insistió con los nudillos y se dio con los ojos celestes y abismales del dramaturgo. Muy bien abiertos.

El hombre lo miró como miran las cobras. Luego empezó a girar los ojos para hipnotizarlo. Suspendió las cejas y la cabellera crespa se le montó sobre los ojos. Frunció el ceño y la cabellera se fue para su espalda casi de un brinco.

Blanco se asustó.

—El señor del segundo se ha quejado de la bulla de anoche.

El dramaturgo abrió la boca como un mimo. Se puso tristísimo. Las manos le cubrieron el rostro y luego agarraron su corazón desfalleciente. Se contorsionó. Se cayó al piso hecho un despojo. Allí se quedó quieto hasta que Blanco se rascó preocupado la cabeza.

De pronto se puso de pie y le cerró la puerta en la nariz.

Blanco quedó perplejo. Después se alzó de hombros restando mayor importancia al asunto. Trepó un piso más y golpeó la puerta con delicadeza de dama. A la señora Lobo le gustaba que preguntaran por ella. Una podía morirse, y pudrirse, si alguien no se echaba de menos. Escuchó pasos leves, acolchonados, en el interior del departamento. Un rezo de memoria ante la columna.

—Hola, señora Lobo. ¿Ha amanecido bien?

La señora se quedó agarrando la puerta mientras lo miraba atenta. El hombre parecía un cargador de la feria. Un qepiri. Pero la cara le parecía un tanto familiar.

Tardó segundos en encontrar la pregunta exacta.

154

—Buenos días. ¿Se le ofrece algo?

Blanco quedó desconcertado. La señora lo miraba como si fuera por primera vez. Con desconfianza. Por eso alisó sus cabellos hacia atrás, para que se le pudiera ver el rostro completo.

—Soy Santiago Blanco. El portero.

—Yo sé que usted es el portero. ¿Quiere rezar a la columna?

—Si usted me lo permite.

—Pase, por supuesto. Voy a invitarle un café.

Blanco se persignó. Todos estos días, desde el lunes que llegó Gladis y reabrió su kiosco, él estaba sufriendo. Sin Gladis se sentía un huérfano. A toda hora las ganas de llorar. Pero ella había llegado con una consigna, con una convicción de guerrillera: se lo quería llevar al Chaco. Estaba cansada de vivir para abrir un kiosco. ¿Qué sentido tenía eso? Y menos volver de su nieto para abrir el kiosco y ver a ratos a su novio. Por eso tenía la decisión de irse y no volver más. Y quería llevárselo. Tendrían una familia. Al hijo, a la nuera, al nieto. Abrirían una sillpanchería para vivir. Quizá, gracias a la infraestructura, se pondrían a freír sábalos desde media mañana. Nada de eso era seguro. Pero Gladis ya no quería volver. Debía irse con ella en días o, caso contrario, quedarse aquí sin ella. Con su portería. Con Uribe. Con los inquilinos. Contigo mismo, santito del quinto. ¿Qué debía hacer? ¿Era posible que lo ayudara iluminándolo?

—¿Porterito? Ahí está tu café con galletas. El hombre del perfume me ha preguntado qué te llamas y qué haces aquí. ¿Ustedes se conocen? ¿De dónde, pues?

Blanco detuvo el movimiento de su mano. La pregunta de la señora Lobo lo había tomado por sorpresa. ¿Quién preguntaba por él? ¿El hombre del perfume? ¿Y quién diablos era el hombre del perfume?

155

Tomó un sorbo de café para preguntar a su vez: «¿Y él qué se llama?»

La señora Lobo frunció el ceño. Ella (ya lo había dicho) jamás daba el nombre de sus clientes. El señor era un distinguido abogado. De lo más notable de la sociedad. Y tenía una elegancia única. Bastaba disfrutar de su perfume. Una fragancia de madera seca. De inmediato la evocación poética de los bosques de Escocia. Anegados. Florecientes. El trino de los pájaros. El hacha de los leñadores.

—Usted sabe quién es. Haga memoria.

—¿Le ha dado usted mi nombre?

—Por supuesto. Usted no es mi cliente. Es el portero del edificio.

Blanco dejó la taza de café sobre la mesa. Asintió. Dar su nombre no tenía la menor importancia. Pero dar el nombre del señor era una total falta de respeto. No faltaba más. Quedaba claro que había diferencias sociales en Bolivia.

Se detuvo frente a la columna y se persignó.

Salió del departamento rumbo al octavo.

Tocó la puerta durante tres minutos. Apoyó la oreja en el pizarrón y prestó atención como un cardiólogo sobre una teta linda. No escuchó ruido alguno. Desalentado, subió a la azotea.

La señora viejita estaba allí. Tenía el telescopio apuntando sin dudas al norte. Hacia el pico Tunari. Algo manipulaba con la mano derecha. Algo con la mano izquierda. Se puso a zapatear. Seguramente Dios paseaba feliz entre las nubes y le batía la mano. Podía ser el caso. Quizá caminaba de la mano de un tal Virgilio y estaba enojado. También podía ser el caso. Algo así había leído en un suplemento.

Pero tuvo resquemor de hablarle.

Se acodó sobre el parapeto sur y balanceó el cuerpo sobre la U. Vio a Gladis afanosa. Tres clientes sentados en los taburetes. Dos atendidos entre los sentados. Uno más que esperaba girando en círculos en la acera.

Santiago le silbó como los ulinchos. Desde el corazón. Gladis volteó para verlo y le sonrió como una diosa.

La viejita del ocho se asustó.

—¡Pensé que me silbaba Dios!

—Dios no tiene dientes.

La viejita frunció el ceño. ¿Quién era usted para decir qué tenía Dios y qué no? Ella lo estaba viendo ahora mismo y lo veía completo. El cholo debía quedarse con su Pachamama. No entendía al dios católico. Solo se le acordaba cuando debía bendecir sus riquezas. Era un pagano. La fiesta de la virgen de Urkupiña desvelaba todo. Una fortuna en miniatura. Humildes. Y sin embargo, soberbios. Los nuevos ricos. Bastaba con ver la ciudad. Al norte, el asilo de ancianos. Al sur, el transporte y el comerciantado. Todo el dinero de este pueblo.

Insistió:

—Dios es el hombre más hermoso que haya pisado la Tierra. Véalo si gusta con sus propios ojos.

Blanco aceptó la oferta. Miró hacia el pico Tunari buscándolo, pero no lo halló. Escrutó las nubes. Las piedras de la montaña. El avión que se elevaba de milagro. Y nada. Desalentado, buscó un cóndor. Tampoco. Con algo de torpeza encañonó a Gladis. Se asustó. Le vio las rayas y los puntos de su cutis.

Se sonrió. Parecía un código de telégrafo.

—¿Qué me dice ahora?

—Dios no existe.

La señora viejita le arrancó el telescopio de las manos. Bruscamente le dio la espalda. Continuó diciendo cosas por lo bajo. Pero volvió a verlo en las nubes y zapateó.

Chilló de alegría y encaró al hombre.

—A Dios lo ven los que quieren verlo. Usted tiene cerrado el corazón.

La señora viejita lo riñó durante varios minutos. Lo mismo le sucedía a la gente con el amor. Amaba el que quería amar. También lo contrario. La fe estaba en la materia humana. Dormida. Había que despertarla y ponerla a andar. La fe se alimentaba. La fe daba frutos. Había pruebas.

—Qué lindo lo que usted me dice.

—No viva como los animalitos.

Blanco bajó las gradas pensando que era un merecedor de cuanto le había sucedido en menos de una hora. Las rodillas le temblaban de fatiga y de indignación. Las viejas señoriales lo habían trapeado. Qué manera más severa de recordarle su condición. No les faltó palabra.

La chilena del *clande* lo esperó en el codo de las gradas. Ella también iba gradas abajo. No lo había reconocido porque parecía un bombero. Solo le faltaba la manguera. Blanco le contestó que tenía una gruesa, enrollada. La mujer se rio a carcajadas. Eso le decían todos y luego no alcanzaba ni para el jardín. Él tenía una para apagar el fuego de la azotea. Descomunal para una macetita. La chilena volvió a carcajearse. La maceta se regaba con un vasito de agua, po. Era cuestión de graduar. La gran manguera también puede gotear. El chorro va si hace falta.

—Necesito un masaje de cuerpo y alma.

La chilena lo escuchó. Cambió de cara. Ella era una profesional de los masajes. Pero debía visitarla temprano. Seis de la tarde. El jueves iba un montón de gente al negocio. El viernes ni hablar. Los sábados, alguno. Los domingos moría todo.

—Quinientos bolivianos con final feliz. Bien duchado, si te animas.

Se fue moviendo las caderas por el pasillo de la farmacia. Blanco la observó con un cosquilleo de hormigas en la sangre espesa. Metió la mano derecha en el bolsillo vacío de monedas y se rascó un tanto. Luego metió la otra mano y se entretuvo.

Subió al tercero a tentar la suerte.

La puerta se abrió y quedó atónito al percibir el perfume de madera seca que salió a su encuentro. La fragancia se metió en su nariz y se quedó ahí un buen momento. Quiso darle de manotazos para aligerar el aire, pero Liliana Wenninger lo miraba con curiosidad apoyada al canto de la puerta. Parecía cansada del cuerpo, pero muy satisfecha.

—Pasaba por aquí. ¿Todo bien?

La mujer tenía el cabello suelto y alborotado. El cuerpo desnudo bajo el albornoz blanco. Los pies descalzos. No estaba en condiciones de recibir a nadie. Necesitaba dormir muchas horas.

—Todo excelente.

Blanco asintió. Le quedaba la duda si el nido del perfume se hallaba aún dentro del departamento o si ya había emigrado a la calle.

—Pensé que estaba sola y que podía necesitar algo.

—Estoy sola, pero no necesito nada.

La puerta se cerró. Liliana Wenninger lo hizo con delicadeza, pero la cerró igual. Blanco se encontró parado ante la puerta cerrada. Olfateó en el aire con la pretensión de perseguir el aroma, pero tuvo la impresión de que el aroma se había suspendido y flotaba contra el techo de las gradas. Quizá si tuviera una escalera. O un ascensor. Se pensó una araña. Se supo tonto.

Bajó las gradas con un gran sentimiento de derrota.

159

Había perdido en cada piso que visitó. Una soberana goleada. Con ese pensamiento llegó a la farmacia para llamar a Chicaloma. Pidió permiso con la mano a Margarita y se dirigió al teléfono.

La farmacéutica reía sin cesar con un cliente anciano.

—La pastilla azul lo puede matar, don Vitaliano. Que me autorice su geriatra. Debemos saber si su corazón es capaz de resistir esa emoción.

El señor no escuchaba nada. Se hacía repetir. Armaba una bocina con la mano sobre su oreja izquierda. Margarita se reía muy divertida. Repetía a los gritos lo del geriatra.

—¿Aló?

—¡Lindomar! ¡Negro lindo y querido!

—¡Hola, jefe! ¡Ya estoy de vuelta!

—¡No sabes cuánto te he extrañado! ¡Temía por ti! ¡Te quiero mucho!

—Me han llevado a pasear a La Paz esos malditos indios caras rajadas. Me han tenido en un calabozo tan negro como mi conciencia. Pero luego, si te he visto no me acuerdo, me han dejado en la parada de micros ruteado al mercado. Ni chompa tenía, jefe.

Blanco se secó las lágrimas. Carajo, eres un hombre sentimental. Un gordo con calcetines blancos. Ojalá no te vea Margarita. ¿Qué podría decir de ti? Cobarde. Cosas feas. Por eso le dio la espalda y se sorbió los mocos por lo bajo.

—Dime qué te ha pasado.

—Me han dado de patadas. Me han roto un dedo. Pero no les he dicho nada. La pena es que las fotos no muestran rasgos. Los gusanos habían sido glotones a morir. Las hormigas. Las mariposas blancas, quién lo creyera. Pero igual se las envío. ¡Algo usted verá!

—Eso es, carajo. Eres un hombre de verdad. No lloras.

Enviámelas por la flota con unos plátanos. Te debo una, amigo. No me voy a olvidar nunca. Estoy en deuda.

—Tranquilo, jefe. No me debe nada. Los amigos están para eso. En un momento de cabroneo me voy a Cochabamba y usted me da techo. Todos necesitamos esparcimiento.

Todavía lagrimeaba cuando descubrió a Margarita a su lado. Como si hubiera sido tan evidente, le ofrecía un blanco pañuelo de papel. También le posó la mano en la espalda.

—¿Se te ha muerto alguien, Santi?

—Acaba de resucitar.

Margarita lo abrazó. Le frotó la espalda con sus manitas de gorrión. Le dijo al oído que ella era su amiga. Que no estaba solo. Que estaba presta para escucharlo. Para que se desahogara. Para que llorara en su hombro. Le dio un beso largo en la mejilla.

Blanco se perturbó. Imaginó un idilio con la señorita. La apretó algo más contra su cuerpo.

—He dado este teléfono para la flota. Voy a recibir una encomienda.

De la farmacia marchó a la ducha. Se dejó bañar con el agua caliente sin pensar demasiado. Dejó que el agua lo acariciara. Lo mimara. No hizo uso del trapo. Tampoco de la piedra. Sintió que el vapor lo reflexionaba. Ya no le quedaba casi nada del dolor de la nuca.

Al mediodía encendió el televisor y escuchó las noticias nacionales. Se había caído un puente en el trópico cochabambino. Había imágenes. Y los ríos amenazaban localidades íntegras en el Beni. Granizada en Potosí. Sequía en Pasorapa. Tormenta eléctrica en Tarija.

Alguien llamó a la puerta.

—Soledad.

Gladis se dejó abrazar. Tenía una bolsa de sándwiches

161

de chola. Y una botella de refresco de durazno con pepa. Pero como el hombre no la soltaba ni por el olor, lo empujó de espaldas al cuarto.

—Hay un canario que está mirando todo desde la ventana de arriba.

Jalaron la mesa un poco para que quedara entre el somier y la silla. Y empujaron los suplementos a un costado pero se desmoronaron y se fueron al piso. «No importa. Arrancá unas hojitas para limpiarnos las manos». Y abrieron la bolsa con cuidado para que la fragancia del chancho y la salsa se mantuviera compacta.

Blanco respiró profundamente un par de veces. Gladis se afanó con el papel periódico cortando cuadraditos. Sobre ellos asentó el sándwich sin derramar ni un pedazo de cebolla. Uno para cada uno. Cerró la bolsa donde quedaban cuatro más.

162   Blanco destapó el pan y observó la cebolla, la quirquiña y el tomate en gran predisposición. Buscó el locoto y lo halló agazapado entre el verde y la carne. Les mandó un beso. Estudió atento las lonjas suaves de la carne. Las contó. Devolvió la tapa a su lugar y se aprestó para el primer masco como si fuera a dar su primer paso en la luna.

—He venido a hablar contigo.

Mordió un sexto del sándwich cuidando de apretar moderadamente de abajo. Se propuso no derramar ni migas. Empezó a masticar consciente de lo que sus dientes pillaban. Cerró los ojos ante una leve confusión. Algo ajeno al sabor. La lengua pinchó en el meollo. Era un punto de grasa hecho tocino. Nada agresivo. Se sonrió.

—Aquí vives como un perro.

Blanco despertó de su ensimismamiento. Miró a su novia. Se asustó de lo que se veía venir. Liberó una mano para indicarle que lo esperara un momento. Se apuró con el proceso y tragó.

—Toda la mañana me han dicho algo parecido. Ya lo sé.

—A mí me tienes que creer.

La miró un tanto desconcertado. Unos segundos después, le sonrió.

Volvió a mascar un sexto, pero con más cuidado porque se atacaba la panza del pan. Normalmente se destruía el orden y el sándwich acababa en el desorden. Sus dedos treparon un poco para sujetar la carne. Los dientes se portaron inteligentes y arrancaron el pedazo sin mayores consecuencias.

Blanco se felicitó.

—Pareces un indigente. Todo te llega como si fuera limosna.

Blanco detuvo en seco la trituración. Abrió espantado los ojos. No se recuperó de lo oído. Miró a Gladis sin mover la boca. Se asustó de veras, y pensó que los sándwiches eran una trampa mortal.

Masticó despacio para tragar cuanto antes. Dejó el sándwich sobre la mesa y se limpió las manos con un pedazo de cuento breve. Algo de poesía contemporánea en el reverso.

—No te voy a matar.

—Prefiero que me digas todo. Me puedo atorar.

Gladis lo miró sin parpadear. «He venido a conversar», dijo. Ella sí le hincó el diente a su sándwich. Se tomó su tiempo. Se limpió la boca con el arranque del cuento y el apellido del autor boliviano.

—Te has acostumbrado a ser nadie. No te valoras. Es como si todavía vivieras bajo el puente. Solo falta que te muerda un perro de la calle. O que te insulte un niño.

—Vivo con la gracia de Dios —se defendió Blanco.

—Dios se ha de cansar de ayudarte. Comé, nomás.

Blanco retomó el sándwich. Acomodó sus dedos sobre las huellas en el pan. Mordió el sexto que quedaba de la primera mitad. Le costó mucho recuperar la alianza con los sabores. El ánimo alicaído no podía ayudarlo en nada.

—Si te vas conmigo, ¿qué dejas aquí? Este cuarto. Esta cama rota. Ni tu televisor sirve. No tienes ni ropa. La que tienes nadie te la plancha. Tu jefe te abre la puerta aunque estés durmiendo. Los inquilinos no saben ni tu nombre, pero te pueden hacer correr al mercado. Si te atropellan, te van a llevar a la morgue. ¿Quién va a reclamar por ti? Yo no voy a estar. Te van a cortar los medicuchos para sus prácticas.

Blanco se descubrió mordiendo otro sexto mecánicamente. Gladis lo alentó con una mano. «Estamos conversando». Los dos masticaron sin el menor apuro. Les quedaba poco. Volvieron a morder otro tanto. A ella le tocó un locoto. Alzó del cuello la botella ya sin corcho y tomó un sorbo del pico.

Le sonrió a su novio.

—No soy feliz diciéndote esto. Pero no has sabido reaccionar. Yo era una puta, ¿te acuerdas?

Blanco negó rotundamente con la cabeza y comenzó a lagrimear.

Gladis respiró profundamente. Le acarició el pelo. Le dejó un poco de cebolla en los cabellos. Tomó otro poco de la botella.

Esperó que se serenaran ambos.

—Yo era una puta, Santi. ¿Qué me has dicho, pues, cuando he tocado a tu puerta? Mi hijo no tiene padre. Tal vez tiene muchos padres. No lo sé. No importa. Pero sí sé que es mi hijo. Y nunca más he sido puta desde que me embaracé. He sido sirvienta de los platudos. Sirvienta en todo lado y mal pagada. Pero he ido reaccionando. He hecho estudiar a mi hijo.

Blanco terminó de comer el sándwich y se limpió las manos con toda una hoja de suplemento. Se quedó quieto en su somier con la mirada triste de un perro apaleado.

Gladis continuó comiendo. También acabó el sándwich pero se tomó tiempo en saborearlo. Luego se limpió la boca con el borde de su blusa.

Lo agarró de las manos.

—Ese mi hijo tiene familia. Mi nieto necesita abuela. La abuela quiere a su hombre junto a ella. Tú conoces mi historia. Y me quieres. Yo conozco tu historia. Y te quiero. ¿Por qué no te vas conmigo en cinco días? Vamos a trabajar juntos. Vamos a ser felices. No es de cero. Ya nos tenemos los dos.

Blanco asintió. Se quedó mirando el piso limpio de migas. Las bellas manos de Gladis sostenían las suyas. ¿Hace cuánto tiempo que nadie, pero nadie, lo acariciaba? Iba a la ducha a buscar caricias. Lo demás era limosna de la gente. Por ejemplo, Margarita. Compasión.

—Tienes que reaccionar, Santi. Tú eres un hombre decente. La policía no ha podido echarte a perder.

165

Blanco no salió de su cuarto sino a las seis de la tarde. Caminó a las puertas de ingreso a verificar que nadie se hubiera robado los candados o que ningún perro le hubiera dejado una encomienda, como solía suceder. No había sucedido. Se quedó mirando el kiosco de Gladis herméticamente cerrado e imaginó que así sería a partir de unos pocos días. Con el tiempo llegaría otra gente. Tal vez ni lo saludarían. Él pasaría de largo sin mirar para no sufrir. Sufriría igual.

Giró el cuerpo para ingresar al edificio. Los tres gatos y la víbora del tercer piso no le sacaban ojo a sus movimientos desde la ventana. Quizá la tortuga intentaba treparse para hacer lo mismo. Lo acompañaron hasta que lo perdieron de vista.

Pasó por la farmacia cuando Margarita reía a plenitud hablando por teléfono. Se la veía muy contenta. Sus ojos despachaban estrellas. Movía la mano izquierda como haciendo girar una palanca. Se agarraba el corazón. Se volvía a reír. No le importaba la gente agolpada en el mostrador.

Blanco quedó sorprendido. Margarita tenía otra vida en apenas unas horas. Ayer lloraba. Hoy reía. Estaba enamorada de alguien que apareció de un momento a otro.

Siguió su camino rumbo al séptimo. Subió las gradas sin agitarse ni un poco, seguro de que iba a necesitar todo el corazón que le quedaba. Ante la puerta, se persignó.

Le abrió una muchachita huesuda. Apenas sacó la cara, alerta, como lista para cerrar la puerta de hacer falta.

—Tengo reunión sexual con la dueña.

Ingresó. La muchacha desapareció en la oscuridad. Una música muy suave inundó el ambiente. Una luz tenue, apenas capaz de dibujar el perfil de los objetos, se hizo presente.

Un ambientador de hierbas.

Blanco respiró a pulmón lleno. Encontró un sofá mullido y se sentó a esperar mirando al frente. Sus manos traspiraban.

Esperó como siete minutos. Escuchó unas voces que hablaban de él. La chilena ordenó algo a la muchacha huesuda en el otro ambiente. El olor del incienso no tardó en llegar a sus pulmones. Se relajó.

—Hola.

La chilena lo saludó con voz de payasa.

Blanco parpadeó. La mujer tenía el pelo recogido en

un moño sobre la nuca. Un par de aros grandes colgando de sus orejitas blancas. Una bata de tela liviana. Unas sandalias sin talón. Era una petiza agraciada. Parecía un kiosco completo.

Lo agarró de la mano y lo llevó a un cuarto con camilla y poca luz.

—Mientras tú estás aquí, ¿quién cuida el edificio?

—Se cuida solo. Solo es un manicomio.

La mujer le echó aceite a partir de la raíz del cuello.

Blanco se durmió a los minutos. La mujer tuvo que despertarlo para terminar en forma su trabajo.

La noche del jueves durmió plácidamente. No le importó la lluvia de quince minutos que se estrelló contra la calamina de su techo. No escuchó el despertador del tercero, que sonó como una alarma de bomberos durante dos minutos. Ni que los gatos vecinos maullaran desde el ingreso al garaje. Durmió de cuerpo y alma. Los músculos relajados. El alma adormecida. El sexo reducido a su mínima presencia.

En la mañana desayunó sándwich de chola. Cruzó la avenida para un vaso de linaza. En el bolsillo de su pantalón corto tintinearon unas monedas menudas.

Gladis lo observó atentamente.

—¿Dónde has estado anoche?

—En mi cama. Como un angelito desplumado.

Le sirvió un vaso de linaza y se quedó frente a él. Blanco agradeció con la cabeza. Un sorbo. La avenida ya tenía tráfico. Vehículos particulares y algunos colectivos. En el período escolar se duplicaba todo. Daba miedo. Los niños arriesgaban la vida en el transporte. En las calles. Era un caos de verdad. En cambio en vacaciones era posible dejar el vehículo cruzado en la acera y trancar todo

el paso a los peatones. ¿Acaso la policía controlaba algo?
Nada. La policía infringía como el que más.

—El coronel Uribe.

Lo miraron los dos. El viejo policía echó llave a su
vehículo sin que le importara nada más. Se metió al edificio taconeando. Seguramente tenía su apuro. Desapareció.

—¿No te va a buscar?

—No. Tiene su carnecita caliente en el tercero.

Otro sorbo. La linaza tardaba en enfriarse. Lo mismo
sucedía con el api. En cambio la cerveza se calentaba rápido. Había que apurarse en tomar todo el vaso. Toda la
botella.

Blanco observó el sauce llorón. Algunas de sus ramas
colgaban hasta el piso. La gente se agachaba para seguir
su camino, pero no se molestaba nadie. Muchos se quedaban a observarlo. Los jóvenes le sacaban fotos. Un día,
sin embargo, lo cortarían sin ningún motivo. Algún vecino viejo ajeno al valle. Un migrante proveniente del
frío. Había muchos ejemplos.

El hombre suspiró como los poetas.

—¿Es grande Villamontes?

—Es grande. Más que Punata.

—¿Se acostumbra a ir al campo?

—Sí. El Pilcomayo es muy lindo. Mejor que tu río
Rocha. Tiene agua todo el año. En invierno se pescan los
sábalos. Podríamos tener un negocio.

—Ya me has dicho. («¿O lo he imaginado?»)

Blanco frunció el ceño. Tendrían las parrillas sobre la
acera y el olor del sábalo frito (y la yuca frita) atraería a
la gente. Él estaría a cargo. Gladis atendería las cinco mesas. Seguramente les entraría algo de dinero. Alguno la
piropearía y él...

Por la noche los sillpanchos. Al revés: Gladis haría

desde el apanado y la salsa. Los huevos. Las papas doradas. El arroz. Él atendería sonriente las mismas cinco
mesas. No reñiría a nadie. Se haría querer como mozo.
Le dejarían propina. Imposible no pensar en el Abrelatas.

—Podrías ser pescador. Yo te acompañaría. En el río
se come sábalo y maíz amarillo del valle cochabambino.
Las cholas llegan hasta allí. Con sus maridos y sus camiones. No se separan nunca.

—Tú no eres chola.

—No, pero soy imilla. Es casi lo mismo. Mi mamá ha
debido ser chola de la ciudad. Por eso ha podido dejarme
en un orfelinato. En el campo me hubiera tenido que
criar contra su voluntad.

—Yo soy cholo del campo. Me ha criado mi tía
Julieta.

Guardaron silencio. Ambos eran gente más del
campo. La ciudad no les era natural. A Blanco le hubiera
gustado mirar los maizales de Punata, y los campesinos
con sus burros, antes que tanto cemento y asfalto.
Cuando podía recordaba las acequias con su agua barrosa
para riego. Las abarcas y los pantalones arremangados
hasta media pantorrilla. El azadón. A cambio de toda esa
poesía tenía gente apurada, motorizados criminales y zapatos de charol. Qué burla. Faltaba que se talquearan el
cabello. Todo falso. A él le hubiera gustado caminar descalzo y hurgarse los dientes con las pajitas. O emborra-
charse en sus chicherías de barro. Por toda la vida.

—En Villamontes está el museo de la guerra del
Chaco.

Blanco había crecido en Punata. Su tía tenía una
huerta enorme llena de duraznos. La casa era de adobe
con techo de teja colonial. Y los cuartos altos, con tela de
cielo falso. Los pisos de ladrillo. Las puertas de madera y
aldaba. Pequeñas. Había que agacharse para entrar o salir.

169

Pero todo eso terminó muy pronto para él.

Lo volvieron citadino en la adolescencia. Con maleta de madera.

—Pagame. Voy a comprar huevo en el mercado.

Blanco vagabundeó en la azotea del edificio cerca de una hora. Era su mejor pasatiempo. Las montañas azules. Las colinas verdes. La gente en la acera. A veces pasaba alguien que conocía. Un excliente. Por supuesto no miraban al último piso. Pero tampoco lo hubieran reconocido si se hallaban de frente.

Bajó hacia la farmacia y se encontró con Uribe al pie de la grada.

—Oye, Blanquito, necesito que me hagas un favor. ¿Tienes cédula?

Blanco asintió. El hombre estaba recién peinado y con la camisa mal abotonada. El segundo botón en el tercer ojal. La gente podía pensar que se trataba de un mal físico. La ausencia de una clavícula. Un tumor montado en la espalda.

—Corre al Banco de la esquina y cobra un cheque que voy a girar a tu nombre. Todo ese dinero figurará como gastos de mantenimiento. Tú sabes que hemos dejado cosas a medias.

—Cómo no. Voy a buscar mi cédula.

Uribe ingresó a la farmacia y se prestó un pedazo de mostrador. Allí giró el cheque a nombre de su portero. Una buena cifra.

Blanco volvió a su lado en minutos.

—Solo he puesto Santiago Blanco.

—Soy hijo natural.

—Anda, hijo. Aquí te espero.

Blanco salió a buen tranco rumbo al Banco. El policía armado estaba en la puerta al apronte. Prohibido el ingreso con sombreros. Con lentes de sol. Con celulares encendidos. Con perros o mascotas. Con comida. Debían entrar y sacar ficha. Los cajeros los atenderían máximo en veinte minutos.

—Usted. ¿Qué es?

—Cobro de cheque.

—Debe endosarlo en el reverso para que el cajero se asegure de que usted es el hombre. Carajo. Buena cifra. Debe ser techero.

Blanco se dispuso a esperar.

A la media hora salió llevando la bolsa de dinero al edificio. Uribe le hablaba confidencialmente a Margarita. No se le escuchaba la voz pero por el movimiento de la mano se notaba el énfasis. Ella replicaba.

Cuando repararon en su presencia se separaron.

—Misión cumplida.

Uribe miró el contenido de la bolsa y estudió a Blanco a los ojos con severidad. Otra vez a la bolsa llena. Le temblaba el bigote de pura emoción o de enfermiza desconfianza.

Desapareció en el acto rumbo a las gradas. Sus tacos se detuvieron en el tercero. Se oyeron sus nudillos delicados en la puerta.

—¡Pobre chica!

Margarita llamó a su amigo a un rincón. El coronel Uribe quería toda una caja de las pastillas azules. Sin receta médica. Y se había puesto como muy impertinente. Le había alzado la voz. Pero ella no. Sin receta nada. La pastilla azul podía matar a cualquiera. Ni siquiera una pastilla. Una mata. Y le había dicho que revisaría su contrato de alquiler. Pero tenía un año más y estaba notariado. Por eso se fue enojado.

Insistió:

—Su víctima es esa pobre chica. Ojalá no se le pare nunca, caray. Que se muera de deseo.

Blanco abrió los ojos de la sorpresa. Se sonrió. Margarita tenía todo el rostro fruncido. Las cejas se le habían hecho un nudo y la boca parecía la trompa de un cachorro de perro. Estaba muy enojada. Su cabello se le había volcado sobre la cara. Una telaraña llena de brillitos de sol.

Blanco quiso abrazarla pero no encontró el camino. O el pretexto.

Al mediodía comió en el mercado de las cholitas. Quiso invitar a su novia Gladis, pero el kiosco estaba herméticamente cerrado. Señal de que no volvería a abrirse por el resto del día.

Caminó por la acera del edificio y pasó por el frial del aprovechador y por el Banco. El policía lo reconoció de inmediato. Lo saludó llevándose la mano a la visera de la gorra. Se sintió particularizado. Correspondió con gusto. Siguió su ruta y entró al mercado.

Lo recibió un tomatazo en el pecho. Un lío de cholas vendedoras iba en pleno desarrollo. Los tomates cruzaban el espacio y se estrellaban donde mejor podían. También volaban las cebollas. Y las cabezas de lechugas. La quirquiña y el perejil se mantuvieron en sus cajones.

Blanco continuó su camino agradeciendo haberse puesto la chaqueta impermeable. Podían dispararle con barro y él quedaba limpio. Ingresó con paso firme al comedor y pidió un plato de Falso Conejo sin mayores dudas.

La señora de la olla copió el pedido. Tenía una servilleta celeste con encaje amarrado a la cabeza. Lentes de aumento salpicados de aceite. Una bata del mismo material y color de la servilleta. Unas sandalias ordinarias a punto de romperse.

Primero limpió el mantel de hule con un trapo exprimido. Frotó muy bien sobre la mancha de aceite camuflada en el diseño. Depositó la alcuza, la llajua y el pan. Cubiertos.

—¿Por qué se están matando?

—Por puestos. Doña Enriqueta piensa que todo el mercado es suyo.

—Tiene gente que la apoya.

—Se trae de otros mercados. Es una mañuda.

La lucha continuó al fondo. Seguramente llegaría la policía.

La doña le llevó su plato. Carne apanada cocinada en olla con arvejas y zanahorias. Fideo macarrón con tomate, cebolla y queso. Papa blanca y harinosa. También un pocillo con llajua. Y un plato con pan de batalla.

De inmediato comenzó a traspirar. Torció el cuello y pidió cerveza.

Le gustaba la aspereza de la carne. Por supuesto que se debía al pan molido. Al mismo tiempo, su delicadeza. Y el jugo espeso. Sopó el pan con cuidado hasta descubrir un pedazo de plato. Lo dejó limpio. Y avanzó con calma en la papa harinosa y en el fideo revuelto en pedacitos de tomate. Se sirvió un vaso espumante de cerveza. Observó al fondo.

Ya no se arrojaban con nada. Aunque a veces sí con un poco de agua.

Cortó un pedazo de papa y la embadurnó con jugo y llajua. Cupo en su boca de manera exacta. Sopó otro poco de pan en su plato.

En la pelea del fondo apareció un hombre del lado de las intrusas. Un gordo con la camisa empapada de traspiración y jugo de tomate. Alzó la mano al cielo como invocando justicia divina. Gesticuló amenazante. Sacó el índice para acusar a alguien. Le cayó encima un balde de agua sucia. Lo dejó con los ojos cerrados.

173

Blanco cortó un pedazo de carne y lo enrolló. Sobre el lomo ancho y largo del tenedor montó fideo y papa. Cuidó que no se le cayera nada hasta meterlo en la boca. Allí lo vació. Sopó otro pedazo de pan y esperó hacerse campo en la misma boca.

Doña Enriqueta embistió liderando sus huestes. Armó una cadena de brazos con las mujeres de la primera fila y pretendió arrasar el bosque que tenía al frente. Las recibieron a maderazos de los cajones de manzana de Chile. Alguno aún con clavo. La sangre no se dejó esperar. De inmediato se las remató con una lluvia tupida de tomates verdes.

De todas formas ganaron unos metros. La lucha se volvió confusa y guerrillera. Los arañazos. Las mechoneadas de cabello. Los golpes arteros. Y las manos culpables desaparecían. Los insultos. Las amenazas. El llanto de una niña que silenció por un momento a todas.

Se abrió un espacio entre los bandos. Gladis, que acababa de entrar al mercado, pasó por medio de todas sin reparar en nada.

Siguió su camino hacia las arroceras y todavía se la vio comprando azúcar y fideo.

Blanco se enterneció. Gladis desapareció entre las inmensas bolsas de todo y volvió a aparecer de perfil. Dos jóvenes campesinos la ayudaron con las bolsas. Se fue por donde había venido.

Igual él, pero más tarde.

El dramaturgo le tocó la puerta con un ritmo diferente. Y retrocedió como un par de pasos para esperar con paciencia. Cuando Blanco la abrió, lo encontró a esa distancia y con las manos en la espalda. Muy respetuoso. Aunque sin sonreír. Parecía un viejo general de guerra a caballo. Un gringo genocida en la conquista del Oeste.

Eran las apacibles seis de la tarde. El alto edificio se hallaba bañado de amarillo intenso por la fuerte luz oeste del sol. El hare krishna lo miraba de frente desde su ventana con los pies al aire y los brazos perpendiculares al pecho. No pestañeaba. Y cada tanto rezaba y cantaba una canción que el loro repetía en la ventana del segundo piso, atento a las excentricidades del género humano.

—Tengo una queja. Deseo expresarla formalmente.

En la ventana del segundo piso se hicieron presentes los tres gatos, el perro y la víbora. El loro les hizo campo recorriéndose hasta el rincón con un poco de protesta manifiesta.

—El animal del segundo piso ronca como un antiguo avión de carga. Es de suponer que usted lo ha escuchado.

—Los gatos ronronean.

—Me refiero al animal gordo. Al calvo. Ronca que da un contento. Yo lo sufro en el cuarto. Ni imaginemos en el tercero.

—Podemos preguntar.

—No solo eso. La campanilla de su despertador suena como alarma de bomberos. A las tres de la mañana. Dos minutos desesperantes.

—¿Tomará remedios?

El dramaturgo cambió de cara. ¿Remedios? Podía ser enema pero ese no era el tema. Se alisó el bigote amarillento y abrió los ojos celestes como un verdadero gato de *living-room*. Luego los cerró y apretó los dientes. La cara se le acható y arrugó, y se volvió un viejito. Quedó así un instante. Se volvió a alisar el bigote y surgió su cara larga llena de arrugas y picardía.

—Haga algo por todos nosotros: mátelo. No dudo que usted lo puede. Ha debido hacerlo, quiero decir. Algo se le nota en los gestos.

Sus talones golpearon el piso y su cuerpo se puso muy firme y tenso. Se llevó la mano a la sien y se disparó un dedo. Se cayó al piso. Muerto.

Blanco esperó que se pusiera de pie: «¿Tiene usted el arma?»

El dramaturgo frunció el ceño. En su baúl de actor se encontraba de todo. Recordaba una Mata-Morales, el presidente asesinado. Quizás abuelo suyo. Un máuser del Chaco. Una escopeta para palomas. Alguna de esas armas debía servir para el propósito. Claro que el gordo pesaba más de cien kilos. Ciento veinte, se diría. Habría que prestarse un revólver del coronel. Matarlo con una bala inmensa y volverlo a matar con un golpe de palo en la cabeza.

—Nos pongamos a buscar.

Se marchó hacia las gradas sin despedirse. Como vio a la víbora muy colgada en la ventana, substituyó sus pasos por otros movimientos. Sacó la lengua sibilante y se enroscó y desenroscó hasta que la víbora se le quedó mirando sorprendida a muy cerca distancia. También lo miraban los gatos, el loro y el perro.

La mujer del tercero hizo una seña a Blanco. Lo llamó.

El dramaturgo desapareció por las gradas.

El religioso abrió la boca y un coro de ángeles salió a volar:

—Esa criatura sufre, buen hombre. Es muchas personas a la vez. Pero su alma es una sola. ¿Qué es lo que hace? ¿Qué se llama su ejercicio físico? Lo veo moverse mucho cuando debería estarse quieto. La quietud es una rara virtud, está visto. Seguramente le incomoda la energía.

Blanco miró hacia el sexto. El hare krishna le hablaba bastante suelto en el aire. Inclinado hacia abajo desafiando la fuerza de la gravidez. Tenía la cabeza perlada de gotitas y un hábito anaranjado cubriendo su cuerpo. Le faltaba su hervido de lechugas para refrescarse.

—Es actor de teatro.

El dramaturgo le pidió que le repitiera. Cuando lo oyó bien, se puso a carcajear de lo más divertido. Estuvo a punto de flotar al garaje como una pelusa. Pero se reubicó en la ventana.

—¡Hay cada loco! ¡Actor! ¡No lo puedo creer! ¡En estos tiempos!

Blanco lo observó por un momento. Cuando lo halló equilibrado, se metió a las gradas hasta el tercer piso.

No tuvo que tocar la puerta.

Liliana Wenninger estaba sentada en el sofá grande frente a la bolsa de dinero. Tenía una pierna cruzada de costado y era posible orillar su piel hasta las fuentes del Mamoré. Los pies descalzos. Las uñas violentamente rojas.

Tenía un cigarrillo entre los dedos largos. Los cabellos caídos sobre la cara. Una mirada inquisidora.

—Siéntese donde quiera.

Blanco hizo caso omiso de la gentileza. Se metió a la cocina en busca de una cerveza. Halló una lata en el refrigerador. Volvió a la sala y se ubicó exactamente frente a las piernas. Destapó la lata.

—Uribe me dice que usted le ha prestado este dinero.

Blanco no titubeó: «Para eso están los amigos».

Liliana Wenninger levantó el rostro para mirarlo. Unas arrugas, que no existían ayer, rodeaban su boca. Otras, más pequeñas, parecían la raíz de sus ojos. Pero eso tampoco importaba. Una maldad latente vibraba bajo su piel. Eso sí era nuevo.

Blanco se sorprendió. La miró en detalle mientras ella lo interrogaba con los ojos. Mientras lo miraba con insistencia, hasta leerle el número de chasis en los puros huesos.

La mujer aspiró una nerviosa bocanada de humo.

—¿De dónde tiene plata usted?

—Soy investigador. Averiguo lo que nadie quiere saber.

Liliana Wenninger exhaló el humo hacia el investigador. No le quitó el ojo de la cara. Empezó a columpiar el pie colgado. Blanco se excitó más que pronto. Generó expectativa.

—¿Y tiene más dinero?

—Siempre tengo un poco más.

La mujer se puso de pie. Blanco no. Caminó unos pasos por entre los muebles mientras fumaba. Cruzó los brazos sobre el pecho y fue a pararse a la ventana. Tenía algo de vista hacia el pico Tunari. Pero se veía mejor la pared del edificio siguiente.

Le habló de espaldas.

—¿Sus honorarios son muy caros?

—Son muy caros.

—¿Y aceptaría otra forma de pago?

—Aceptaría. Lo que no acepto son todos los casos.

Liliana Wenninger dejó de fumar. Aplastó el cigarrillo en el pequeño cenicero de una mesa lateral. Se quedó pensando unos segundos.

—¿Averiguaría algo para mí? Nada tan malditamente inmoral, si eso le preocupa.

—No me preocupa.

—Pero claro que necesito de su absoluta reserva.

—Eso está por descontado.

La mujer continuó de espaldas. Guardó silencio por un momento. No se movió. Cuando lo hizo tenía la bata semiabierta. La fruta de sus senos se exponía en parte.

Le sonreía con malicia.

—Yo sabré pagarle muy bien. Creo que alguna vez le di un anticipo. ¿Le gustó?

Blanco se sonrió. Le gustó, por supuesto. De todas formas necesitaría un adelanto.

Santiago Blanco se duchó con esmero. Empezó por los cabellos con las uñas y se asustó un tanto al hallarlo raleado de la coronilla. Enjabonó el trapo y bajó por el cuello como por un resbalín hacia los brazos, el cuerpo y las piernas. Se armó con la piedra del país y se afanó en los codos grises y en los talones. Los dejó amoratados. Después se relajó bajo el chorro como si se hubiera inyectado droga. Pensó en todo. En nada. Su vida aburrida y deprimente dependía prácticamente de lo cotidiano.

Salió a la calle muy bien vestido. Camisa de manga larga, pantalón con raya, calcetines de lana blanca, zapatos negros. No tuvo dónde mirarse de cuerpo entero. Cerró el edificio con los candados y caminó hacia algún bar en busca de cerveza fría.

El viernes de soltero soltaba a los maridos a la calle. Salían como los presidiarios cuando por fin les abrían las rejas. Era su derecho firme. Nadie lo discutía. Lo mismo sucedía con los perros cada día. Se les abría la puerta para que hicieran la vida en la calle. Nadie tenía perros para tenerlos dentro de la casa. A la calle con ellos. A morder ciclistas.

Los vehículos tronaban en las calzadas de la avenida. No había más tiempo que perder. Aceleraban todos. El viernes de soltero comenzaba muy temprano, a veces después de almuerzo. O en el almuerzo. A media tarde. Y los bares reventaban de gente en la noche. Los vehículos estacionaban en todo lugar posible. Se montaban en las aceras. En las jardineras. En doble fila. Se chocaban y sus conductores peleaban como animales.

Una vagoneta fina provocaba la furia de los otros vehículos. Pese al semáforo en rojo, no había dejado de avanzar a saltitos. Sus tripulantes se reían a carcajadas. En unos pocos metros ya tenía obstaculizado el paso de la calle transversal. Los bocinazos no se dejaron esperar. Pero siguió dando de saltos y también tapó la segunda línea de quienes tenían luz verde. Los tripulantes se carcajeaban de felicidad y esgrimían bates sacando los brazos por las ventanillas. Eran sus armas contundentes. Estaban dispuestos a dar de golpes a quien interrumpiera su broma. A quien reclamara. A todo quien se les parara al frente.

Eran los excombatientes del 11 de enero de unos días atrás.

Blanco detuvo su paso para mirar el espectáculo. La vagoneta dejó de saltar y partió rauda hacia el norte con la bocina a fondo.

Se quedó mirando el vehículo hasta que desapareció. Entonces olió la comida de la chifa. Dulzón. El pollo embadurnado de miel. Las verduras cocidas. El arroz hecho una pelota. Un chinito reilón en el mostrador.

Caminó otro poco: la hamburguesería para los colonizados.

Dos pasos más allá olió la carne en el asador. Un gaucho simpático se esmeraba con la tira. Había empezado a cocinarla de los huesos y había llegado la hora de darle la vuelta sobre la tenue grasa y la carne. La bola de lomo se cocinaba con paciencia. Ni siquiera se la miraba hasta que sangrara y reclamara sal gruesa. El hombre tenía dos cuchillos largos y sabía bien lo que hacía. Entre las mesas, un mozo repartía papas fritas y llajua. Eso iba a cuenta de la casa. La gente charlaba animadamente.

Blanco retomó su camino. Cerca a la esquina, un poco antes del paso de cebra rumbo al puente, escuchó tronar una risa de mujer. Gruesa, pero sonora. Tenía un trino de ave nocturna en su espíritu. Levantó la vista hacia el segundo piso y vio las ventanas forradas de papel periódico y cartones. La sombra de los cuerpos le indicó que allí se podía intentar fortuna otra vez más.

Giró el ochave y se encontró con el gorilón de ojos verdes sentado de lado en una motocicleta inmensa. Tenía todavía la gorra de aviador de su padre, la monoceja intacta de sien a sien y el bigote con las puntas caídas como un viejísimo sauce llorón. Parecía un hombre dibujado. Su nariz, tan grande y aplastada, tenía el botón de la punta dentro de su boca. Seguro que estaba paspada porque a ratos la enfriaba al viento.

—Mostrame que tienes dinero, hermano.

Blanco se revisó los bolsillos delanteros. Elevó el fajo del fondo para facilitar el trabajo del hombre.

El hombre le hizo una señal positiva. Que se cuidara de la puertita al entrar porque estaba apenas puesta. Otra vez habían dado con ella al piso. Y subió las gradas sin codo. Abrió la puerta y se encontró con el ambiente en penumbras.

Se sentó en el bar para la primera cerveza. Su vista operada comenzó a habituarse a las sombras. A los perfiles de la gente. De las cosas. Una luz verde y menudita, como un lejano avión detenido en el espacio, indicaba la puerta del baño y su disponibilidad. Una mesa carcajeaba contenta y otra se dedicaba a fumar. Parecían esperando que se encendieran los micrófonos y que la gente comenzara a cantar.

—Una cerveza.

El hombre del bar se movió diligente.

Margot Talavera le daba la espalda. La nuca grande. Estaba sentada una grada más abajo que la mesa siguiente próxima al bar. Se notaba bien, porque de los demás apenas se veían los mechones superiores de su cabeza. Ella y sus amigos carcajeaban sin cesar. Fumaban y tomaban trago corto. Y bromeaban. Estaban contentos con la vida.

En la otra mesa se tomaban las cosas con calma. Tres hombres muy simpáticos fumaban sin dirigirse la palabra. A veces uno tomaba cerveza y miraba a los costados. A veces era otro el que hacía eso. No molestaban a nadie. Ni siquiera a ellos mismos. Ni a la vista.

Al fondo, en la mesa oscura, había una pareja. El hombre era grande y macizo, y tenía todo el brazo reposando sobre la superficie cuadrada. Y la mujer parecía modosa, de oficio secretaria. Bonita. Tenía la boca pintada a lo antiguo. Su brazo iba como una enredadera por el brazo de su novio, y su mano linda, como las flores contentas que se abren al sol en la primavera y el verano, tenía los dedos ensangrentados de las puntas, estrangulados entre los gruesos dedos del hombre.

Blanco pidió su segunda botella de cerveza.

No había nadie más en el local, aunque parecía que la expectativa era otra. Una muchacha huesuda y sin gracia apareció de la oscuridad. Silabeó con el hombre rudo del bar y se hizo de un micrófono. La pantalla gigante se encendió. Un resplandor plomizo y granulado. Después, una imagen de campiña llena de vegetación y árboles alrededor de una catarata artificial y enana, acompañaba a una linda morocha en bikini. La voz del mexicano era incomparable. La jovencita estaba mejor.

Nadie se animó a cantar durante varios minutos.

Blanco pidió su tercera cerveza. El hombre lo miró con desconfianza. A veces sucedía que eran alcohólicos. O vagos que intentarían irse apenas se los descuidara y sin meter la mano al bolsillo. Pero el hombre sentado en el taburete tenía cara de pagar sus deudas, según su consideración. Lo dejó pasar.

Entraron dos parejas que saludaron a todos en la mesa de la fiscal. A una de ellas se le ocurrió la idea de hacer un acoplado de dos mesas. Varios se pusieron a trabajar con las sillas. Quedaron estrechos en un óvalo. Como de lo más natural. Se acoplaron también las risas.

Entró más gente, inclusive a los taburetes del bar. El local se llenó y se animó. Todos hablaban a los gritos y reían como hienas. No se entendía nada. Los tres silenciosos de la mesa habían perdido la cuarta silla, pero no les importaba. Fumaban con calma. Tomaban con calma. No miraban nada de nada, salvo el humo de sus cigarros. Lo perseguían hasta cuando, lejos de ser columna, se volvía parte del aire que había que respirar.

Un hombre comenzó a cantar sorprendiendo a todos. Su voz nasal y estrangulada se quedaba cinco notas por debajo de la melodía. La gente se desentendió de él. Volvió a su charla. El hombre continuó y terminó de pie, en un esfuerzo notable. Agradeció a la concurrencia. A sus tres amigos que reían con muchas ganas.

Blanco pidió su cuarta cerveza. Antes de que el hombre lo mirara de reojo, le puso sobre el mostrador un billete de 100 pesos. El hombre asintió y arrastró el dinero con el brazo a un cajón semiabierto. Allí desapareció.

Cantaron varios. Casi todos muy mal. Desorejados. Sin alcance a las notas agudas. Pero a la gente no le importó. Siguió la charla a voz viva y la risa explosiva. La alegría de verse. O de no ver al jefe. La alegría de farrear y fumar. De pensar en el sábado y el domingo. Alguno de ellos terminaría su esparcimiento viendo el peor fútbol del mundo. Comiendo empanadas.

Un largo y ordinario espectáculo.

Blanco pidió su octava cerveza. Sobre el mostrador depositó otro de 100. El hombre del bar le guiñó el ojo izquierdo.

De pronto tronó el micrófono. La mujer carraspeó y limpió a fondo su garganta. Sopló. Saludó. Hizo propaganda de algún jabón de tocador. De un detergente. De champú. El local íntegro festejó la ocurrencia.

Saludó a la reina cruceña de la papaya. A la beniana del ganado. A la pandina de la goma. Al rey del narcotráfico. A la reina del contrabando. A los librecambistas.

La concurrencia festejó a rabiar.

Empezó a cantar un bolero. Se calló la humanidad.

No dejó de cantar hasta la madrugada. La pareja del fondo abandonó el local todavía acaramelada. Los tres hombres silenciosos acompañaron el canto mientras fumaban y tomaban en paz. El resto siguió conversando con gran entusiasmo, y riendo, pero aplaudiendo a rabiar a la mujer sentada en la mesa una grada abajo.

Blanco, que bebía cerveza y escuchaba los boleros, lagrimeaba. Las letras lo sensibilizaban. Lo cuestionaban. Lo mataban. Todas interpelaban su vida si prestaba atención. Le recriminaban su tozudez. Su orgullo inútil. Pero además le vaticinaban lo que iría a sucederle. Se quedaría solo. Nadie más que ella se acordaría de él. Y ella estaría lejos, amando a otro hombre. Ahí sí que no quedaría nada más que suicidarse.

Volcó el rostro entre sus manos y largó a llorar desconsoladamente.

Cuando se terminaron sus lágrimas, el local estaba vacío de gente. La muchacha huesuda recogía los vasos y los ceniceros, y el hombre rudo se la entendía con la mugre de las mesas y las sillas.

La bohemia tenía un sabor amargo.

Hizo una seña al marcharse. Bajó las gradas hasta la puertita yacente en el piso. El gorilón rubio lo despidió con una mano. No tomó la avenida, así evitaba el tumulto. Se fue más bien por la callecita paralela y estrecha. Unos pasos. Margot Talavera lo esperaba de pie al lado mismo de su escarabajo descapotable.

184

Se lo besó con furia. Lo apretó con sus tentáculos robustos.

Blanco se dejó hacer. Rodeó lo que pudo con sus brazos el cuerpo de la mujer y se le entregó sin conciencia. Cayeron dentro del escarabajo, en el asiento trasero, y la fiscal se quitó lo que hacía falta para inundarlo de tetas en la cara. Lo obligó a defenderse y jugar. Le mordió las orejas. Y pronto le hurgueteó el juguetito con sus manos de luchadora, y se lo manoteó fuerte de un lado al otro. Se lo insultó. Se lo escupió. Lo arengó a que se portara como un macho. Se cabalgó en él rumbo al horizonte de placer sin nombre.

Más tarde, Blanco miraba titilar las estrellas entre brumas.

Dijo ella: «Cuando amo me da hambre».

El escarabajo se puso en marcha. Giró contra flecha en la callecita de árboles dormidos y se plegó al tráfico de la avenida. Unos pocos vehículos. Uno que otro grupo de personas en la acera. Algún peatón solitario.

Siguieron de largo la avenida y desembocaron en la plazoleta junto a una batería de anticucheras. Los jóvenes comían relamiéndose los dedos a la pobre luz de los faroles. La papa bañada en salsa de maní. El corazón de vaca, frito como suela, en llajua. Agarraban los alambres con las puntas de los dedos. Se quemaban, los dejaban en los platos de latón.

Muy poca luz. Las sombras lo cubrían casi todo.

Margot Talavera limpió el camino hacia una de las doñas. «Diez», le dijo. Los comensales retrocedieron a los costados para observarla mejor. Ella se quitó los grandes zapatos y los arrojó al escarabajo distante. «Me place cantar». Le contó al mundo entero. También se aflojó el grueso cierre de la falda. Alguno dijo algo sordamente atrevido en su grupo de amigos. Alguno se rio muy divertido. Pero la siguieron observando.

La gente comía, charlaba un rato y se iba. Llegaba otra. Se acercaba a su casera. Las siete anticucheras trabajaban sin cesar. Punzaban lonjas de corazón con el alambre, los alineaban sobre la parrilla y los freían. A ratos los salpicaban de aceite con un plumero de trapo. Dejaban que las papas enteras se doraran a un lado. Luego las clavaban en la punta y las bañaban con la salsa de maní. Traspiraban.

Comenzaron a comer. El mismo de un momento atrás se rio mirando a la mujer. Sus amigos lo festejaron. Algo les decía que generaba burla. Se doblaban de risa. Los hombres aplaudían y las mujeres se reían tapándose la boca. Lindos jovencitos. Hijitos de papá.

Una persona, del otro costado, los hizo callar.

Gritó: «¡Respeten!»

El muchacho se encolerizó. Se puso a buscar quién le había mandado callar. Sus amigos también se esforzaron teatralizando en hallarlo.

Margot Talavera continuó comiendo con gran gusto. Se chupaba los dedos. Se aumentaba salsa. Se prestaba el trapo de la doña para la boca. La felicitaba por su arte culinario. No daba importancia a cuanto se gestaba a su alrededor.

Blanco comía con gran placer. Iba con calma, cuidando en extremo de no manchar su camisa. Tenía la papa en la mano izquierda y el alambre en la derecha. Mientras masticaba observaba los vehículos. Había uno en el que ellos dos no entrarían nunca. Había otro con placa de camión. Había un micro del cual bajaron seis personas. Así, uno por uno.

—Diez más —ordenó ella.

El muchacho dijo algo grosero y sus amigos le festejaron. Palmadas en la espalda. Choques de manos. Las muchachas se tapaban la boca para disimular un tanto. Giraban el cuerpo. Al mismo tiempo comían.

—¡Respeten!

La voz llegó del mismo lugar que la vez anterior. Las risas fáciles se acallaron de inmediato. El muchacho de las ocurrencias buscaba reconocer al dueño de la orden desde sus diez metros de distancia. No lo lograba. No le era posible. Había gente que le tapaba la visión.

Blanco le indicó a Margot Talavera que ya volvía. Caminó a prisa a las sombras de los grandes eucaliptos. Las ventajas de los hombres. Allí desapareció. Se agachó con algo de fatiga para no ser visto por nadie. Con gran sigilo retornó a la vagoneta oscura y abrió la puerta del acompañante. Apagó la luz de la cabina con un golpe del índice. Buscó bajo los asientos y encontró lo que quería.

Retornó con su cargamento tapándose con la gente. Se aproximó al grupo de hombres favorables a la causa. Le ofreció un bate de béisbol de madera a cada uno. Se sonrieron. Les dijo de dónde los había sacado. Se volvieron a sonreír. Se encontró con un gordo inmenso que comía con gran gusto. Le dejó el bate entre las piernas.

Margot Talavera esperaba los anticuchos cantando un bolero de cara a la casera. Elevaba la potente voz y se ayudaba con las manos. Su voz iba y venía. Doblaba la cintura. Maravillaba a los concurrentes.

De todas formas retornaron las burlas. Las risotadas.

—¡Respeten!

El muchacho y sus amigos no aguantaron más. Caminaron abriendo los brazos hacia la otra punta. ¡Qué, carajo! ¡Quién es el hombre! Seis de lo más diverso. Blanco los contó y revisó cómo andaba la retaguardia. Mujeres a caballo entre la risa y el arrebato precoz por la probable pelea.

Entonces se acercó al último de ellos y le aplicó en la cadera el golpe clásico de los policías de bastón. El muchacho chilló de dolor. Giró pronto el cuello y vio el bate amenazante y la cara de satisfacción. Alzó una mano pidiendo clemencia. Cayó de rodillas. Blanco lo tendió al suelo dándole un manotón en la cabeza.

El grupo quedó paralizado. Blanco dio dos pasos al siguiente. Dudó de golpearlo en las costillas o las rodillas. El muchacho abrió los ojos con verdadero asombro (¡La voz de Margot Talavera se elevó gorjeando por el alto cielo!) Ni siquiera supo cómo reaccionar. El golpe se le encajó entre las costillas, efectivamente. Un levísimo sonido de huesos rotos.

El gordo inmenso le tocó el hombro al muchacho violento. Cuando este giró, se encontró con la punta gorda del bate camino a su nariz. Allí se quedó el palo un buen momento, aplastándola. La sangre estalló sobre la propia cara.

(Margot Talavera había caminado hacia el grupo de muchachas. Tan bellas todas. Tan tontas. Le daba rabia tener que consolarlas con su canto. Pero lo hizo.)

Se repartieron algunos golpes más a quienes quedaban todavía en pie y con la boca abierta. Algo ligero. A las rodillas. Punzazos a las costillas. Y luego los alinearon frente a sus propias mujeres para que se disculparan con la intérprete a viva voz.

Margot Talavera les posó la mano en la cabeza. Uno a uno.

Blanco los acompañó hasta su vehículo.

Ingresaron llorando de rabia y dolor. Las mujeres de susto. La gorda les había reventado los tímpanos con su voz.

—Dios castiga con palo.

Les cerró la puerta. El vehículo fino encendió su motor.

Margarita le tocó la puerta a las ocho y media de la mañana. Lo hizo como si fuera el picoteo de un pajarito en el vidrio. Es que habían llamado de la flota indicando que tenían una encomienda para Santiago Blanco. Un sobre y una canasta de plátanos. Cuando era fruta, la guardaban un día, ni una hora más, porque se pudría y el depósito se llenaba de moscas. Y hoy era sábado. Trabajaban hasta mediodía. Luego domingo. El lunes estarían tan invadidos de insectos que tendrían que fumigar. Una catástrofe. Ahora o nunca. A rayar al río.

Blanco le abrió la puerta con los ojos cerrados por el sueño y el sol. Ni siquiera pensó en cubrirse la barriga. Se sorprendió de la presencia ante su humilde morada. La escuchó mirando el piso y volvió a cerrar la puerta un buen rato más. En su cama reparó en lo bella que la señorita estaba. Tan radiante. Tan luminosa. Una varita mágica la había encendido de pronto.

En un único impulso se levantó de la cama cuando el sol amenazaba en acostarse con él. Se puso la polera que encontró en el cajón de cartón, pero no recordó si estaba limpia o sucia. Se puso los pantalones cortos por eso de los bolsillos y se montó en sus abarcas de siempre.

No se lavó la cara.

Salió a la avenida sin mirar a los costados y se trepó a un colectivo con dirección sur. Viajó varias cuadras colgando de la puerta debido a que el interior estaba repleto de gente. En cada asiento dos personas, pero en el pasillo había como quince. Todas con sus bolsas porque iban a la feria. Día de compras. Las verduras llegaban de los valles próximos en grandes bultos chorreantes de agua. Las papas de todo color de los campos y laderas de las alturas de Morochata e Independencia. (Eran unos gangochos recubiertos de tierra.) Las habas llegaban del frío de Colomi y la carne de pollo criollo del huerto de los campesinos. Miles de cholos dedicados al comercio. Más vital que una fiesta en el paseo de El Prado. Se sonrió.

189

Saltó del colectivo todavía lejos de su destino. El impulso lo llevó al trote unos metros, hasta la esquina, y de allí se encaminó feliz a la plazoleta de la cárcel por un sándwich de chorizos en tripa de chancho. Con cerveza negra.

Constató que las monedas del pasaje seguían en su bolsillo.

Se sentó con vista al ajetreo de los presos. Tenían sus muebles sobre la acera y parte de la calzada. Mientras llegaban los compradores charlaban bajo la sombra de los grandes árboles. Estaban confundidos con los policías que cuidaban que nadie se escapara. Algunos fumaban. Algunos jugaban a pillos y rondinos con sus niños. Otros discutían con sus mujeres. Se podía cometer el error de encerrar al policía y dejar afuera al delincuente.

Blanco comió el sándwich de buena gana pese a su sabor dulzón. Le hubiera gustado que el chorizo fuera más picante y que los locotos ardieran algo más. Seguramente no los golpearon antes de cortarlos. Porque ese era el secreto. Agarrarlos de la cola y golpearlos contra la piedra del batán. Y recién cortarlos. Entonces quemaban.

Se limpió los dedos anaranjados por el chorizo y su grasa, y pagó. Mientras le devolvían el vuelto tomó la cerveza. Margot Talavera cantaba y coqueteaba aún en su cabeza. Bailaba en medio de las mujercitas. Pese a lo sucedido, ella disfrutaba con su espectáculo. Se lo dijo en el escarabajo. Me debo a mi gente. Yo sé que mi canto la hace feliz. Y no le comentó ni por si acaso lo de la trifulca. Tampoco le agradeció nada. Manejó cantando bajo la luna y lo despidió en la acera del frente. Siempre cantando. Apenas algo con sus deditos de gorila hembra.

Salió hacia la avenida y caminó unas cuadras más. Ingresó en la flota y se puso frente al mostrador.

—Encomienda de Chicaloma. Blanco. Santiago Blanco.

Con el canastón en la mano trepó a un colectivo y fue a sentarse muy al fondo. Tenía impaciencia de cortar la tela y de encontrarse con el sobre. Los plátanos se desbordarían como los gusanos. Él lucharía empujándolos hacia adentro, pero se le escurrirían entre los dedos. Un desastre. Hasta se le irían a pasear por ahí. Se meterían bajo los zapatos de la gente.

Por eso viajó silbando mientras miraba el paisaje urbano. El Rocha acompañaba el trayecto. Un hilo de agua sucia. Bastaba que no lloviera un día para que se convirtiera en una serpiente negra. Los malos olores estaban a la vista (peló los dientes, contento). Pero los sauces llorones de su ribera lo enternecieron. Tiernos. Llenos de pajaritos. Un bosque lineal de puente a puente. Un hallazgo natural medioambiental. Un concepto para urbanismo.

Bajó en la esquina del kiosco.

Gladis le sonrió mientras atendía a un señor que contaba monedas menudas del color del cobre.

—Te he traído un canasto de plátanos.

—Acepto. En Villamontes cuestan un ojo de la cara.

Blanco suspendió las cejas. Se prestó un cuchillo y cortó a lo bruto la tela con su nombre y teléfono. Los plátanos saltaron en busca de oxígeno. Uno de ellos lo quiso morder. Blanco lo peló y se lo comió hasta la mitad y de un masco. Le ofreció a su novia la otra mitad.

Rasgó el sobre y se encontró con la foto de un cadáver con la boca abierta. Cero dientes o muelas de oro. Eso decía la nota en el reverso. «Los carroñeros se llevan todo». Y de la cara no quedaba sino el hueco oscuro de la nariz. Lo demás era una masa de pan mal horneada. Algo de cejas. Algo de patillas. Nada de cicatriz en la mejilla izquierda.

Terminó de leer la nota: «Me han dicho que Castelli

191

medía más de 1,90 m, y este pobre era del tamaño del Chocolatín Castillo. Quizás 1,75 m. Pero no creo. Yo mismo me he echado a su lado y me llegaba a las puras cejas. Lo que han hecho es enterrarlo en barro un día para pudrirlo y colgarlo días después, pero ya sin ni cara. Usted, jefe, sabe todo lo demás. Lo han vuelto a enterrar aquí, que es el fin del mundo y comienzo del paraíso, para que nadie venga a curiosear. Ni siquiera Dios. Lo han dejado como yo lo dejé: con la boca abierta. Debe estar reventando de gusanos. Creo que eso es todo. Los plátanos son de mi huerta ubicada a un kilómetro de esas aguas, lejos del cementerio. Con toda amistad para usted».

—Mucho Lindomar.

Gladis sacó todos los plátanos sobre el mostrador y los revisó con el rigor de un médico. Los miró de punta a punta. Los palpó. (Blanco cerró los ojos.) Los amasó con sumo cuidado. Pensó que llegarían bien nomás al jueves. Pero que no llegarían para el viernes. Dependían de la suerte. Si la flota viajaba y no se echaba a perder, muy bien. Claro que eso no sucedía ni en sueños. Las flotas se quedaban en el camino. Humeaban del motor. Se les rompía el eje. Todo de todo. Se cuneteaban. Había que esperar que les llegara un tractor de por ahí, cuando había, y las jalara y pusiera otra vez en el camino. O bueyes.

—Se van a volver k'eta. Mejor los comemos aquí. Yo me quedo unos cuantos. Los demás puedes regalar a tus mujeres.

—Son tuyos. Puedes regalar a los mendigos. Hoy es día de limosnas.

Blanco cruzó la avenida apenas se pudo. No se despidió. No le dio el beso que deseaba darle desde siempre. Se metió en su cuarto y acomodó su desorden. Estaba enojado. Era la mejor manera de ponerse a pensar.

Υ

Pero casi de inmediato corrió a la farmacia. Encontró a Margarita en la puerta repartiendo pan a los mendigos. Les decía que se lo comieran. No le gustaba darles monedas porque las cambiaban por chicha. Había más de una chichería en el barrio. No se veían desde afuera, pero adentro hervía de gente. Muchos jovencitos. Una verdadera pena. También había prostitución de adolescentes. Ella había curioseado con atención.

Blanco pasó por su lado con mucha prisa. Alzó el teléfono y discó a Chicaloma. Mientras esperaba observó a Margarita curando el dedo índice a un carterista. Le pasaba por la herida un algodón impregnado de alcohol. El maleante vociferaba de dolor.

—¡Ay, mamita! ¡La gran puta! ¡Me ha llegado hasta el hueso!

—Es herida profunda. Como eres macho para navajear, tienes que ser macho para curarte. No te muevas. Estamos desinfectando.

A Blanco le contestó la señora concubina.

—Lindomar ha arriesgado la vida por usted. Ahora tiene un dedo tieso y no me ayuda en nada. ¿Y qué ha sacado a cambio? Ni gracias. Cualquier rato vienen de La Paz y lo vuelven a agarrar. Se ha fregado la vida quizá para siempre. Usted debería compensarnos.

Blanco escuchó un forcejeo. Una mano tapó la bocina. Después una voz simpática: «¡Hola, jefe!»

Se alegró de escucharlo. Suspendió las cejas y sonrió.

—¡Lindomar, negro querido! Tus plátanos están a buen recaudo.

—Aquí tenemos plátanos para regalar. No sabemos qué hacer con todo lo que tenemos. Imagínese, comemos picantes con plátano.

193

—Ya lo sé.

—Dejamos cabezas de plátanos en la carretera. Nadie las alza, porque todos tienen sus árboles. Es como regalar dinero en Qatar.

—Tienen que exportar. Eso dice el gobierno. La Argentina compraría a buen precio. Les gusta el plátano y la coca. Son acullicadores al sur. Ya estamos mandando coca hace tiempo. Pero de lo otro, nada.

—No joda, jefe.

—Escúchame, Lindomar. Debemos aprovechar que el enterrado está con la boca abierta.

Lindomar dejó pasar un momento. Su mujer le decía cosas a gritos. Algo de eso se escuchaba en el teléfono. Qué se ha creído. Puros mandados como si fuera tu jefe. Me tiene que oír. Pero luego volvió el silencio.

—Estará con la boca abierta pero a dos metros de profundidad. ¿Por qué cree que vale la pena? Con esta humedad solo deben quedarle los pelos y los huesos.

—Los dientes también son de hueso.

Lindomar volvió a guardar silencio. Su mujer protestaba y arrojaba cosas al piso. Un crío comenzó a llorar. Luego otro. Pero pronto se alejaron del teléfono. Seguramente se fueron al patio a jugar con los mosquitos.

—Tendría que desenterrarlo, ¿se imagina? Sería toda la noche. ¿Y cuál diente le interesa en particular?

Blanco se sonrió:

—Son dos, negro. Postizos. Tienes que llevar alicate y desenroscarlos. Es más fácil que arrancarlos.

—Encima tengo un dedo tieso.

—Los agarras de la cabeza y los haces girar. Son a tornillo. Tecnología de carpintero.

—Si los polis me matan, cuento con una pensión suya para mis hijos.

Blanco colgó la comunicación. Todavía sonreía

cuando el carterista se zafó de las manos de Margarita y huyó hacia el mercado a toda carrera.

Ella se asustó: «¡Me ha arrancado mi reloj!»

Blanco pasó por su lado hasta la acera. Apenas vio un punto rojo en fuga en el horizonte próximo. Volvió donde Margarita. Le revisó atento la muñeca.

Se la acarició: «¿Todo en orden?»

Margarita asintió. Con la mano derecha se friccionaba la muñeca y el brazo izquierdo. Estaba llorando en silencio con cara de perrito faldero.

—Ahora vuelvo.

Blanco caminó a su cuarto y se cambió de polera. Dejó la celeste y se vistió una blanca que le servía para dormir. Salió del edificio y se encaminó al mercado. Pasó por el frial del especulador y por el Banco. El guardia ni lo miró. Desalentado, siguió su camino. Pronto se vio en medio del tumulto de vendedoras y compradoras en la calle.

Las señoras caminaban ligero entre los puestos de venta. Pellizcaban la carne para ver si sangraba. Pellizcaban la fruta para ver si chorreaba. La bolsa de su mercado cargaba la sirvienta. Algunas señoras tenían sombrero de ala redonda, que era lo que les había quedado de su estancia en La Paz y las invitaciones al mediodía de las embajadas europeas. Otras llevaban las tradicionales gafas oscuras que les tapaba medio rostro. Algunas había que compraban mientras charlaban por su celular. Y una, más piola, que se iba al kiosco de los ceviches y primero cumplía con su antojo. Degustaba como un manjar y batía un pie ensandaliado al aire.

Blanco la observó en detalle y se enamoró. Rubia. Media melena. La boca pintada de rosado. Los ojos menudos. Verdes. Delgada. Buen busto. Alguna vez, ella le había sonreído al pasar por su acera.

La mujer comía ceviche y reía con la vendedora. No miraba a nadie. Y pensaba que nadie la miraba a ella. Comía despreocupada. Tomaba agua de su propia botella. Calzaba sandalias y sus uñas estaban pintadas de verde bilioso. No era el mejor color, pero se notaba que se trataba de una mujer de decisiones muy audaces.

Blanco vio pasar un punto rojo en el gentío. Un punto fugitivo. Vio que el hombre se agachaba y caminaba así por la callecita improvisada de las frutas en la acera. Lo siguió con calma y tristeza, porque abandonó la contemplación de la belleza.

El punto rojo desapareció. Blanco no lo veía por ningún lado. Debido a la mala noticia, avanzó entre la gente unos pasos más. Disimuló mirando los productos. Escuchando los regateos. Ayudó a una señora petulante con la fruta caída al suelo. Por supuesto que no se lo agradeció. Ni siquiera lo miró. Volvió a avanzar.

El punto rojo conversaba con un taxista de aspecto tétrico. Parecía un pirata venido a menos merced a un cachiporrazo en plena nuca que le había desinflado el esqueleto y las carnes. Tenía una cadena oxidada sujetando sus pantalones súbitamente anchos y un revólver cubierto por su diafragma enfermo. La cara demacrada. La barba desflecada y desigual. Algo le decía al punto rojo que este no sabía responder. Por eso lo golpeaba en la cabeza repetidas veces.

Blanco se metió aún más entre el gentío. Desde allí observó cuanto sucedía. El pelirrojo volvió a golpear al hombre, pero luego giró y entró al taxi. Y se fue.

El punto rojo se sobó la cabeza como un chimpancé piojoso. Tenía el ceño fruncido. También la boca. Estaba enojado por el abuso del policía. Pero sus ojos brillaron codiciosos cuando sacó el reloj de manillas doradas de un bolsillo y lo reposó en la palma abierta de la mano sana.

Parecía la cría de un canario. Se lo pasó de una a otra mano. Se aprestaba a darle un beso cuando se le evaporó como una gota de agua.

—No es tuyo. Ladrón.

Blanco lo golpeó en la cabeza.

Metió el reloj en su bolsillo y retornó con calma por entre el gentío. La gente vendía a los gritos. La gente compraba a los gritos. Todos rogaban a todos. Los tomates pasaban de una mano a la otra. A la bolsa de la imilla o sirvienta. De vuelta al cajón de la vendedora o casera. Las verduras. A la carne le iba peor que en la morgue. La hurgueteaban. Cortámelo aquí. Por aquí. Eso bótalo a la basura. Dáselo a los perros. Me estás engañando con el peso. Dame este gordo y te pago con billete nuevo.

Pero la bella rubia apuntaba con su fino índice y compraba sin decir palabra. Su dedo iba exactamente donde sus ojos se posaban. Compraba y pagaba. No regateaba nada. No la engañaban. Ella misma cargaba su bolsa. Caminaba por delante de Blanco con la espalda recta y el culo hacia afuera. Un lindo y delicado culo.

De pronto dio la vuelta y chocó con Blanco. Se sonrieron. Las papas se pusieron a correr por ahí. Blanco las alcanzó. Las limpió en su polera de dormir y las volvió a acomodar en la bolsa cargada de todo de la señora bella.

—Gracias. Usted perdone.

—Soy Blanco. Santiago Blanco. La tengo vista todos los sábados. ¿Le gusta el ceviche? ¿Me lo recomienda? Yo como siempre en el mercado.

La mujer se sonrojó. Se puso más bonita. Mostró sus dientecitos de ratón con ligas. Dijo que sí con la cabeza. El lindo pecho le palpitó.

Blanco le cedió el paso con la mejor de sus sonrisas.

197

Ella pasó por su lado olor a jabón. Se fue caminando chueco, pero no dio la vuelta a mirarlo. Desapareció.

Blanco continuó con su sonrisa de macho pícaro. Le hubiera gustado cargar esa bolsa de mercado. Acompañarla a su auto. A su taxi. Preguntarle si le gustaba la literatura nacional. Para impresionarla. O quizás hablarle mal del gobierno. Las rubias no podían estar de acuerdo con el indio. Eran parientes de los otros gobiernos.

Disparates así.

Caminó hacia la farmacia de lo más contento. Tenía las manos dentro los bolsillos y pateaba basuritas con sus abarcas de indio. La gente se hacía a un lado a su paso. Consideraban que era un transportista y con ellos había que tener cuidado. O un comerciante. O un coronel de policía. A nadie se le podía ocurrir que fuera el portero del edificio Uribe. Tan poca cosa.

198 Subió las gradas de la farmacia exhibiendo el reloj precioso como un trofeo olímpico y se encontró con Margarita llorando en los brazos de un hombre bien vestido.

Los últimos pasos los dio oliendo el perfume de madera seca. Quizá pino de los bosques bárbaros de los escoceses. Quizá roble silvestre de los fiordos noruegos. Madera fina que chorreaba su néctar a una botellita como roca viva y que unas manos obreriles vestían con la etiqueta de doscientos dólares en las grandes tiendas europeas. Un robo consentido por vanidad. Una petulancia de la clase alta.

El hombre la abrazaba como para una toma de película. Margarita se apoyaba en su pecho. En todo su cuerpo. Se sentía a gusto. El susto grande de veinte minutos atrás estuvo a punto de paralizarle el corazón.

Blanco se había dado modos policiales para recuperar su reloj. Pero el hombre que la tenía entre sus brazos le había recuperado el alma. Había una diferencia a su favor. Notable diferencia.

—Oh, es él. Yo te dije que traería mi reloj de vuelta.

Margarita se desprendió del hombre y fue al encuentro de Blanco. Lo besó en la mejilla y lo abrazó simplemente agradecida. Tomó su reloj y lo miró encantada. «No es que sea tan fino, pero». Volvió a besar a Blanco.

Blanco y el hombre continuaron mirándose. Tenía el corte de cabello que dejaba asomar sus patillas blancas. El rostro afeitado y barnizado con loción de la misma línea de su perfume. Pese a que era sábado, la camisa de marca recién planchada. Las mangas arremangadas. El pantalón con raya y la caída perfecta sobre los mocasines coquetos y cepillados. Sin calcetines. Le tenía extendida, como una hora, la mano de uñas pulidas. Con protector. Parecía un hombre ideal para odiar.

—Mucho gusto. Gonzalo Lema.

Blanco finalmente se la estrechó. Quiso decirle que ya se conocían y no de la mejor manera (la misma señora Lobo le absolvió su curiosidad). El asesinato del campesino Terceros en Punata. El picotazo en su pecho capaz como fue de sacarle el corazón íntegro por la espalda. Francisco, el gigante campesino, hijo de un cura franciscano, de dos metros y 125 kilos. Sordomudo. Quizás el asesino material. La bella María, a quien él mismo (y Margarita) había visto con el cabello mojado parada en la puerta de su restaurante punateño, hacía tan pocos días atrás, con su niño y su pato negro. Pero detrás del monstruo Francisco, y en pos hambrienta de María, el autor intelectual capaz de zafarse y reírse de la pobreza investigativa policial. Un abogado de ciudad tan falso y tan humo como un tonto billete de alasitas.

Ese sujeto era quien tenía al frente.

Margarita no entendió el silencio. «Somos novios», dijo. Sonrió con el rostro entero. «Hace unos días ni nos conocíamos». Volvió a sus brazos y se le estrechó buscando mimos. Había dejado de llorar de susto pero ahora lloraba del mucho amor que sentía.

Blanco asintió. Se alzó de hombros. Giró el cuerpo como un soldado de guardia en sábado y se perdió en su cuarto a desordenar lo ya ordenado.

Se sintió insólitamente desconsolado. Pasó toda la tarde semiechado en el somier crujiente rebotando contra la pared los calcetines blancos (que alguna vez le sirvieron para desfilar por la policía) como si fueran pelota de frontón.

200 ¡Qué ingenuidad la de Margarita! No sabía leer el alma del prójimo. Si ella esperaba encontrar un fondo de leche en aquel hombre, muy pronto advertiría los pelos tiesos de la bestia. Sus pezuñas. El perfume convertido en azufre. Y sería tarde.

Con ese único pensamiento dejó correr las horas. El nítido sol, que al mediodía iluminó la trágica escena de las presentaciones supuestas, empezó su ocaso anaranjando sus rayos. El hare krishna del sexto sacó a pasear su canto de dolor de estómago por la ventana y el loro imitó todo lo que pudo en la ventana del segundo. Las calaminas del techito de la pobre portería se destemplaron.

Blanco se puso de pie y se desperezó. Quizás una ducha. Entonces le tocaron la puerta con un ritmo muy particular.

Un hombre sujetando una soga con ojal y nudo corredizo.

—¿Para qué es eso?

—Para ahorcar al gordo bonachón. Anoche descubrí para qué suena la alarma de su despertador. No me lo va a creer.

—Yo creo todo lo que pasa en esta vida ruin.

—Para fumar. Despierta a las tres con la alarma y fuma. Dice que es el mejor cigarrillo del día. Por eso le dicen Vampiro. Luego vuelve a dormir la mona junto a sus expedientes. Es un vicioso. Nunca conocí a nadie igual. Merece morir.

—¿Y no sería mejor darle una segunda oportunidad? No se olvide de sus animalitos. Debe tener buen corazón, el hombre. Además, es juez.

El dramaturgo miró a los costados como los pájaros. Se alisaba con la palma de la mano el bigote amarillento y cambiaba de máscara. Serio. O preocupado. Enojado. Sorprendido. O se pasaba la palma hacia la frente y el resultado era diametralmente otro: payasesco. O burlón. Angelical. Hasta diablesco. Mil rostros.

Pero cuando se estaba quieto se parecía a Juan Lechín Oquendo, el mítico líder minero y enemigo mortal de la UDP. A Blanco se le turbaba la razón. Cuánto daño al gobierno democrático con su intransigencia sindical. Un héroe altoperuano en el balcón vociferante de los discursos. También un culpable directo del acortamiento del mandato del doctor Siles, el Falso Conejo, y de la futura relocalización o expulsión de tanto minero hacia las ciudades.

—Eso era todo. He de guardar la horca en mi baúl. Ahorre su dinero, portero. El precio del barril de crudo está a menos de cuarenta.

—Yo ya he vivido la democracia con la libra fina de estaño a precio de gallina muerta.

Blanco no lo retuvo. El hombre giró el cuerpo y arrancó pateando en el aire la palanca de una moto invisi-

201

ble. La encendió de inmediato para su satisfacción, al parecer. Giró el motorizado con poco esfuerzo y partió para las gradas tronando. Con los cachetes tan inflados como un trompetista de banda. Le faltaba el humo del escape.

Ingresó a su cuarto por el cuero de su toalla. Cuando cerraba la débil puerta, le habló el vampiro del segundo. De sus manos colgaba la enorme jaula de sus canarios.

—Oye, hermanito, se me ha perdido la víbora. Debe estar paseando en algún departamento. Que no me la maten. Que me avisen. Yo me la recojo al instante. Se llama Raquel, por si acaso.

Blanco lo oyó con las cejas suspendidas. El gordo bonachón hablaba y los tres gatos, caminando mimosos por el delgado botagua, le metían a la boca y la nariz la cola encrespada. La jaula se balanceaba. El loro se había recorrido contra la pared haciendo uso de su criterio de sobrevivencia. Algo craso decía, sin embargo.

—¿Y no es peligrosa?

—No, para nada. Menos que una mujer desairada.

Blanco volvió de la ducha y se sentó a dormir. A la hora encendió el viejo televisor sobre la mesa. En un canal tocaba una banda de ridículos. Todos de enterizo negro con cierre desde la garganta hasta la línea de tiro. Si alguno deseaba orinar, quedaba desnudo del pecho. Y tenían unos rayos amarillos en los laterales de los brazos y las piernas. Y botas con punta de metal, ideal para matar chulupis. Y anteojos negros, para sobrellevar la luz de la noche.

Bailaban hacia la izquierda y hacia la derecha. Alzaban una pierna o la otra. Tocaban trompeta, guitarra eléctrica, bajo, órgano y batería. El que cantaba medía ligeramente menos que un chihuahua.

Cambió de canal. Un señor de lentes gruesos, peinado

hacia atrás con un fijador suave, de traje y corbata, explicaba el fin del mundo. Ya estaba tan cerca que solo un miope del alma no lo veía. Abran los ojos, hermanos míos. El fuego está en la esquina. La nieve arde. El agua no calma la sed. El mundo está lleno de fornicadores. La palabra de Dios se lee menos que los letreros de publicidad. La humanidad se mata por el petróleo. Droga en las calles. Todo está anunciado. Solo falta una chispa. Pero tenemos aún un segundo para arrepentirnos. Repitan conmigo: Padre Nuestro…

Cambió al canal universitario. Dos hombres conversaban en absoluto silencio. Movían las cabezas, las manos. Asentían. Se cedían la palabra y volvían a asentir. No los escuchaba nadie. Tenían papeles sobre una mesa propia de un mercado. Astillosa. Despintada. Vieja. Una cámara congelada y mal atendida. El camarógrafo estaría fumando en la puerta de calle. No le importaba lo que hablaban los catedráticos. Prefería ver pasar mujeres por la acera.

Cambió de canal. Fútbol boliviano. Toda la cultura del ignorante.

Lo apagó.

Se quedó a oscuras.

Se dijo que la vida de un hombre solo era más aburrida que chupar un clavo. No tenía ningún sentido. Y menos aún cuando comenzaba a sentir acechando la vejez. Los días se volvían largos, interminables. Y las noches no servían ni para dormir.

Sin embargo se durmió pensando en esas cosas. Cruzó los brazos por un súbito frío en la piel. Fue consciente de sus primeros ronquidos. Tenía el cuello doblado. Mientras dormía se decía que debía meterse en cama. ¿Qué estaba esperando? La noche había comenzado para él al mediodía. Quizás antes. Pero no se movía.

203

Solo se decía y se desesperaba, porque seguía tan quieto como al principio.

Después, el vacío del sueño. El silencio.

El reventón de una botella en el patio caída de la ventana abierta del segundo.

Blanco abrió los ojos de inmediato. Ni siquiera parpadeó mientras se preguntaba qué explosión había sido esa. Pero unas risitas traviesas bajaron del edificio y se arrastraron hasta su somier.

La una de la mañana.

Salió a la puerta a atisbar cuanto sucedía. Detrás de los gatos parados melosos en la ventana, Vampiro miraba al cuarto de portería sin mostrar el cuello. Solo sus ojos pícaros. Pero también asomó el dramaturgo mostrando un rostro de curiosidad. Las cejas levantadas. Los ojos celestes y profundos como un abismo divino.

204

También asomó el rostro la viejita del octavo.

Blanco retrocedió un paso sorprendido.

La mano de alguien lo invitó a que subiera.

Volvió a su cuarto y se cambió de ropa. Se puso una polera limpia, un pantalón largo, pero se volvió a montar en sus abarcas. Que se fueran a la mierda los discriminadores. Los clasistas. Los racistas. Los antipáticos. Los estúpidos del 11 de enero.

Y subió al segundo con ganas de farrear.

El dramaturgo había encendido su moto invisible y llevaba en andas a la viejita del octavo. Corrían por entre los muebles. Ronceaban. El perro se afanaba por morderle el pantalón y corría ladrando por detrás. Vampiro tenía una radio sintonizada en música del sábado por la noche con volumen a toda mecha. «¡Fuerza, carajetes!» Y Liliana Wenninger sollozaba triste en un sofá sentada sobre sus piernas, los dedos de los pies desnudos asomados a la intemperie muy rosados. (Blanco sintió de inmediato inmensas ganas de dar un beso húmedo en la yema de cada uno de ellos.)

Los tres gatos miraban la luna sentados en la ventana cuadrada. Los canarios dormían en su jaula inmensa cubierta por un trapo delgado. El loro canturreaba contento en el hombro de su dueño. La tortuga dormía el sueño de la piedra en una esquina. Una lechuga marchita debajo de su caparazón.

Faltaba la víbora Raquel.

El hombre de la moto invisible chocó contra una esquina de la mesa y fue a dar al piso con la viejita del octavo. El perro los alcanzó y comenzó a morder de donde podía. Ladridos y risas. Revolcones y besos.

Blanco se sirvió un vaso lleno de ron puro. «Hay que igualarlos. En la felicidad o en la tristeza». Y se lo tomó en sorbos ininterrumpidos. Una sensación de calor le invadió el cuerpo. Un escalofrío que le puso los pelos en punta. Se sacudió como un animal y terminó con una inquietante sonrisa en el rostro.

—¡A baaailar!

Jaló a Liliana Wenninger al centro mismo de la sala y comenzó con un pasito aprendido en el patio del cuartel. Se les plegó el dramaturgo y la viejita con pasos de fantasía. De salón. O de teatro. Vampiro corrió en pos de una escoba y bailó moviendo las caderas entre ellos. Cantinflesco.

Bailaron cambiando de parejas. El volumen crecía más y más. Quien quedaba con la escoba servía las copas. «¡Fuerza, carajetes!» A comenzar de nuevo. Pasito de sapo. A la viborita chis-chis-chis. Cambio de pareja. El cuello estirado como las jirafas. Paso pesado de rinoceronte. Hop-hop-hop. Cojitos. Rollitos.

Los cinco rodaron por el piso. El perro corrió asustado a un costado de la sala (las orejas para atrás) evitando morir aplastado por tanto loco.

El dramaturgo suspendió las cejas. La cabellera se le montó en plena frente. Recriminó con voz ronca.

—Algo más cultural, amigo Vampiro. Usted está obsesionado con los animales.

—¡Fuerza, carajetes!

La viejita asumió el liderazgo.

—¡A la carga lanceros de Junín! ¡Despertad, chapetones! ¡Revolcarse en el barro, soldados del rey! ¡España vive! ¡Mueran los criollos traidores!

Se enfrascaron en una cruenta batalla sin perder el ritmo. La viejita se golpeaba las ancas porque iba a caballo esgrimiendo una lanza. Vampiro tomaba ron sin respirar y elevaba victorioso los brazos. El dramaturgo tenía un pañuelo amarrado en el cuello y moría ahorcado parado en la silla con la lengua colgando.

—¡Pero la tea que dejo encendida nadie la podrá apagar!

Liliana Wenninger se doblaba de risa y llanto. Se pisaba los pies y se levantaba el cabello del rostro a manotazos. Quería llorar y mear. El orden le importaba un carajo.

Blanco descargó otro vaso de ron en la esponja de su organismo.

Se puso a cantar a favor de la patria fundada:

Salve oh salve
Oh patria serás bendecida.
Salve oh salve
Oh patria fecunda en valor.
Si atesora La Paz tu cinismo
También Charcas la culpa está en ti.

Cochabamba probó nueva chicha
Y sus confites sin par Potosí.
Pando, Beni, chancaca en petaca
Y te brinda majao Santa Cruz.
El poder de sus apis Oruro
Y Tarija sus calles sin luz.
Salve oh patria, salve.

Alguien golpeaba la puerta. El dramaturgo infló sus cachetes y salió en primera, tronando en su moto, a atender. Volvería en menos de lo que un burro mea. Hablando de meadas, orinita vuelvo. Liliana Wenninger se fue al baño.

Vampiro encendió tres cigarrillos en uno. Desapareció totalmente en la primera bocanada detrás del humo ceniciento. Uno para la chapetona y el ejército real. Otro para el cholo y la síntesis racial boliviana. El tercero para él, un chuquisaqueño sangre azul por parte de madre, pero cochabambino de nacimiento por culpa del padre.

La fiscal Margot Talavera se trancó en la puerta. El Moto la pechó de las nalgas abriendo los ojos celestes con picardía. Blanco la jaló fuerte de las manos. La pared crujió. Se le cayeron pedacitos. Ya estaba adentro.

Vampiro llenó los vasos de ron puro y obligó un seco. «¡Viva Bolivia libre y soberana!» Subió el volumen de la radio y comenzaron a bailar todo de nuevo. Ya no hacía falta la escoba.

Margot Talavera se dejó atrapar de las nalgas por el anfitrión alado e inauguró el pasito lentísimo llamado retardación de justicia. Y de inmediato lo enganchó con el paso coima, y siguió de largo con el paso extorsión. Al pasar cerca a Blanco le silabeó al oído algo que no se entendió. Con cara de pesadumbre. Se alejó mirándolo a los ojos. Torciendo el cuello. Con un parche en cada nalga.

La viejita se subió a los zapatos del dramaturgo. «Son tus pisaderas, porque de ahora en adelante he de decirte Moto». Y Blanco metió la mano bajo la blusa de Liliana Wenninger. Imaginó sus pecas. La apretó contra su barriga hasta empaparla enterita con su traspiración. La alejó cuando notó que la pinchaba con algo de su cuerpo.

Después se tiraron al piso y apagaron las luces centrales. El Vampiro entró a un cuarto y hurgueteó varios cajones. Salió contento. Tenía pistas sonoras de música y un micrófono antiguo. Para la colega.

Margot Talavera se sentó en una silla mirando a la platea y a la luna.

—Para todos ustedes, que son mi público, voy a cantar estos boleros.

La voz de la gorda se fue acomodando entre ellos. Encajaba tan bien que Liliana Wenninger pensó que la letra era su vida. Trágica. Un maldito jugaba con ella. Soy una criminal por amor. Porque seguí a pie juntillas tus instrucciones. Aquí tiene, señor juez, mis muñecas. Espóselas. Me declaro lo que soy: culpable de haber amado tanto a este hombre que no vale nada. Y lloraba en silencio pensando que había echado a perder su vida desde que lo conoció. No había consuelo. Sabía cuál iba a ser su final.

Blanco se puso de pie y llenó los vasos.

Vampiro cruzó los brazos con la cantante para hacer un brindis.

—¡Por las mujeres, carajetes! ¡Aunque mal paguen!

La voz ronca del dramaturgo alertó a todos: «¿Por qué llora, señora? ¿Le duele algo?»

La señora del octavo lloró todavía un rato más. Tenía un pañuelito de quinceañera sacado de la manga de su blusa. Se limpió los ojos. También la nariz. Le dijo a la fiscal que siguiera cantando. Que no se detuviera. ¿Por qué los hacía esperar? ¿Acaso su intención no era hacerlos llorar? Y volvió a sonarse la nariz para escuchar a la cantante. El Moto la consoló jugando afectuoso con su pelo cano.

Margot Talavera volvió a cantar. Tenía los ojos puestos en la luna y la mano libre de micrófono en el lomo de un gato. Su voz se arrastraba por el piso merced a una calumnia. Yo siempre te amé. No puedes creer lo que te digan. Busca la verdad en mis ojos. Y, si quieres, me abro el corazón y buscas en sus latidos la verdad que quieras encontrar.

—Caray. La vida es un drama. O una comedia. La mierda de tortuga se me quiere meter al culo. Quizá su dueño podría encerrarla en su ropero por lo que queda de noche.

Blanco volvió a llenar los vasos, pero no tuvo fuerzas para proponer un brindis. Los boleros le habían aflojado la resistencia anímica. Él sabía que era un hombre solo, no necesitaba gritarlo. La gente lo veía en la calle y le cedía el paso por consideración. Qué hombre más triste. Huyamos de su desgracia, decían al verlo.

Puñeteó la mesa y una botella vacía cayó al piso de mosaico, pero no se rompió. Rodó unos metros por debajo de la mesa y de una silla, y rozó el hocico del perro, pero el ancho pie de la cantante la detuvo y la apretó. La platea se le quedó mirando sin palabras.

Los boleros continuaron hasta que alguien alertó de que el alcohol se acabó. Tenían una de dos: o salir a comprar por ahí, o mandarse a cambiar, porque era imposible escuchar boleros sin alcohol.

—Y sin cigarros. Se acabó la noche. Se me van yendo de dos en dos.

Moto ofreció su brazo a la señora viejita del octavo. Se despidió con la formalidad de un club social. Muy buenas noches. Que descansen. Esta señora y yo vamos a dormir juntos para asistir a la misa de gallo.

Vampiro comenzó a besar la mano de la cantante. A chupar su anillo de abogada. A treparle los brazos abundantes.

Margot Talavera se dejó hacer y le acarició los cachetes gordos. Pero se dio modos de alzar una mano y detener a Blanco y Liliana Wenninger un paso antes de la puerta.

—Dos asuntos. El primero es que mataron a tu amigo Abrelatas. Está en la morgue. Vine a avisarte.

Blanco sintió el golpe en el pecho. Retrocedió medio paso para mirar mejor a la fiscal. Ella reconfirmó. Dos balazos en la cabeza. Ya estaba frío.

Vampiro continuó besando a la fiscal. Se trepó a su cuello anillesco y sanguíneo y miró por si acaso al portero. Se detuvo un momento esperando alguna reacción. No la hubo. El hombre parecía duro de verdad. Siguió por su sendero con algo de salivita.

—Lo segundo, te cuento el lunes. Uy, te vas a sorprender, Blanquito. La realidad es más rica que la imaginación.

Pese a tanto humo de cigarrillo colado a los pelos de la nariz, Blanco sintió el perfume de maderas secas apenas Liliana Wenninger abrió lenta la puerta. Allí estaba. Flotando dominante en el departamento. Ni siquiera se hacía necesario olisquear. El perfume vagaba a libertad y si su voluntad lo deseaba se metía a la nariz de cualquier bicho.

Blanco se encolerizó. Olfateó como un perro en el ambiente y crispó las manos hasta amarillar los nudillos. Hijo de puta. Pirata. Mal nacido. En dos trancos apareció en la cocina. El mismo olor le indicaba el dormitorio, pero detuvo su andar por caballero.

Liliana Wenninger lo vio husmear por su departamento. No supo si debía reír o alarmarse. Después de todo, el hombre era apenas el portero del edificio. Y olfateaba como animal. Pero era también quién debía ayudarla a salir de sus sospechas.

—Es el perfume del hombre que amo.

La mujer se lo dijo mirándolo a los ojos. No era arrogante al confesar que un hombre había estado con ella en horas de la tarde. Era valiente. Se lo decía nada menos que al empleado del coronel Uribe.

Blanco la estudió. La mujer tenía la valentía intacta pero no el ánimo. Estaba desmoronada. Parecía un edificio en ruinas. Por eso buscó acomodo en el sofá y la llamó como a los perritos. Pensaba que debía consolarla.

—Creo que me interesa tu historia. Puedes contarme desde el principio y sin comerte ni una coma.

La mujer no se movió de su lugar. Tenía el cabello encrespado sobre el rostro, y sus ojos de miel líquida se habían achinado de tanto llorar. Los brazos sueltos a lo largo del cuerpo. Los pies nuevamente descalzos.

—Ya la dije. Amo a un canalla.

Blanco asintió. Volvió a ponerse de pie y caminó hacia la puerta sin mirarla. Pensó que le hubiera gustado pasar el saldo de noche con la mujer de su jefe, pero casi nunca sucedía así. En las películas. Los sueños no eran la realidad real.

—No te preocupes. No he escuchado nada.

—El tema es que necesito tu ayuda. Creo que amo a un hombre que se burla de mí. Que me usa. Que me ha convertido en una cualquiera.

Fue como sacar el corcho a la botella y dejarla chorrear hasta que la última gota se quedara en el pico, balanceándose.

Liliana Wenninger lloró durante minutos y no se cubrió el rostro. Las lágrimas corrieron por sus mejillas y reventaron en sus pies. (Blanco lo vio casi divertido.) Y todavía se quedó quieta un rato más hasta que entró triste a la cocina por un vaso de agua.

Cuando volvió, Blanco tenía abierta la puerta de salida.

—Debemos hablar cuando estés serena. Mañana, quizá. Otro día. En el momento que te animes a decir toda la verdad.

Liliana Wenninger lo escuchó con las manos juntas a la altura de su nariz. Parecía meditando. O rezando. O calculando. Lo miraba resolviendo algo interior. Pero pronto pareció despejar sus dudas, porque avanzó unos pasos y besó al exinvestigador con una pasión desatada en ese instante.

Blanco la dejó avanzar un poco y correspondió de inmediato. La vida le había enseñado con algunas experiencias que era mejor así, porque si no llegaban los arrepentimientos. La besó sin pensar en Abrelatas. Menos aún en el coronel Uribe. Pero por un momento imaginó a Gladis. La vio nítida y contundente. Estaba arreglando sus cosas. Tenía una maleta y un gangocho abiertos sobre la cama. Le faltaba poco por guardar. Sintió un impulso de sopetón, profundo, de salir corriendo en su busca, pero no valía la pena. La decisión ya estaba tomada.

Blanco abandonó el piso tercero con el canto de un gallo. Ya sabía él cómo operaban las desgracias. Por eso salió del departamento y caminó a la ducha sin ninguna duda. Abrió el grifo y dejó correr el agua esperando que se calentara. Se metió vestido y empezó por la cabeza. Un

rato largo, hasta que un ecologista le habló a su conciencia. Se desvistió y lavó toda su ropa con el mismo jabón
de su cuerpo. La exprimió. Todavía se duchó un rato más.

—Que se muera.

Ingresó en su cuarto y halló el televisor encendido.
Lo apagó. Arregló la cama, cogió algo de dinero y volvió
a salir. Se subió a un colectivo que iba cansinamente para
el San Pedro. Se trepó al vuelo y pagó con monedas pe-
queñísimas.

La ciudad dormía aunque alguna gente se disponía a
trabajar. Había una mujer en la esquina del semáforo ar-
mando su toldo. Ya tenía la mesa y la banqueta para sus
comensales. Después tendería el mantel de hule para que
las salpicaduras del api salieran con una esponja o un
trapo. El azúcar. Las servilletas. Y había otra doña al
frente. Tenía un gorro de lana, manta, chompa, polleras
y calcetines hasta las rodillas. Vendía pan de un canastón
alto. Chamillos. Marraquetas. Tocos. Pero no tenía a nadie comprando, así que estaba cabeceando a punto de
caerse de su taburete.

El colectivo siguió su marcha por una avenida arbo-
lada. Los perros jugaban en las aceras. En la calzada. Algunas cholitas barrían las puertas de las casas. Algunas
amas de casa también. Una de ellas tenía un rulero gordo
prendido en el cerquillo largo, pijama de franela y chinelas peludas de oso. Seguramente ya estaba divorciada.

Unos minutos más tarde llegó a la morgue. Como era
domingo, había menos gente pugnando por reconocer a
sus muertos. Por eso el guardia leía el periódico a la sombra de un paraíso detrás de la reja de ingreso.

Blanco le tocó los fierros con su llave.

—Nadie le paga por informarse. Vamos abriendo para
dejar pasar a los dolientes.

El guardia lo miró y reconoció de inmediato. Era el

213

expolizonte que se había dado modos para ser amigo de la gorda. No reaccionó pronto, sino que se quedó con el periódico abierto entre las manos y mordiendo una paja recogida del suelo.

—Dime con quién andas y te diré quién eres. Con dos amigos más que se te mueran será el fin de la inseguridad ciudadana. Comenzará otra vida para Cochabamba. Una mejor.

—Era un buen padre. Le enseñó todo lo que sabía a su hijo.

El guardia achinó los ojos aún más. Gordo cínico. Maleante. Podrido. Valoraba el conocimiento del hampa. Pretendía enaltecerlo. Sinvergüenza. Seguramente ardería con el agua bendita.

—No todo lo que uno sabe es bueno. Hay que superarse. Mi hijo no va a ser policía como yo, sino abogado. Él ha de enseñarme a mí.

—Es la misma familia. Delincuentes, policías y abogados. Eso mismo me dijo mi amigo. Déjame entrar. Necesito llorar y desahogarme.

—Vas a pasar, pero cierras tu botella. Están prohibidos los borrachos.

Caminó un mesón tras otro. Un mendigo envuelto en periódicos. Una alcohólica todavía aferrada a su botella. Un adolescente con un cuchillo en el pecho. Un hombre desfigurado, con patillas de los libertadores, muerto y rematado con dos balazos en la cabeza.

—Abrelatas, carajo.

Tenía el cabello revuelto, los ojos perdidos por la hinchazón rotunda de los puñetes en los párpados, la boca chueca por el rictus y la nariz, más que aplastada, hundida por un golpe extraordinario de cachiporra.

Pero era él, claro.

—Te han matado porque encontraste a quién robó el

cadáver de tu hijo querido, amigo—. Se habían dedicado afanosamente a la cabeza y el rostro. El cuerpo estaba intacto. Quizás el pantalón escondía alguna patada en las pantorrillas. Quizá le amorataron los huevos.

¿Qué se hacía, entonces? Llegarían felices los alumnos de medicina y lo cortarían en pedacitos. No quedaría nada de él. Serviría para la ciencia de los futuros indolentes de guardapolvo blanco. No habría dónde llevarle flores. Claro que tampoco habría quién se las llevara. Quizá, si andaba por ahí cerca, en alguna eventual y esporádica visita a tía Julieta, le caería sobre la tumba sin nombre con una flor. Pero ese gesto sería una mariconada.

—Que te coman los carroñeros, viejo. Total, ahora eres espíritu.

En la entrada volvió a encontrarse con el guardia y su periódico.

—¿Me regalas el suplemento cultural?

El guardia lo miró con detenimiento. Estaba seguro de que el gordo no sabía leer. Ni él ni su amigo, porque los estuvo observando aquella vez en el cuarto de los periódicos viejos. ¿El suplemento cultural? Claro que se lo daba. A él no le servía sino para envolver zapatos con chafallos.

Lo buscó en el montón y lo jaló.

—La policía está haciendo un buen trabajo. Un día van a traerte a ti y ya no quedarán maleantes. ¿Por dónde queda tu chichería? Deberías chupar perejil, así la gente pensaría que es remedio.

Blanco caminó el mismo recorrido hecho con Abrelatas pero no halló a la vendedora de refrescos ni a los abogados. Algunos universitarios iban a pasar clases y otros volvían de hacerlo. Uno que otro estaba tatuado entero y parecía una iguana ecuatoriana.

Llegó a la plaza principal y buscó el viejo boliche de

las salteñas. No lo halló. En su lugar se vendían cinturones, carteras y zapatos. Una vitrina enorme indicaba eso. Miró el café de la esquina y lo estudió. Extranjeros y nacionales tomando café con espuma. Cigarrillos. Crepés. Comida propia de maricones. Él necesitaría medio turril de café y una tonelada de crepes para reaccionar.

Volvió sobre sus pasos y, dos cuadras después, se metió al Mercado Central. El bullicio había comenzado hacía dos horas. Las caseras vendían a los gritos. Frutas para el desayuno, caseritas. Para el postre. Fruta del trópico. Y recado fresco de los valles. Zanahorias, tomates, cebollas, habas, arvejas. Papas. Y al fondo ya se veía la carne colgada. Piernas de vaca. De cordero. De chancho. Blanco sintió el olor y se indispuso. Pensó que estaba embarazado. Se sonrió.

Caminó entre la gente pisando el agua chorreada de los mesones. Se cruzó con algunos perros vagabundos. Con un pordiosero. Un carterista. Un policía municipal. Varias señoras de aire distinguido. La sociedad entera. Toda la mierda.

Se sentó por fin en el mesón de la sopa de maní. Pidió un plato. Una cerveza. Espantó a las moscas con el periódico doblado. Mató algunas en la mesa y las empujó al piso con el mismo periódico. Las pisó de rabia.

La casera le acomodó la sopa hirviente frente a su nariz. Él aspiró su aroma con profundo gozo. Infló sus pulmones y su barriga. Maní mizqueño debía ser. Remojado. Molido en batán. Con fideo macarrón. Papa blanca. Carne gorda con hueso. Y perejil.

Empezó a tomar la sopa completamente traspirado de la cara. Luego del cabello. Cuando la roció de llajua empezó a traspirar de las axilas. Se le congestionó la nariz y luego se le desató en una fluidez de grifo. Necesitó de las servilletas de papel sábana.

Se sirvió un vaso de cerveza para apagar el fuego.

Siguió comiendo. Le largó el hueso pelado a un perro flaco y feo. Lo espantó con un gesto amenazante. El perro se corrió apenas unos metros y se dedicó a mascarlo. Él retomó la atención para las cucharas finales. La última arveja. Empujó el plato al centro de la mesa.

Por último, eructó.

Subió a un colectivo a las colinas de San Pedro. El Longines daba las nueve con cuarenta minutos. El cielo celeste vaticinaba un lindo domingo. Alguna gente aprovechaba para salir al campo. Otra más bien se quedaba en casa. Mucha iba a la misa y caminaba por la plazuela. Otra se preparaba para ir al estadio en la tarde. Alguno pensaba en matarse. Y lo hacía.

Viajó mirando las casas de una avenida larga y recta. La iglesia y su canchita de fútbol. Un parque. Un coliseo. Un exsurtidor convertido nada menos que en módulo policial. En esa esquina se bajó a tierra firme.

Caminó atento buscando la puerta oculta de Gladis. La calle tenía un aire nuevo porque alguien había construido un horrible edificio en la acera este y otro vecino jaló su casa hasta la rasante. Pero la puerta oculta estaba ahí. Como esperándolo.

Tocó la puerta con una piedra pequeña. Un perro ladró terrible como para asustar a un gato. Alguien gritó que alguien tocaba la puerta. Pasaron unos minutos y apareció una señora secándose las manos en un mandil muy viejo, amarillento y agujereado.

La señora miró a Blanco de lado, como evitando el sol. Solo que el sol se había ido a pasear por otro mundo.

—Ya lo reconozco. Usted es el novio de la fulana.

Blanco frunció el ceño de inmediato. Miró a la mujer para que dijera todo lo que pensaba de Gladis. Luego tendría que atenerse a las resultas.

217

—Ya no vive aquí. La hemos echado. No pagaba alquileres y se venía cada noche con un fulano diferente.

—¿Desde cuándo que hacía eso?

—Desde siempre. Nosotros le creíamos al principio. Que es mi primo. Que es mi hermano. Mi amigo. Solo le faltaba poner un foquito rojo sobre su puerta. Pero ni aún así nos pagaba nada.

—¿Y se ha hecho mucho? ¿Cuánto les debe?

—Nos debe seis meses de renta. Desde que ha llegado, prácticamente. Por eso la hemos echado a la calle. Ha debido irse a vivir con uno de esos que la hacía chillar como a gata.

Blanco volvió a fruncir el ceño. Eso aclaraba todo. Respiró aliviado.

—Busco a Gladis, señora.

La señora abrió los ojos espantada. ¿A Gladis? ¿Y por qué no había dicho eso antes? La señora Gladis estaba en su cuarto, pero se entraba por la otra puerta. Una oculta por la verja de pino. Qué barbaridad. En vano se había quejado con el hombre. Qué vergüenza. Se alejó del lugar llevándose al perro del cuello. Casi corriendo.

Blanco caminó unos metros más. Se paró frente a la puerta oculta por los pinos. Agachó la cabeza y curioseó.

Gladis estaba allí. Tenía abierta la puerta de su cuarto. Sacaba bultos y los dejaba apoyados contra la pared. Metía una escoba y sacaba basura. Y se secaba el sudor de la frente con el dorso de la mano. Le faltaba mucho. Y se iba el martes de madrugada.

Blanco le tocó la puerta.

Gladis se sorprendió. A ella nadie le había tocado la puerta en años. Por eso pensó en los mormones. Caminó dispuesta a espantarlos pronto, si hacía falta con torpeza. Pero quedó de una pieza cuando se dio de bruces con su novio.

—Santi.

Blanco la abrazó sin decir palabra.

Gladis quedó un tanto colgada de su cuello. Se puso a lagrimear con profundo sentimiento. ¿Estaba ahí porque pensaba despedirse? ¿Por qué la visitaba sin su maleta? ¿Acaso no hubiera sido mejor que no apareciera? Y se prendió más del cuello para llorar sin consuelo.

Blanco apretó los dientes y la sostuvo. Quizá ya no la abrazaría en otro momento. Las horas previas a un viaje se volvían segundos. Volaban como las golondrinas. Y había que subirse al colectivo para marchar. Todo se aceleraba. Se volvía muy rápido. Era mejor saberlo.

—He venido a pasar el día contigo.

Gladis lo escuchó y volvió a llorar. ¿Ves? Había venido a despedirse. Eso era. No lo vería nunca más. Ni siquiera mañana, porque ella trajinaría por todo lado. Debía dejar un escrito en la municipalidad acompañando la concesión del kiosco. Debía llevar un inspector para que verificara cómo lo devolvía. Debía correr a la feria a comprar regalos. Terminar de embalar. Y llevar todo a la flota. Volver a su cuarto y hablar con la dueña. Quizá su corazón lloraba porque ya sabía que no lo abrazaría más.

Lo agarró de la mano y lo metió a su cuarto.

La vieja del mandil se frotaba las manos y los miraba desde más allá.

Tampoco durmió la noche del domingo en su cama. Se quedó feliz y mudo con Gladis. La abrazó. La besó. La contempló. Pero no dijo una sola palabra. La ayudó a embalar. A cargar. Y volvió a la cama a amarla callado y sin llorar. Todo el santo día y su bendita noche.

En la mañana del lunes abrió la boca en la puerta: «No voy a poder vivir sin ti».

Y se puso a llorar en los brazos de su novia.

Pero ella ya también calló. Se limitó a abrazarlo, a besarle la frente. Ya le había dicho todo lo que sentía y pensaba en los momentos sueltos de su pasión. Y no tenía ánimo para repetir nada. Sería inútil, como escribir en el viento.

Por eso estiró la mano y paró un taxi: «Súbete. Puedes llegar tarde a tus tareas».

Blanco se sentó en el asiento trasero para que el conductor no supiera que viajaba llorando. Tampoco giró el cuello para ver la mano de Gladis en el gesto del adiós. Enterró el rostro entre sus manos y quiso morir.

Se bajó en la morgue.

El policía lo recibió sonriendo.

—Los carroñeros se han llevado a su amigo. Cuando son maleantes les abren la cabeza. Quieren encontrar al diablo.

Blanco dio dos pasos y lo golpeó violentamente en pleno rostro con la mano abierta.

La gorra voló al espacio de tierra y pasto.

El policía se llevó la mano a la pistola, pero luego se frotó la mejilla. Recogió su gorra sin dejar de mirar a Blanco. Asintió como comprendiendo algo. Se sentó en su taburete de siempre y se desentendió del asunto.

Margot Talavera los miraba desde su oficina.

Blanco caminó hacia ella y se sentó sobre expedientes amontonados.

—Lo han matado los policías que sabemos.

La fiscal estaba de acuerdo. Lo habían matado en represalia por herir a Argote con navaja. Pero también porque no querían que nadie averiguara nada sobre el robo del cadáver. Había política ahí.

Por algo más: «El cachiporrazo al pelirrojo».

Blanco tragó saliva y lágrimas. No lo negó.

—Es probable que también hayan matado al hijo del Abrelatas.

La fiscal se extrañó. Si lo hubieran matado, no se habrían tomado el trabajo de traerlo a la morgue para robarlo después. Era una estupidez. Por eso miró al exinvestigador desconfiando de su lucidez mental matutina.

—¿Por qué no se recoge, Blanco? Usted anda de jarana dura desde el viernes.

—El trago me aclara la mente.

—A los maleantes los mata todo el mundo.

—Estos policías son de Inteligencia, señora fiscal. No van a buscar a la morgue un cadáver, porque puede suceder que no haya ninguno. Planifican.

La fiscal lo escuchó atentamente, con el ceño fruncido. Podía ser. O no. De todas formas, la policía seguía eliminando delincuentes reincidentes y peligrosos con la ley de la fuga. Era de conocimiento de todos, pero no le importaba a nadie. Las cárceles estaban hacinadas de gente. Los juzgados de papeles. La sociedad tenía otros problemas.

—Usted, Blanco, tiene una hipótesis y no me la cuenta. No parece mi socio en este caso. Los policías se roban un cadáver y ¿qué hacen con él? Yo tengo mis ideas, pero creo que usted tiene otras. ¿Las quiere compartir?

—Solo si usted me acompaña hasta el final.

La fiscal dejó de hurguetear sus papeles arrugándolos de las puntas. Lo miró entre curiosa y molesta. El hombre estaba loco. Solo faltaba que el teniente Argote fuera citado a declarar y confesara que se había robado un cadáver por orden del gobierno. Qué estupidez. Qué extremos. ¿A dónde es que quería llegar?

—¿Y cuál podría ser «ese» final, Blanco? Haga el favor de decírmelo con todas sus letras. Tómese su tiempo.

—Que se robaron un cadáver por orden del gobierno.

La fiscal golpeó su escritorio con el puño cerrado. Qué estupidez. Es seguro que estaba loco. Eso no se le podía decir a una fiscal. Nunca. Pero nunca de verdad. Jamás. Volvió a golpear el escritorio. El gobierno estaba enredado en cuestiones importantes. El mar. La corrupción sin límite. O el funcionamiento de las autonomías. La búsqueda de capitales de inversión. La lucha contra el terrorismo. El separatismo latente.

—¿Dónde diablos entra un cadáver en todo esto?

—En la lucha contra el terrorismo. Y el separatismo. Uno sirve para lo otro. Usted lee la prensa pero pensando en sus boleros. Saque conclusiones policiales. Digiera la noticia. No sea pendeja.

La fiscal se puso de pie golpeando con los muslos el escritorio. Una columna de papeles cayó al piso. Manoteó furiosa con la derecha y otro montón voló en seguida. Luego tomó al hombre del pecho y lo acercó a su cara de bohemia culta.

Le escupió las palabras: «Usted va a demostrarme lo que afirma, si no lo muelo a patadas».

Lo soltó. Comenzó a respirar como después de una larga carrera por el campo. Tenía una palidez creciente. Un mareo. Una descomposición en todo el cuerpo. Necesitaba el aire del patio. Suelto. Contaminado apenas por el olor de los rellenos de papa del kiosco próximo.

Alzó su cartera y marchó para allí.

Blanco la siguió como un perrito faldero.

Llegaron juntos a la mesita del kiosco. Blanco fue gentil con la fiscal y la ayudó con la silla. Esperaron en silencio que la señora les atendiera el pedido de dos rellenos de papa para cada uno. Con queso y con carne.

Así no se quedaban con el antojo. Y dos gaseosas heladas y negras.

Blanco se manifestó: «Yo invito».

Comenzaron a comer mirando alrededor. Escuchando la charla de las mesas vecinas. Los universitarios de medicina caminaban entre las flores de los jardines vestidos de guardapolvo blanco. Parecían mariposas con sed que se posaban en lo que quedaba de humedad. Iban y venían cargando libros y mochilas. Parecían estar de acuerdo con el año de provincia en los confines de la patria. Y sus catedráticos tomaban café y encendían cigarros. Crasos, vulgares, morbosos. La ciencia les había despertado lo peor de ellos. Reían a mandíbula batiente, exactamente como en los quirófanos ante el paciente desnudo, inconsciente y moribundo.

La fiscal Margot Talavera recriminó con la mirada a los de la mesa de al lado. Logró que de susto se callaran un momento.

Blanco se alzó de hombros. Él era un hombre de cuartel.

—Esa muñeca de la otra noche, ¿tiene nombre?

Blanco recogió del aire un hilo de queso derretido. Lo enrolló rápido en su dedo y se lo metió a la boca. Se lo chupó un buen rato.

—Liliana Wenninger.

La fiscal asintió pensativa. Mordió el relleno apretando una bolsa de aire y el jugo de la carne explotó hasta su nariz. Buscó una servilleta pero no halló más que el suplemento cultural. Arrancó la primera página como si estuviera para eso. La estrujó. La ablandó. Se limpió la nariz y las manos. Comenzó a masticar menudito, como cría de ratón.

—¿Qué hace ahí?

Blanco tomó de la botella un trago largo. Sintió alivio

en su espíritu mortificado. En su organismo estragado por las tantas penas.

—Vive ahí. Es la adulada del dueño.

Siguieron comiendo. La mesa de al lado volvió a las bromas finas de sangre y semen. Aparato expulsor y de penetración. Las risotadas acallaban al resto. Mostraban sus dedos inteligentes. Se limpiaban el bigote. Dejaban flotar las bolsas pedorras de sus barrigotas sobre el pantalón. Mala gente a simple vista.

—¿Del viejo Uribe? Lo va a matar. Es una Viuda Negra.

Blanco detuvo el mordisco para mirar a la fiscal. Ella lo confirmó sin pena. Moviendo la cabeza. La boca ocupada en concluir la demolición de la carne molida. Así eran las cosas. La mujer buscaba hombres adinerados y se hacía cargo de ellos. Se casaba. Los amaba intensamente. Les daba una gotita de mercurio en la leche o la papilla. Esperaba el tiempo necesario del arribo de la muerte. Los enterraba con grandes llantos. Se despedía sufrida, amargada, de los amigos de Tarija. De Santa Cruz. De La Paz. De Potosí. Del Beni. Desaparecía. Volvía a aparecer.

Blanco se sorprendió: «¿De Potosí? ¿Del Beni?»

—Un acaudalado minero de apellido croata. Del Beni. Un ganadero de verdad ligado a la mafia de los frigoríficos cruceños. Ahora ella está aquí. Ya debe estar en decadencia. Las carnes abajo. ¿Acaso tiene mucho dinero el vejete?

Blanco se alzó de hombros. ¿Mucho? Algo. Un abogado de apellido Murillo le había tumbado gran parte. Estaba el edificio. La vagoneta. Algún otro bien. Lo que sucedía era que Uribe no sabía lucir su riqueza. Después de todo, solo era un expolicía corrupto. Sin clase. Ordinario. Por eso fue que se volvió loco apenas conoció a la linda chapaca.

—Tiene lo suficiente como para mantener muy bien a su amante.

—¿Mantener? Por eso no lo miraría nunca. Debe tener mucho dinero. Más de lo que usted imagina.

Margot Talavera todavía se quedó pensando. «Mantener». Ese no fue nunca el plan de la Viuda Negra. Con el dinero que ya tenía podía mantener una escuela fiscal de por vida. Seguramente sabía que Uribe tenía dinero en gran cantidad y permitió que la conquistara. Actuaba así. Si se la dejaba, tendrían que asistir al sepelio del señor. El sexto.

—Tengo orden de captura para ella. La estábamos buscando.

Retornó al edificio cerca al mediodía. Primero pagó la cuenta de los rellenos y luego se comprometió con la fiscal a no sacarle ojo a la chapaca. Caminó varias cuadras oxigenando su cabeza y desentumeciendo el físico, y por fin se subió a un colectivo que cruzó el puente del Topáter. El Rocha era apenas un lecho con un poco de agua estancada, sapos sobre las piedras y vacas arrancando el pasto de raíz. Algunos vagabundos cocinaban algo en una olla tiznada.

Se bajó del colectivo en la esquina del mercado de las cholitas. Entró al comedor sin mirar a nadie de las fruteras o recaderas y se sentó frente a una casera para sacarse una necesidad.

—Una cerveza fría, caserita. Es todo lo que quiero.

Se sirvió impaciente y no controló el desborde de la espuma. Bebió como si fuera agua. Se sirvió otro vaso pensando con acierto que ya no le temblaba el pulso.

Gladis estaría correteando en los pasillos de la alcaldía. Quizá fuera posible encontrarla frente a una ventanilla. O quizá convenía subir hasta la azotea y estar atento a su llegada al kiosco acompañada del inspector.

Pero, al verla, ¿qué haría?

Se sirvió el tercer y último vaso.

Todo llegaba a su fin. Los casos policiales. El amor. La vida misma.

Salió del mercado y caminó por la acera del banco sin mirar a nadie. Siguió su camino cruzando el frial. Llegó al edificio y encontró a Uribe en la puerta de ingreso.

Estaba enojado. Tenía el ceño fruncido.

—A usted no lo pondría de portero del Banco Central. Se nos hundiría el sistema financiero.

—El sistema es el narcotráfico y el contrabando. No se preocupe por el Banco Central o pendejadas. Son fachadas.

El coronel Uribe tembló del orificio izquierdo de la nariz y del bigote entrecano. Dio un paso amenazante hacia su insubordinado. Se detuvo a un centímetro.

Blanco no perdió la calma. Aguantó la mirada sin esfuerzo. Ya sabía que la vida estaba en otra parte. Que su importancia esencial era muy ajena a la banalidad de los problemas cotidianos.

—Hay vidrios de botella en el garaje.

—Ahora barro. Yo soy el único que transita por ahí.

—Pero te pago para que cuides el edificio. Ahora resulta que yo tengo que cuidarte a ti.

—Por mí no se preocupe. Yo ya no cuento para nadie.

El coronel Uribe no se despegó de su rostro. «Estoy harto de ti», dijo entre dientes. Algo de saliva salpicó a la boca de Blanco. Todavía lo miró de la peor manera. Pero se sorprendió de la paz facial del portero.

—Barro en cinco minutos. ¿Alguna queja más?

Se desprendió del coronel como una bailarina. Ingresó hacia el fondo del garaje y de un rincón se hizo de una escoba y una lata. Volvió sobre sus pasos y barrió la botella estallada la noche del sábado. Caminó otro poco y se dispuso a barrer la acera.

Entonces vio a Gladis. Un funcionario municipal revisaba el kiosco por fuera. Muy pronto por dentro. Ella lo seguía silenciosa a su espalda.

Gladis miraba al hombre con una escoba en la acera del frente.

Blanco comenzó a barrer detalladamente desde el ingreso del garaje hasta la alta pared colindante con la vivienda vecina. Lo hizo con habilidad. Escarbando en las junturas de las losetas. Del pretil. Amontonando cerritos de basura. Alzándolos con la lata. Repasando sectores.

Pasó cerca a los botines de taco cubano del coronel. No se retiraron. Más bien se montaron sobre uno de los montoncitos para esparcir la basura y humillarlo. Blanco continuó su faena sin reaccionar. Terminó la acera sin mirar hacia los botines. Respiró. Luego volvió. Los barrió por las puntas y le cepilló los tacos.

También lo encaró:

—¿Qué lo jode más? ¿Mi inteligencia o mi buena pinta?

El coronel se miró los botines empolvados. Las cerdas como púas de la escoba le habían dejado la marca en el lomo. Un rastrillo. Solo quedaba frotárselos en el pantalón a falta de trapo. En las pantorrillas. Y encajar un puñete definitivo a Santiago Blanco.

Qué lástima andar desarmado.

—Quisiera matarte, Blanco. Te colgaría de la azotea.

—Lo sé. Pero ya no hay columna en construcción.

Blanco terminó de alzar la basura pero triste se quedó mirando a los nuevos en el kiosco. Una familia íntegra de cholos paceños. Los niños ya jugaban bajo la sombra abundante del sauce llorón. Tenían tres perros alegres brincando en la acera y asustando a los peatones.

Giró el cuerpo y caminó al fondo del garaje.

Se lavó las manos en la lavandería de dos fosas y supo que al volver de la farmacia iba a lavar toda su ropa. Se quedaría con la toalla envuelta en su cuerpo. En una fosa enjabonaría. En la misma lavandería la golpearía como sobre las piedras del río. Y en la segunda fosa la enjuagaría.

Volvió a la acera a cerciorarse de la ausencia de Gladis. La familia se había puesto a barrer y sacudir todo. Los niños ayudaban. Vio unas ollas de cuartel en columna contra la pared. Imaginó apis. Almuerzos. Una pequeña feria de la comida. El piso se pondría pegajoso. Las moscas.

Tampoco estaba el coronel Uribe. Caminó hasta la esquina buscando su vagoneta. No estaba. Volvió al edificio e ingresó a la farmacia.

228   Margarita lucía feliz. Acariciaba a un niño que había sido bueno y se dejó poner la inyección. Su mamá lo felicitaba y rebuscaba un dulce en su inmenso bolsón. No lo hallaba. Encontró unas llaves que ya no le servían y las puso sobre el mostrador. Unas cajitas vacías de goma de mascar. Otros papeles. Billetes doblados. Un preservativo. Lo ocultó tarde. Se coloreó.

—Solo me falta encontrar un ratón. Pero del dulce, nada.

Margarita caminó detrás de su mostrador y encontró un caramelo. El niño lo recibió agradecido. Luego se fueron agarrados de la mano.

Blanco llamó a Chicaloma. Lindomar se puso al habla.

—He desenroscado dos dientes, jefe, pero he arrancado los demás para que ya no me joda. No sabe el hervidero de gusanos que había. Cuando me muera, usted estará encargado de cremarme.

—Te voy a echar al viento, Negro. Es un compromiso. Para que vueles al mar de tus sueños.

—Voy a mandarle los dientes por flota dentro de un sobre. Y una foto. Usted va a ver que no le queda uno más. ¿Qué piensa hacer ahora? Debe avisarme para que me meta al monte.

—Te aviso, Negro. Pierde cuidado.

—Si contesta mi mujer, téngale paciencia. Está levantisca porque debo pensiones a mis otros hijos y vienen a cobrarme. Les debo poco. Cualquier rato me pongo al día.

—Sobre la base de quinientos.

—¿De veras, jefe? Se lo agradezco. Téngame al tanto de sus noticias. Y si el Abrelatas se acuerda de mí, mándele un afectuoso saludo. Yo creo que se acuerda porque solo el walipolero Martín y yo éramos negros en la policía.

—Se lo daré apenas lo vea.

Se quedó quieto luego de colgar el aparato. Había encontrado al hijo del Abrelatas enterrado en Chicaloma. Ya estaban despejadas las dudas. Y ese hecho daba lugar a una alianza con los periodistas de La Paz. Quizá de Bolivia. Y un apoyo contundente de la opinión pública. El cadáver hallado en Chicaloma, colgado de un árbol de mandarina, descompuesto y comido por los gusanos era de Pedro Quiñones. La gente debía saber eso pronto. Y él tenía ese deber por delante. El teniente Omar Castelli estaba vivo y, por lo tanto, prófugo. Lo buscaba la justicia. Debía rendir cuentas a la sociedad y fundamentalmente a sus dos hijos. El muy hijo de puta.

—¿Cómo dices, Santi?

Margarita había oído la colita. ¿Qué decía? ¿Estaba llorando? Buscó un pañuelo de papel en sus bolsillos y se lo alcanzó. ¿De amor, Santi? ¿Sí? Porque ella lloraba y reía feliz de la vida. Su novio tenía intenciones serias con ella. Era un encanto. Un hombre de verdad. No uno de esos sentados en las whiskerías presumiendo de negocios. Estúpidos. Si todos sabían que se pasaban la vida engañando a los bancos. Su novio era un triunfador. Todas las mujeres soñaban con uno como él.

—Terminando el mes pago las conferencias.

—No te preocupes. Es probable que a fin de mes cierre la farmacia por un buen tiempo. No me importa perder clientela.

—Es lo de menos. Se renueva. No faltan los enfermos.

Salió a su cuarto y volvió a salir llevando un bulto de ropa sucia. Se quedó envuelto en una toalla y calzado de sus abarcas. Se puso a lavar toda su ropa mientras silbaba con nostalgia la cueca del Wilstermann del 72.

Se encerró paciente en su cuarto mientras esperaba que secaran sus calzoncillos y el pantalón corto. Se sentó en la silla y encendió el televisor. Un canal había arrancado su informativo de la una de la tarde. Decía que la temperatura en el centro de la ciudad era de 38 grados. Inusual. Y que se esperaba temperaturas de 40 grados para los próximos días. Se recomendaba untarse el rostro y los brazos con bloqueador. Después se dedicó a informar sobre la realidad regional. Una horda de manifestantes de La Tamborada no se había hecho problema de llegar a la plaza principal en son de protesta con sus vacas lecheras. Algunos burros. Algunas mulas. Y muchos carteles contra el alcalde. Nadie les fumigaba las moscas. Tampoco les proveían de abono. No se luchaba contra el loteamiento. Los colectivos se retiraban a las siete de la tarde. Faltaba planta externa de luz. Faltaba el agua potable. Faltaba un alcalde de verdad, carajo.

Blanco se reacomodó en la silla. La corrupción estaba gangrenando al gobierno, compañera periodista. Donde se apretaba brincaba el pus. Con todo lo que se había robado se hubiera podido construir un puente de plata entre Potosí y Pando. Para ponernos un sello nos piden coima. Por lo tanto, lo único que queremos es una lucha frontal contra la corrupción. ¿Por qué el presidente no reacciona? Debería empezar votando a la ministra, porque se dice, además, que es su suegra. Lo que nos ha sucedido con el fondo de los pueblos indígenas es una vergüenza. Nuestra reserva moral ha muerto.

Alguien tocó la puerta.

Blanco le habló desde su silla.

—¿Quién es?

—Soy la señora Lobo. Tengo que comunicarle su futuro. He echado la baraja a su nombre y no puede creer lo que le ha salido.

—Cuéntemelo solo si me conviene.

La señora Lobo quedó callada un momento. El hombrecito debía su mala educación a la falta de oportunidades. Porque era avispado. Rápido de cabeza y lengua. Pero ignorante. La prueba era que no le abría la puerta ni ante la evidencia de su futuro.

—¿No tiene un segundo? Necesito verlo para contarle.

—Estoy pelado, señora Lobo. He lavado toda mi ropa.

Nuevamente el silencio. La gente del pueblo era así. Poco agradecida y nada considerada. En cambio la gente del campo era todo lo contrario. Se sentía en deuda por tres generaciones.

—¡Tápese, pues, con una colcha!

—Prefiero visitarla más tarde. A la hora del café, si no le importa.

La señora Lobo se alejó de la puerta. Blanco escuchó que arrastraba sus zapatos. Que ya subía las primeras gradas y el loro la saludaba desde la ventana del segundo.

Retomó la atención en el informativo. El Sarna había declarado hacía dos años que formaba parte del sector armado del separatismo. Ahora decía que era un infiltrado del ministerio de gobierno. Una breve filmación con cámara de celular lo mostraba recibiendo dinero de un connotado agente de inteligencia. Los acusados se defendían con risas. Era la prueba que faltaba para demostrar su inocencia. Pero el fiscal desplegaba su sonrisa cínica. A los ángeles no se los reconocía por una plumita. Podía ser de buitre.

—El gobierno armó esta tramoya para descabezar nuestra dirigencia cívica y empresarial. El Sarna acaba de decirlo. La mamá del irlandés dijo que a su hijo lo había contactado también el gobierno. Oiga: ya tengo años en reclusión por haber jugado a la guerra con balitas de tinta. ¡Haga algo, señor juez! ¡Piense y decida!

Blanco suspendió las cejas. Las noticias se fueron por otro lado, pero él se quedó pensando en el drama vivido unos años atrás. La política contra todos. Los intereses de unos por sobre los intereses de todos. La mentira de los políticos. Su angurria. Su ociosidad. Su cucarachismo.

Se desperezó lo mejor que pudo. Apagó el televisor cuando llegaban las noticias deportivas. Qué pérdida de tiempo verlas. Los periodistas más entusiasmados que los mismos deportistas. Abonando ilusiones. Ausentes de la crítica más elemental. Recorreremos juntos las noticias del deporte nacional. Prolegómeno deportivo. Qué asco.

Se puso de pie y espió el patio recorriendo levemente el visillo sucio de su ventana. El sol inclemente golpeaba el piso del garaje. Bañaba como a un panqueque el edificio. Le hacía lagrimear. Se volvió a sentar.

Su ropa estaría cuasi seca.

El gordo bonachón del segundo le habló a los gritos.

—Hermanito, ¿no has visto mi víbora?

Blanco volvió a recorrer el visillo con su dedote. Le indicó que no. Pero en media hora subiría hasta la misma azotea y preguntaría a cada uno de los vecinos. Quizás estaba escondida en las canaletas. Se sonrió.

—Ya he preguntado a todos. Debe estar metida en la farmacia. Que no se asusten. No pica. Besa. Abraza. Es de lo más cariñosa.

Blanco asintió. Subiría a la azotea y barrería los rincones. Bajaría las gradas preguntando a los vecinos. Entraría a la farmacia y revisaría detrás del mostrador. En su baño. Seguramente no la hallaría.

Más tarde tomaría una píldora para dormir. Se la pediría a Margarita.

Alguien tocó su puerta.

Blanco le habló desde su silla.

—Sí. Dígame.

Era Liliana Wenninger. Muy seca: «Necesito hablar con usted».

—Cuando seque mi ropa.

La mujer guardó silencio. Blanco la imaginó frunciendo el ceño. Con los cabellos sobre la cara. Pellizcándose las manos. Atractiva. Peligrosa. Y con una navaja escondida en el muslo.

—Es importante. Y confidencial en extremo.

—Puede confesarse, nomás. Yo la escucho.

Liliana Wenninger apretó los dientes. Molesta. Al borde de un ataque de ira. Miró a todos lados. También hacia la ventana. Respiró su rabia con la furia de un animal de mar.

Se acercó a la puerta cabizbaja. Le habló como un murmullo.

—La gorda de la otra noche, ¿es fiscal?

Blanco la escuchó apenas. Recorrió su silla hasta la misma puerta y pegó el oído izquierdo contra el tablero.

—Sí, hija.

Liliana Wenninger pareció montar en cólera: «¡Esto es serio, maldito infeliz! ¡No te me burles!»

Blanco, sorprendido por la reacción, alejó la cabeza de la puerta. Se preocupó de la sanidad mental de la mujer. Por eso prefirió aguardar hasta que ella volviera a hablar.

—Esa gorda me odia. ¿Notaste cómo me miraba anteanoche? Parecía que se burlaba. ¿Qué mentiras le has contado de mí?

Blanco volvió a retroceder un tanto. La mujer le hablaba mordiendo las palabras. Seguramente ya tenía la navaja en la mano. Se la clavaría en el cuello. En la cara. En el corazón. Lo dejaría hecho un despojo. Sangrando. Borboritando.

—¿Me has hecho algo malo, Liliana? ¿Por qué tendría que hablar de ti?

Apenas le preguntó apoyó desde el pie hasta la rodilla en la puerta. Un recaudo necesario. Había que sostenerla. Resistir el empellón. Apretar los dientes. El ataque podía ser furioso.

—Hasta ahora te has aprovechado de mí. Te has dado modos. ¿Qué me das a cambio? ¿Dinero? ¿Protección? ¿Amor? Absolutamente nada. Más bien me has entregado a la fiscal.

Blanco abrió los ojos. Pensó en ponerse de pie y abrir la puerta, pero se le cruzó la imagen de la navaja. Además de su desnudez. Prefirió que la defensa se reforzara. Empezó a jalar la mesita de los suplementos.

Ella continuó hablando: «Seguramente has planeado con Uribe. Eso del dinero me ha parecido extraño desde el principio. ¿De dónde podrías tú tener dinero? No vivirías en este agujero».

—Son mis ahorros. ¿Acaso tú no tienes mucho ahorro? Si ni trabajas.

234

—¡Trabajo, maldito estúpido! ¿Qué sabes tú de mi vida? Mi dinero me ha costado lágrimas. Dios lo sabe.

Blanco terminó de acomodar la mesita contra la puerta.

Volvió a sentarse en la silla. Se puso a pensar en la duración del sitio. Le faltaban provisiones y el estómago sya apuraba. Y calzones. Desnudo no podía pensar en escapar. Menos en atacar. Debía armarse de paciencia.

Liliana Wenninger hablaba como contando la historia de su vida. Las palabras mordidas salían de su boca y se derramaban contra el piso. Como máximo, una palabra entera llegaba a los oídos de Blanco. Imposible que se le entendiera algo.

Blanco corrió el riesgo y abandonó su lugar. Se aproximó apenas un poco a la ventana y la observó a través de los visillos. La mujer hablaba sin cesar. Tenía los cabellos cubriéndole el rostro. Se miraba las uñas. Movía la boca como si fuera un ejercicio. Las palabras se le reventaban ahí mismo, como globitos.

Había que tener mucha paciencia. Jaló la silla. Se sentó. Cruzó los pies sobre los suplementos. Pensó que paciencia tuvo Cristo y lo mataron.

235

Liliana Wenninger habló una hora seguida. Blanco escuchó atento su ronroneo. A veces se distinguía una palabra, nunca la oración completa. Y también la escuchó llorar, pero no la espió desde la ventana. Después, muy a propósito de cierta tensión acumulada, la cabeza cansada se le durmió.

Cuando despertó estaba aterido de frío. Tenía los brazos cruzados en el pecho y las piernas cruzadas sobre la columna de suplementos. La toalla vieja lucía abandonada en el piso. La sombra había ganado el cuarto.

Espió por la ventana. No vio a nadie. Se amarró la toalla, se montó en sus abarcas y marchó esperanzado hacia el alambre a recoger su poco de ropa.

Vestido de polera, pantalón corto y abarcas ingresó a la farmacia. Se fue directo detrás del mostrador como si fuera el doctor. «Busco a Raquel», le dijo a Margarita (que solía disimular su turbación frente a la gente) que lo miraba extrañada. «Es una víbora». Y se metió de cabeza entre las cajitas de medicamentos.

Vació todo pero luego lo puso en su lugar. Margarita lo vio hacer y nerviosa se pellizcaba del cuello. Debía atender a la gente. Usted requiere un desinflamante, mi querida señora. La vitamina B no le alivia el dolor. A usted le conviene un analgésico suavito para cuidar su estómago. A usted le recomiendo baños de manzanilla. A media cuadra está el mercado. Ponga a hervir un manojo en una olla, tápese la cabeza con una toalla e inhale. Ya va a ver. Es remedio casero. Efectivo, sí. El más barato, por supuesto. Pero a ratos levantaba un pie. El otro pie. Tenía mucho miedo de que la víbora o el hombre se aficionaran de sus tobillos. Blanco aprovechaba para mirarle más bien las piernas.

—Tranquila. No está aquí. Solo estoy yo.

Subió al segundo piso y se entrevistó con el gordo bonachón.

—No ha vuelto, hermanito. Quizá se ha ido hasta el mismo mercado. Come fruta. Mejor si es guayaba. Ya voy a buscarla. Ojalá no me la hayan convertido en cuero.

Subió al tercero y se quedó con los nudillos en alto. Se desanimó. Se fue al cuarto y golpeó insistentemente en la puerta.

Finalmente, el dramaturgo lo atendió. Lo miró sin pestañear. Luego alzó las cejas hasta ocultarlas en la cabellera. Giró los ojos celestes hasta el paroxismo. Se tranquilizó. Le movió repetidas veces la punta de la nariz.

Blanco se asustó un poco: «Quizá la víbora Raquel esté en el baúl de los disfraces. Usted sabe: busca camuflarse para disfrutar de su libertad. Es rebelde como todo artista de raza».

El dramaturgo lo escuchó atentamente. Se limpió el bigote amarillo. La nariz. Se sonrió. Se puso serio.

—Estoy solo. Nadie me acompaña. La misma Amelia debe estar arriba prendida a su telescopio. No nos tenemos paciencia. Si hubiera noticias de lo que usted busca, le escribo y le mando fruta de temporada.

Cerró la puerta de golpe. Blanco retrocedió.

Subió al quinto.

Tocó la puerta y apoyó su oreja en la rendija para oír algo. Volvió a tocar. La señora Lobo arrastraba sus zapatones de franela y lana por ahí.

La puerta se abrió. La señora tenía una tacita de café prendida entre sus dedos. Seguramente le había cargado medio dedal. Podía despacharlo de un sorbo. Imposible ahogar a nadie en su contenido.

—¿Llego a hora? Me importa mucho ser puntual.

La señora Lobo lo miró con detenimiento. El hombrecito tenía facha de jardinero, pero en realidad era el portero. No tenía modales. Dicen que se lo había recogido de los puentes. Un drogadicto perdido. Uribe lo tenía a su cargo debido a que, pese a todas sus fechorías, tenía su corazón. Esa era la explicación. Porque de otro modo, ya hubiera muerto de sobredosis o cuchillo. Lo hubieran tapado con periódico hasta que se pudriera. Nadie se hubiera enterado de nada.

Le franqueó la puerta. Blanco caminó unos pasos y se persignó ante la columna. Le rezó a la carrera. Le pidió que cuidara a Gladis aunque a él se lo comieran los chanchos. Gladis antes que nadie. Por favor, cuidámela san albañilcito. Y luego se sentó en una silla. Tenía las piernas cansadas. El corazón fatigado.

La señora Lobo volvió de la cocina con otra tacita como la suya. La puso frente al hombrecito con un gesto cortés. Blanco apretó con las yemas el pellizco de oreja y volcó su contenido sobre su lengua. No le llegó nada del sabor a la garganta. Se supo burlado.

—Déjeme ver. No la revuelque.

La señora se hizo de la taza. La tomó con dos dedos y la revisó como si fuera una muestra de heces para el laboratorio. La miró de frente. Sonrió. La inclinó a un lado. La observó. Al otro. Volvió a sonreírse. Encendió un cigarrillo y aspiró la primera bocanada mirando los ojos de Blanco. Lanzó cuatro anillos al cielo falso.

—¿En qué líos anda? Su vida parece una madeja de lana.

—Voy donde me lleva el viento.

La señora volvió a fumar. Exhaló por los orificios de la nariz. Como si se tratara de un dragón anciano.

Blanco se sonrió.

—Su vida está salpicada de sangre. De violencia. Usted ha sufrido más de lo que imaginamos. Lo siento mucho.

—Se sufre pero se aprende.

—Esa experiencia en los puentes ha debido ser terrible. ¿Verdad que ni la policía se atreve a entrar? Me han dicho que los matan si los ven por ahí.

—Es ojo por diente. Tampoco se debe exagerar. ¿Podría invitarme a un tazón de café? Este se me ha quedado en la muela.

La señora Lobo se sonrojó. Aplastó su cigarrillo en el cenicero y casi brincó para ponerse de pie. Mientras hablaba, se fue alejando a la cocina.

—El otro día he jugado a las barajas por usted. Tiene muy buena fe. O un gran corazón. Se ha dejado leer como un libro abierto.

—No me diga que conoce mis secretos.

La señora Lobo golpeó unos vasos. Luego unas tazas. Unos platillos. Se la escuchó pujar fatigada. Por fin se calló.

Un minuto después apareció con el tazón entre las manos.

—Mucho café hace daño.

Blanco asintió. No era su caso. Él había tomado cerveza en extremo, pero sin mayores consecuencias que la barriga redonda y gorda. Después su desborde fue por la comida. Nunca el café. Menos el cigarrillo. Así que el tazón no le atacaría el hígado.

—¿No ha visto una víbora por aquí? Se llama Raquel.

—Oh, hijito. Aquí viene mucha gente a visitarme. Algunas parecen la virgencita de Urkupiña y no sabes lo que son. Otras son malas, déspotas, y se ponen a llorar cuando les leo su vida. ¿Qué apellida Raquel?

Blanco la escuchó. Blanco negó con la cabeza. No lo sabía. Quizá no tenía apellido. Ya lo averiguaría.

Se puso de pie.

—Debes cuidarte, hombrecito. Me cuesta decirlo, pero tienes amenaza de muerte. Hoy lo he corroborado. No sé por qué. Quizá tú lo sabes. Algo largo y frío te amenaza.

Blanco subió al sexto. La puerta se abrió antes del golpe. Un aliento a eucalipto le bañó la cara. Le purificó los pulmones. Una sonrisa mística le perdonó todos sus pecados habidos y por haber.

—Hola, buen hombre.

Blanco lo saludó con la cabeza. Tímidamente. El hare krishna tenía la cabeza rapada recién lustrada con trapo.

Una túnica anaranjada hasta los tobillos. Unas sandalias ideales para cruzar El Pantanal.

—Se ha perdido la víbora del señor del segundo. Estoy buscándola. No hace daño. ¿No ha aparecido por aquí? Tengo entendido que le gusta la paz del espíritu.

El hare krishna se carcajeó muy divertido. Le fascinaba todo lo oído. Si pudiera repetirlo, por favor. ¿Qué era eso de la víbora? ¿Que le gustaba la paz de qué? Era alucinante. Lamentablemente no lo había visitado. Pero estaría atento. Le daría de beber hervido de lechugas. Sin azúcar, claro. El páncreas era sagrado.

Subió al séptimo y golpeó la puerta. Pero obviamente no había nadie.

Subió al octavo y golpeó con energía.

Una voz de anciana le llegó por debajo de la puerta.

—Sé que debo abrir la puerta, pero no recuerdo cómo es una puerta. Si vuelve a golpear y me indica, voy a quedarle agradecida.

Blanco volvió a golpear.

La señora llegó a la puerta. Manipuló la chapa. La abrió.

Miró a Blanco con mucha desconfianza.

—Soy el portero del edificio, señora Amelia. Blanco. Estoy buscando una víbora. No hace daño. Está domesticada.

La señora contestó de inmediato: «Yo he visto una. Estaba volando a la altura de la cordillera. Cuando ocurre eso, Dios está cerca. ¿Tiene alas? Porque esta tenía unas transparentes. ¿Conoce a las libélulas?»

Blanco se despidió. Subió a la azotea.

Hacía unos días que ya no llovía. Las montañas lejanas, por donde a veces paseaba Dios, se mostraban azules. Blanco se sonrió. (Que drástico el cambio operado en la señora del octavo la noche del sábado.) Las colinas de San

Pedro y San Sebastián, enverdecidas por las lluvias, rejuvenecidas y amistosas por la alegría del verano, parecían extendiéndole la mano. Era tiempo de visitarlas. Una ligera brisa, suave y cálida, le acariciaba el rostro, el cuerpo. Las golondrinas jugaban sobre el cielo del sauce llorón. El sol ya declinaba pero con brillo de polvo enamorado.

¿Acaso no era posible reconciliarse con la vida? Después de todo, los hombres que amaban eran afortunados. Se podía vivir esta vida, y de hecho le había tocado conocer a más de un desgraciado, sin amar. (La vagoneta de Uribe se trepó torpe a la acera. De inmediato bajó él e ingresó al edificio.) Pero aquellos que tenían la sublime dicha de amar, mal hacían al no luchar a dientazo pelado por su amor.

Santiago Blanco se acodó en el barandado. «Su vida está salpicada de sangre». Se miró las manos. Manos limpias. Algunos buenos puñetazos, no más. Se tocó el rostro. El cuerpo. Algunas buenas pateaduras. Una cojera se diría recurrente aunque muy discreta. Una vida cuasi inmersa en el crimen.

Dejó morir la tarde acodado en el barandado de su atalaya. El bello sol del día terminó yéndose del todo. Asomó la luna. Las estrellas. Como cosa de un solo interruptor se encendieron los faroles de las avenidas. (En la puerta se recortó la figura de Uribe. Ya se iba.) Los focos de las casas. La ciudad se animó.

Blanco escuchó la protesta de su estómago.

Volvió a su cuarto con una bolsa de pan negro y quesillo. También con una cerveza. En el mercado se había acabado la comida a media tarde, casero. Los lunes eran así. La gente no comía porque ya no tenía dinero. El viernes se les iba todo. O el sábado. Y los albañiles continuaban la farra el domingo. Por eso las construcciones eran un desierto el lunes. El martes se reiniciaba todo. Con pereza.

—Llevarite pan con quesillo.

—El pan nuestro de cada día estriñe, caserita. Produce gases. Uno se queda pesado durante horas.

—Pan negro, te digo. Sin bromato. Con trigo. Te va a hacer corretear, más bien. Con un quesillo tierno.

En el frial del especulador compró la cerveza.

—Le estoy cobrando cincuenta centavos más debido al día. Los lunes se cierran los negocios muy temprano. Menos yo, claro. Me perjudico hasta que es hora de dormir.

Blanco no le contestó.

En su cuarto acomodó la mesa en su lugar y la silla al frente. Empujó los suplementos hasta el borde del abismo. Ubicó el televisor enfrente suyo y comenzó a pellizcar el pan y el quesillo. A los minutos tomó un sorbo del pico de la botella. Inmediatamente se llenó de gases. Se sentó en una nalga, como las señoras de la alta sociedad. Se despresurizó.

Volvió a pellizcar el pan. El quesillo.

Los periodistas de La Paz habían vuelto a marchar exigiendo claridad de parte del gobierno en el respeto a la libertad de prensa. Porque ya nadie entendía qué era lo que pasaba. ¿Se la respetaba? Había ejemplos de que sí. Y no se la respetaba. También se tenía ejemplos. Algunos marchaban con la boca amordazada. Otros de espaldas. Los letreros reclamaban libertad de prensa y llamaban la atención de la ciudadanía.

Blanco continuó comiendo. Los periodistas marchaban hacia la plaza y la gente de las aceras les aplaudía. ¿Qué queremos? ¡Libertad de prensa! No más asesinatos de periodistas. No más hostigamiento a los medios. Que el presidente se comprometa a respetar nuestra labor. Somos investigadores y fiscalizadores. No somos un partido político.

Un letrero insignificante reclamaba por Analí Luján. No se olviden de ella. El asesino está suelto. Blanco brincó de su silla y se aproximó a la pantalla. El letrero seguía allí. Lo sostenía una mujer envejecida vestida de negro. Un dirigente atendía una entrevista. El grueso de la marcha se quedó quieto. No vamos a claudicar, compañero. El gobierno nos cierra algunos medios pretextando cualquier disparate. No distribuye su propaganda por igual. Los medios funcionales al gobierno se quedan con ese ingreso. Hay distintas formas de acallar a la prensa.

La mujer giró el cuerpo hacia la cámara. Se quedó quieta mirando a Blanco. El letrero en alto. «No se olviden de Analí Luján». El asesino está suelto. Tenía canosa la raíz de los cabellos. La frente y las mejillas surcadas de arrugas. El abrigo negro. Con una mano sostenía el letrero y con la otra a un niño de pocos años. El niño sostenía a su hermanita.

Blanco quedó petrificado mirando el cuadro.

—¡Hijos de la gran puta!

El informativo pasó a otras noticias.

Blanco apagó el televisor.

Terminó de comer el pan y el quesillo con pellizcos muy menudos. Y se dedicó a la cerveza con la misma lentitud.

El cuarto quedó completamente a oscuras.

Blanco pensó reiteradas veces en lo mismo. Y la mirada de la señora lo siguió perturbando hasta que decidió acostarse.

Se metió a la cama con ganas de apagar su luz interior y quedarse en penumbras para siempre. Una caricia helada se montó en sus pies. Hubiera querido abrazar a la señora y consolarla por la tragedia de su hija. Hubiera

243

querido llevar a tomar helados a los niños. ¿Por qué lo había mirado así? Y se movió en la cama porque una sensación gélida le rozó la entrepierna y le trepó rápido a la cara.

Dio un manotazo desesperado en la oscuridad después de recibir el primer beso.

Raquel se había enroscado sobre los suplementos para dormir. Todo el manotazo de Blanco la estrelló contra la pared. Luego se chorreó como un borracho cualquiera y se quedó despatarrada en el piso durante minutos. Blanco la estuvo mirando mientras intentaba tranquilizar su corazón. Se había asustado como nunca antes en su vida. La víbora le recorrió todo el cuerpo. Y le buscó la boca para darle un beso. Quizá pensaba darle otro beso más cuando recibió el golpe.

Se veía putona.

Después comenzó eso de las miradas. Raquel tenía la frente montada sobre los ojos, como un cerquillo. Y parecía que sonreía cuando sacaba esa lengua tonta a pasear. Usaba braquetes. Era regordeta cerca a la cola. Tenía mirada lasciva. Se notaba que era sinvergüenza y ladina. Comía guayaba y ratones. No se aguantaba el gusto. Parecía cómoda chantajeando a la gente con su apariencia desnaturalizada.

—Si no vienen a recogerte te parto la cabeza con el televisor.

Blanco comenzó a desplazarse frotándose la espalda en la pared. Con la mirada puesta en la víbora Raquel alcanzó la puerta. La abrió un poco. La víbora se aprestó a salir del cuarto. Él cerró la puerta. Debía despertar al gordo bonachón para que se la llevara. Por la mañana arreglarían cuentas como hombres.

244

Volvió a abrir la puerta y la víbora volvió a aprestarse para salir.

Molesto con todo, comenzó a gritar.

La luz del tercero se encendió. Blanco vio asomarse en la ventana a Liliana Wenninger. Le gritó que llamara al gordo del segundo. Ella apagó la luz. Escuchó su risa aún a través de su ventana.

Blanco abrió la puerta y salió al garaje junto con la víbora. La noche los recibió con luces de estrellas.

Santiago Blanco trepó las gradas bufando. Cuando alcanzó por fin la azotea se secó la traspiración de la frente con el dorso de la mano. Tenía lo que le quedaba de corazón trancado en la garganta.

De inmediato comenzó a llorar mirando al sur.

Se acodó en la baranda del parapeto y oteó el horizonte negro. Varios de los cerros lucían cubiertos por el polvo amarillento de las ladrilleras. Los camiones hacían lo suyo en los caminos vecinales. El alcantarillado abierto. El primer sol de la mañana alumbraba parte de esa ciudad. Iría avanzando, era de esperar. Un colectivo comenzaría su viaje rumbo al trópico. Seguiría por varios días su largo derrotero. Mientras, la vida continuaría su decurso eterno. No le podía importar el agudo dolor en el pecho del portero.

—Gladis.

Una bandada de loros chocleros cruzó el cielo del edificio. Se ubicó a sus anchas en el sauce llorón. Un perro que dormía contra el tronco saltó asustado a la acera y miró a los cuatro costados. Después orinó sin reparos contra la pared lateral del kiosco.

El cielo se iluminó otro poco más.

Blanco se enjugó la cara con la palma de la mano. No

podía morirse sin intentar ser feliz. Sería una mariconada. Una vida fracasada como tantas otras, pero de la peor manera.

Las lágrimas volvieron a chorrearle por el rostro.

Se quedó en la azotea pensando en todo y en nada hasta que vio salir apurado al dramaturgo detrás de un anciano con bastón. Comenzó a cojear. A llevarse la mano derecha al sombrero que no tenía. A hurguetear por los bolsillos del saco que no llevaba. En el monedero del pantalón que ningún sastre actual costuraba. Era la técnica del espejo. Servía para caracterizar de lo más bien a los personajes.

Desaparecieron uno detrás de otro doblando la esquina.

Bajó las gradas mirándolas atentamente. Cuando estaba triste se fijaba mejor en los pasos que daba. No se trataba de acumular desgracias a la que ya iba en marcha.

246

En el descanso del séptimo se encontró con la chilena.

—Señora.

—Hola, guapo.

Estaba vestida con una blusa delgada a punto de ser perforada por las puntas agresivas de su corpiño. Parecían un arma de guerra. Y una falda tan corta que se trepó a sus nalgas cuando le dio la mano.

—Visítame cuando puedas. Ahora atiendo con técnicas orientales por las zonas sensibles dormidas. Vas a abrir los ojos de la pura sorpresa. Con los dedos y la boca. Final feliz. Después te las vas a practicar tú mismo.

Blanco se sorprendió con la afirmación.

—¿Con la boca?

La mujer abrió su puerta y encendió la pobre luz. Se iluminó apenas algo. Blanco pensó en una caverna. Un refugio de hombres en la montaña. Pero le llamó la atención un par de brillos al fondo. Inquietos. Huidizos. De bestia acorralada. Quizás una enamorada pareja de luciérnagas.

La mujer espantó las luces con una mano.

—Piensan que se es puta abriendo las piernas. A estudiar. A leer. Los hombres viejos disfrutan conversando con una. A veces ni siquiera quieren de lo otro. El servicio debe ser físico e intelectual. Yo misma leo a Neruda. A Donoso. A Bolaño. A los jóvenes no los leo porque están reventados. Son contestatarios de puro ociosos.

La puerta se cerró.

Volvió a estar atento con las gradas.

Golpeó la puerta del tercero.

Liliana Wenninger se le quedó mirando. Tenía las ojeras abultadas y del color del atardecer. Las uñas comidas y descascaradas. El cabello sobre el rostro. Un salto de cama y pantuflas. Lucía un desastre.

La había sacado de la cama.

Blanco sorteó su cuerpo e ingresó hasta la cocina. Puso a hervir agua en la caldera. Buscó las tazas. El café. El azúcar. Se sentó cómodo mirando a las ventanas. Las montañas azules le sonrieron muy coquetas.

Después miró a la mujer que se había quedado en la puerta.

Ella caminó hacia la cocina y se sentó frente al portero. Resignada.

—Todos creen que soy su puta.

Blanco se sonrió. Echó café y azúcar a la taza mientras esperaba que el agua hirviera. Comenzó a jugar con la cucharilla.

—¿Por qué quieres matarme?

Liliana Wenninger ni siquiera lo miró. Con una uña descascaraba las otras uñas. El cabello sobre el rostro le servía de cortina.

Habló con una extraña voz de pecho: «Quiero que se

mueran todos. Son una mierda. Solo buscan explotarme sexualmente».

Blanco asintió. Se puso de pie porque la caldera pitaba. Se sirvió sin límite. El agua rebalsó la taza y se acumuló en el platillo. No le importó. Se sonrió. Acostumbrado a la espuma, tomó un sorbo que le quemó el paladar.

—Esa pobre víbora ha estado en mi cuarto desde la noche del sábado. Y yo sé de tu secreto recién desde ayer. Así que algo no coincide.

—Todo lo investigas. Escarbas como los insectos. Quién sabe cuándo te detienes. No te importa nadie. Ni siquiera Dios.

Blanco tomó otro sorbo y miró lo avanzado. Suspendió la taza, volcó el agua del platillo a su café. Movió todo con la cucharilla.

248 —Porque la víbora estaba desaparecida desde días antes.

Liliana Wenninger siguió quitándose el esmalte de las uñas. Poco le importó lo que el hombre le insinuaba.

Habló nuevamente con voz extraña: «No quieres ayudarme en nada. Te lo he pedido. Te has aprovechado de mí. Y más bien me has entregado a la gorda. Cualquier rato me llevan».

Blanco volvió a tomar café. Se acodó sobre la mesa. De pronto le dio un manotón en el cabello. Le descubrió la cara.

Liliana Wenninger pareció despertar. Abrió los ojos y pestañeó. Se fijó mejor en la cara enojada de Blanco. Pareció asustarse. Retrocedió en la silla alarmada.

—Tú respondes a un plan. Todos tus muertos responden a un plan. Y te presentas como mi víctima. Lo que me has pedido que averigüe ya lo sé. Y sé más. O intuyo. Es una mente criminal la que anda detrás de esto.

Se puso de pie y fue hacia la puerta. Se detuvo con la mano sobre el picaporte: «Es más: te propongo que no lo dejemos escapar».

No lo llamaron de la flota. Estuvo barriendo la acera, mirando atento y con insistencia a Margarita, pero al parecer el teléfono ni siquiera timbró. Por eso dejó todos los implementos al final del garaje, se lavó las manos, se puso zapatos y se fue a la calle con malhumor. Eran las once de la mañana. El sol reinaba en el cielo valluno.

Se trepó al colectivo en la esquina. Viajó en la puerta porque estaban copados todos los asientos y había como quince personas y un cordero en el pasillo. Dos en las gradas. Por eso él quedó colgando en el vacío, rozando a los vehículos parqueados con las nalgas. En cada esquina abría pasillo libre a quienes bajaban. Los despedía como si fuera el dueño. Dejaba ingresar a los nuevos. Los empujaba de donde podía para adentro.

Cerca de la plaza principal se bajó de un salto y siguió trotando unos metros más sobre la estrecha acera. Las monedas del pasaje retintinearon en su bolsillo.

Llegó a la plaza principal pero dobló en la esquina. Tomó la calle al norte y caminó con ánimo apacible, como si la vida no le preocupara tanto. Pasó por la acera del frente del viejo teatro. El letrero grande decía que por la noche cantaría Savia Nueva. Llegó a la esquina. Esperó que el semáforo diera rojo para animarse a llegar a la otra acera. Cerró los ojos y caminó. Y curiosamente lo logró. Fue mirando las vitrinas de ropa. A cuál más pobre. Tejidos de lana a palillo. Bordados a crochero. Algunos cafés con ociosos y lectores de periódico. Algunos mochileros europeos. Algunos peruanos con trencitas sucias sobre los hombros.

Hasta que llegó al bar-restaurante con puertas del *far west*. Ingresó y se quedó quieto presumiendo de pistolero. Mexicano. Bandido.

Subió dos gradas de mosaico verde. La música de mejores tiempos le salió al encuentro. El panorama de sillas volcadas sobre las mesas lo llenó de desconsuelo. El mozo trapeaba de civil y ni siquiera lo miró para indicar que la atención arrancaba recién al mediodía.

Blanco no retrocedió. Llegó hasta él cuidando mucho de no resbalar ni ensuciar el mosaico. Unas risotadas gruesas bajaron del segundo piso. Y algunas palabrotas que rodaron hasta sus pies y siguieron hasta la calle para estrellarse contra la pared del frente.

Apuntó hacia arriba: «Busco a los periodistas. Les traigo una primicia para derrumbar definitivamente al gobierno».

250   El mozo detuvo su quehacer y quedó parado ante Blanco. El palo de pie hasta el pecho. Tenía un mechón de cabello blanco sobre la frente. Y un lunar peludo montado en su pómulo. Un anillo dorado en el pulgar vacío de piedra. Un canino de oro. Del cuello le colgaba un crucifijo de madera y de plata tan grande como la cruz de una iglesia medieval.

Se sonrió:

—Esos vagos están mamados desde Año Nuevo. ¿Qué vas a hablar con ellos? Lo más probable es que te pidan plata. ¿Por qué no buscas a los de infantería? Están en la plaza con sus grabadoras listas. Son mucho más baratos.

—Esto es muy serio. Bolivia puede reunificarse en torno a una rabia. Luego cambiaríamos de gobierno. Entraría uno de transición. Sin ningún otro programa más que el Estado de Derecho.

El mozo se reacomodó desde la cabeza hasta los zapatos. Se aferró al palo con las dos manos a la altura del crucifijo. Midió la estatura intelectual de Blanco con mucho cuidado. Desconfiando.

—Bolivia no puede reunificarse, porque unos miran al Pacífico y otros al Atlántico. Como sigamos mirando así vamos a terminar descuartizados. Es cuestión de tiempo. El gobierno está exacerbando esta terrible situación. No te olvides que nos hemos fundado con lo que les sobraba a los vecinos. Nuestro nombre es cualquier cosa.

—De acuerdo. Y en Cochabamba nos miramos el ombligo. Y en Sucre solo miran sus escudos. Pero en estas regiones se ha inventado el picante de pollo, conejo y lengua. Un sincretismo gastronómico. ¿Tú crees que en la comida mora el tuétano nacional?

—Estoy absolutamente de acuerdo. Oye, dejame terminar mi trapeo y te alcanzo. Más bien nos farreamos juntos. Hay una mesita al lado mismo de la barra. Disimulada. Me permite farrear y trabajar al mismo tiempo.

Blanco lo consideró.

—Mientras trapeas despacho mi misión con los de arriba. No debemos emular a Daza y volver a perder el Litoral. Somos patriotas. ¡Viva Bolivia unida! ¡Abajo los tiranos!

El mozo lo miró desconfiado. El hombre se le estaba burlando. Podía acompañar fácilmente su razonamiento en la responsabilidad civil, pero no le gustaba el tufillo de burla que desprendían sus palabras. Por eso le dio la espalda alzándose de hombros.

—Sigue tu camino, amigo. Lo nuestro ha sido apenas una confusión.

Blanco quedó muy desconcertado. Vio alejarse al hombre trapeando el piso y sintió una fisura en sus sentimientos. Frunció el ceño. Un impulso quiso que corriera a alcanzarlo. Pero sus pasos firmes lo condujeron hacia las gradas. El destino funcionaba así. Como cosa hecha.

Subió con mucha calma. En cada peldaño las risotadas crecían más y más. Cuando estaba por abrir la puerta una botella explotó contra la pared. Unas palabrotas. Una silla se fue por los suelos. Esperó prudentemente.

—¡Eres un enano maldito! ¡Un enano cabrón! ¡Tienes la suerte perra que te mereces!

—¡Te voy a matar, gordo tránsfuga! ¡Yo siempre ando armado! ¡Esta vez va en serio!

—¡Calma, calma! Que se imponga la suprema razón alcohólica. Antes de eliminarnos les pido que guardemos un estúpido segundo de silencio en honor a los caídos en la batalla de Aroma. ¿Me pasas mi boca? Quiero que también se brinde a la salud de las damas esposas de los oficiales de alta graduación.

Blanco esperó un momento. Chocaron los vasos y se dieron de besos. Uno de ellos se puso de pie para brindar. Su sombra se dibujó borrosa tras el vidrio esmerilado.

Bebieron. Aterrizaron los vasos como bombas sobre la mesa. Alguno gritó por más trago. El otro pidió la blanca. El tercero abrió la puerta para que subieran las primeras chicas sueltas. Se dio de bruces con los ojos fijos del exinvestigador.

Lo miró pestañeando: «¿Y las chicas? ¿Y el trago? ¿Y las blancas?»

—Traigo información atómica.

El hombre se tambaleó. Era un gordo hediondo a chivo. Sudoroso. El cabello y la barba revueltos. Se aferró del marco de la puerta. La franqueó actuando de bisagra y extendiendo el brazo en un arco lento. Se cayó como fardo de cemento. Allí se quedó. Un ojo de vidrio rodó por el piso contra el zócalo.

Blanco atisbó brevemente al interior del reservado. El enano hablaba parado en la silla, pero apenas sobrepasaba al otro que dormitaba sentado.

Tenía una calatrava en la cabeza. Llevaba barba. Lucía un arete en la oreja izquierda. Le faltaba un hipopótamo en el hombro para hacer el ridículo. Y un globo con helio para que pataleara en el vacío.

—La revolución está más lejos que nunca. Nos están mamando. Todo lo que hacen es robar. Es la olimpiada del robo. Contrabando en camiones. Y trabajan para quedarse. Están tomando el poder por los cuernos. Se van a ir únicamente con los pies por delante. Nadie va a sacarlos.

El hombre sentado despertó: «¿Información política? ¿Sabrosa? ¿De quién contra quién? Pero debe estar con sed. Yo le sirvo al sediento. Mucho de esto. Poquísimo de esto. El ardor de estómago se pasa con cigarro. A su entera salud. ¿Cuál es su gracia, estimado?»

Mientras le preguntaba batió las palmas como cañonazos llamando al mozo y trapeador de pisos.

Blanco lo observó. Simpático. Todo el cutis comido por los ratones y los duendes malignos. Los ojos achinados del conejo. La boca salivante de la comisura. El cabello negro peinado con raya al costado derecho. Antiguo y grasoso. La lengua delgada y negra. Muy rápida.

El mozo del trapeador apareció en la puerta. Se quedó allí, sin saltar ni mirar al gordo hediondo desparramado en el piso. Observó a Blanco y lo saludó como resentido. Un golpe de cuello. Al enano sobre la silla le movió una ceja. Por fin, miró al hombre sentado e inclinó con humildad la cabeza.

—Una botella del elixir de la vida. Limón. Cigarros. Periódico.

El mozo alzó la bola de vidrio y la sumergió en un

253

vaso con resto de alcohol y cenizas sedimentadas. Se limpió la mano en la punta del mantel. Luego desapareció presuroso por las gradas.

El enano miró con desagrado a Blanco: «Puedes sentarte un momento si es importante. Te vamos a invitar a un trago. Pero si es cualquier cosa sin importancia, te pido que nos dejes. Estamos celebrando el Año Nuevo solo entre amigos. No te resientas».

—Traigo información muy importante.

Blanco alzó una silla del piso y se sentó en el espacio vacío. Elevó su vaso a manera de brindis y tomó un buen sorbo. Encendió un cigarrillo. Se solazó con el humo en la concavidad de la boca. Se hizo cosquillas suaves en las amígdalas. Estudió el alma de los contertulios achinando los ojos.

El gordo del piso comenzó a tronar como un cielo eléctrico.

El enano se sentó. Sus ojos malignos asomaron al borde mismo de la mesa. Curioseó las bases de las botellas vacías. La base de los ceniceros. Y las patas de una mosca que trabajaba sobre unas migas. Su calatrava tenía un botón al centro forrado con la misma tela. La visera le tapaba los ojos. Y media nariz. Seguramente le molestaba el sol que no había.

—Muy bien. Vamos a escuchar al señor. Pero antes tenemos que darle una ovación de saludo.

El hombre bueno se puso a aplaudir. El gordo tronó de nuevo en el piso.

—El teniente Omar Castelli sigue vivo. El cadáver encontrado hace un tiempo en Chicaloma pertenecía a Pedro Quiñones. Tengo varias pruebas y testimonios. El teniente Argote y su ayudante lo robaron de la morgue en la noche. Lo llevaron a La Paz. Si quieren entramos en detalles.

El enano no dejó de mirarlo por entre las patas de la mosca. Al otro le gustó lo dicho y se sonrió. Alzó su vaso y bebió como si fuera leche. Un trago largo y dulce. Cumpliendo con mamá antes de marchar a la escuela. Luego sonrió muy amable con todos.

—¿Quién es el que sigue vivo?

El enano contestó enojado: «El mierda ese que mató a su mujer en La Paz. Una periodista que tenía el vídeo del asalto al hotel en Santa Cruz. Un comando policial».

El hombre volvió a alzar el vaso. Un trago largo que pasó sin noticia por la garganta y la tráquea. Se limpió la boca con una lengua rápida, de un movimiento anfibio. Sonrió nuevamente. A Blanco.

—Disculpe la interrupción. ¿Por qué debería estar muerto?

El enano volvió a vociferar impaciente: «Hace días mostraron como un triunfo su cadáver en Chicaloma. Un asco. Comido por los gusanos. Sin cara. Pero nadie les ha creído, porque el cadáver era de un chato cualquiera».

—¡Oh! Ese cadáver era en realidad ¿de?

Blanco esperó que el enano contestara la pregunta.

El enano lo miró y lo apuró con las cejas.

—Pedro Quiñones. Un muchacho ladrón de autos. Alguien lo ahorcó y asfixió. O al revés. Luego la policía lo llevó a la morgue. Otro policía se lo robó de allí y lo mandó a Chicaloma. Esta es su foto.

El hombre bueno silbó como un pajarito en el alba. Bailó el cuello un par de veces como si fuera una cintura y se alegró. Le habían despertado su curiosidad. Ahora se le tenía que explicar todo el embrollo de nuevo.

Empujó la foto fuera de su vista.

Alzó su vaso y vació su contenido con un último impulso.

Coincidió con el mozo que ingresó feliz una charola con una botella, el platillo con limón, las aguas y los cigarrillos. El periódico lo llevaba bajo el brazo. Lo dejó en la mesa. Dio la vuelta y se marchó por las gradas.

El periodista simpático leyó la parte superior del periódico. «Martes, 12 de enero». Inmediatamente lo botó a un rincón del reservado. Carajo, llevaban como dos semanas chupando. Se sonrió contento con la noticia.

Se puso a servir los tragos con un cigarro entre los dientes.

Preguntó al enano que miraba a Blanco: «¿El Gordo recibe dinero del gobierno? Porque si no, esta noticia es clavada para él. Le sacaría el jugo. Le sirve hasta para un farreograma».

El enano chilló: «El gordo es un tránsfuga. Recibe dinero de todos los gobiernos. Los apoya a muerte, como jefe de campaña. Luego los traiciona y acuchilla por la espalda. Como a sus amigos».

—Eres un enano maldito. ¿Qué va a pensar de nosotros el señor? Se le nota decente. ¿Usted quién es? No nos ha dicho su nombre.

—Ustedes tampoco.

Los periodistas se carcajearon. Blanco apenas se sonrió. Bebió largo de su vaso.

—Aquí vamos. Un brindis por la felicidad de tenernos.

Blanco encendió el segundo cigarrillo.

—El teniente Argote se robó el cadáver. Trabaja en el segundo piso de la policía, junto a la celda de especiales. Su ayudante es el pelirrojo Molina, el paramilitar de la dictadura garcíamesista.

El enano volvió a la silla. Observó a Blanco con detenimiento. Con la punta de los dedos agarró a la mosca atrapada en un charco de alcohol. La sacudió. Le absorbió el alcohol. Se la comió. Volvió a observar al recién llegado.

El otro se incomodó. Aplastó su cigarrillo en la mesa y se sirvió con el mismo gusto de siempre un trago largo. Le sonrió muy complacido a la digna visita.

—¿Qué interés tiene usted en todo esto, distinguido?

Blanco dejó de jugar con el humo.

—Esos mismos policías han matado al papá del muchacho porque los descubrió. Dos balazos en la cabeza. Le decían Abrelatas. Un exladrón. Su cadáver ha sido regalado a los estudiantes de medicina.

Tomó un trago largo y volvió a fumar. Sintió la mirada de ambos en el rostro. Se entristeció súbitamente.

El enano le preguntó: «¿Era un pariente tuyo?»

Blanco contestó de inmediato: «Mi amigo».

Blanco marchó a la flota luego de su segundo vaso de singani. Pensó que era lo mejor. Los periodistas necesitaban drogarse a gusto y quedarse unas semanas más en el reservado. Les repitió los detalles. No tomaron ni un apunte. Pero le preguntaron precisiones. Le escucharon la respuesta. Se pusieron de pie cuando esquivó al gordo y abrió la puerta para irse.

—Muchas gracias.

Bajó las gradas pensando si un día lo harían. Tenían mucho visto en la vida como para alarmarse con su cuento. Seguramente se quedarían con el saborcito del escándalo a punto de emerger, pero se les cubriría con toda la resaca de otras noticias quizá más importantes.

No era culpa de nadie.

El mozo lo esperaba al pie de la grada. Estaba vestido de camisa con corbata de moño, pantalón planchado y zapatos lustrados. Parecía el dueño.

—Misión cumplida. Si quieres nos tomamos un trago.

El mozo aceptó. La gente comenzaba a llegar cerca a las doce y media, así que tenían buenos minutos para un trago largo en la mesa semioculta que había junto a la barra.

—El problema es que Bolivia se ha hecho con los sobrantes de todos sus vecinos. Bien podría atomizarse. Hasta sería lógico. ¿A quién le podría sorprender? Los países no terminan nunca de hacerse. Mirá lo sucedido en Yugoslavia.

A Blanco le fascinó la idea. Abrió grandes los ojos mientras bebía el trago con deleite.

El mozo lo acompañó con el suyo. Luego continuó cerrando los ojos. Se sabía el discurso de memoria. Lo soltaba como declamando.

258

—Potosí ha sido la piedra fundamental. Y luego La Paz. Ese es nuestro hueso hasta ahora. Santa Cruz se desarrolla pero no tiene hegemonía. Pura alma. Cualquier rato se declara república independiente. Vivirían muy bien. Tiene mucha clase media.

Blanco volvió a abrir los ojos. El mozo tenía la reflexión acabada al respecto. Se reacomodó en el taburete y pensó que debía oírlo con suma atención y respeto.

El mozo cerró los ojos para volver a hablar.

—No lo han logrado ahora, pero es porque han equivocado el camino. Sin embargo, un día irán por el camino correcto y se independizarán. Todos saben que no les gustan los collas. Les gustan los croatas.

Estalló en una sonora y feliz carcajada. Salpicó la barra con gotas de su trago. Tardó un momento en recomponer su postura de propietario.

—¿Qué pasó con el intento de separatismo?

El mozo abrió los ojos y lo miró desde la ternura. Bebió un trago con toda la calma posible. Se acodó en la mesa para una mayor confidencia.

La silabeó:

—Fue una maniobra oligárquica. Va a ser distinto cuando participe el pueblo. Se equivocaron. También se equivocó la embajada americana. Pero es cuestión de tiempo. Sienten su región. No sienten el país.

Blanco salió del local mareado con las explicaciones del mozo. Ideas pensadas y discutidas. Trajinadas en su círculo. Trabajadas por la opinión de varios. Cementadas. Él sintió el impacto duro de cada una de ellas.

Subió a un colectivo rumbo al sur y viajó en la puerta prendido por un dedo a un fierro grasoso. En la esquina indicada saltó y trotó sin parar hasta los chorizos de la plazuela. Las monedas retintinearon en su bolsillo.

Los presos estaban sentados a la sombra de los grandes árboles. Los guardias los miraban a ratos. Confiaban en ellos. Les convenía dedicarse a la venta de los muebles y esperar pacientemente que se cumplieran los años de condena. Seguramente no eran muchos. En San Sebastián se estaba por delitos menores.

Blanco los observaba mientras comía un sándwich de chorizo dulzón e inofensivo. Pero oloroso. Tentador. En el primer masco ya tenía los dedos anaranjados. Y a partir del segundo, toda la mano. Se embadurnó contento y se chupó todo lo que pudo. Luego se relajó con una cerveza negra.

Cruzó la plazuela y llegó a las oficinas de la flota.

—Chicaloma. Santiago Blanco.

Le entregaron un pequeño sobre. Blanco palpó su contenido. Pronto lo guardó en el bolsillo de su pantalón.

De otro bolsillo sacó quinientos pesos y los franqueó a nombre de su amigo Lindomar Preciado Angola.

259

Viajó sentado en un colectivo hasta la plaza principal. Pagó el pasaje con monedas pequeñas. Miró la hilera larga de sauces llorones bordeando el río y lagrimeó. La vida se renovaba constantemente. Nada moría del todo sino que se transformaba. Se debía siempre tener esperanzas en el futuro. Y apretar los dientes.

Se bajó en una esquina con poca gente y caminó. Cuando llegó a los edificios altos se arregló la ropa. Tenía la camisa empapada de los sobacos y la espalda. Y tufo a alcohol. Parecía un cholo perdido en la ciudad. Como perro perdido en un traslado de vivienda.

Ingresó al más elegante de los edificios y leyó el directorio.

Subió al ascensor fijándose la hora en su viejo Longines: tres y diez de la tarde. Pensó que era un gran horario para encontrar a un famoso delincuente de cuello blanco.

Lo recibió una preciosa secretaria que no lo miró sino un segundo al activarse una alarma de ingreso. ¿Sí? ¿Buscaba a alguien? Porque quedaba muy claro a partir de la mullida alfombra, del acuario de un metro con tanto pez del mar brasileño, de los maravillosos cuadros de Fernando R. Casas, y de la presencia incuestionable de ella misma, que seguramente había un equívoco lamentable: las oficinas de los abogados tinterillos quedaban en el edificio de al lado. Pero solía suceder. Así que no le dio tanta importancia.

Blanco caminó hasta el escritorio de la señorita. Había cambiado la decoración del ambiente desde los años del caso Terceros. Otra elegancia. Los cueros finos y las plantas se sustituyeron por el fierro y la madera. Una decoradora de origen escocés se había puesto de moda. Algo de eso leyó en la prensa. Seguramente era amiga de familia del sujeto que buscaba. Pero el perfume lo envolvió de inmediato y le atrapó ferozmente la memoria. Casi que le cambió el humor.

—Busco a su jefe.

Ella no levantó la vista de sus papeles. Estaba comparando línea por línea el original con el testimonio. Ya le había sucedido alguna vez que no resultaron iguales pese a un montón de firmas. Los abogados se daban más de un modo. Recorría el texto con la uña del índice que parecía ortopédica. Y afirmaba con la bella cabecita castaña muy contenta.

—Usted debe estar buscando a algún abogado del edificio de al lado. ¿Se ha fijado en la placa de ingreso? Este bufete es para gente exclusiva, de elite. No atendemos líos de mercados. De comisaría. Disculpas.

Blanco no se inmutó. Apoyó los diez dedos sobre el testimonio como sendas monedas pesadas y un tanto sucias. Se quedó así, listo para arrancar los cien metros detrás de un conejo.

Repitió:

—Busco a su jefe, mamita.

La secretaria tardó un segundo en reaccionar. No comprendió nada al momento de observar de pronto esos horribles dedos. Se quedó paralizada. No se atrevió a levantar la vista de los puros nervios, y la voz le temblaba al volver a preguntar estúpidamente lo mismo.

—¿Sí? ¿Busca a alguien?

Blanco exhaló su molestia contra el rostro sin igual de bello.

—Al papa Francisco. ¿Qué le parece?

La mujer temblaba como una hoja al viento al contestar:

—No está.

—¡Claro que no está! ¿Acaso esto es el Vaticano?

La secretaria se echó a llorar escondiendo el rostro entre sus brazos. El bruto la quería agredir. Seguramente no pararía hasta matarla. Y nadie la podría defender porque la oficina principal estaba vacía. Lloraba a mares sobre su escritorio. No tenía consuelo pese a la mano pesada de Blanco en su cabello. Cariñosa y cálida. Malintencionada.

—No he querido asustarla, mi reina, pero no me lo esconda.

La mujer continuó llorando un rato más. Cuando levantó la vista, ese hombre horrible ya no estaba allí. Se secó las lágrimas y se limpió la nariz. Suspiró profundamente. La realidad social boliviana no tenía modales. Era como un burro del campo en un *living-room* de lujo.

Se recompuso. Miró el testimonio manchado por diez yemas gigantes y estuvo a punto de llorar de nuevo. Pero se propuso ser valiente. Respiró una serie de tres y enrectó la espalda. La uña larga de su índice retomó la línea abandonada circunstancialmente. El yoga le servía un montón.

Un extraño ruido en la oficina principal la alertó. Seguramente que se quedó una ventana abierta durante la limpieza. Eso sucedía siempre. Nada inusual. Pero como estaban en las alturas, el viento golpeaba muy fuerte. Y les sembraba el piso de vinchucas gordas provenientes todas del bello techo colonial del gran teatro del frente repleto de palomas.

Se puso en acción para cerrar la ventana. Pero cuando abrió la puerta advirtió que todas ellas estaban cerradas. Y que el hombre gordo y sucio se preparaba un trago en la cocineta.

—No se asuste, mi reina. Su jefe y yo somos viejos conocidos.

—¡Voy a llamar a la policía!

—Créame que no hace falta. Son dos hielos y algo de whisky.

La secretaria salió de la oficina resuelta a alzar el teléfono, pero en el camino se serenó. Volvió sobre sus pasos y lo invitó a sentarse en la sala de espera. Allí podía esperar el tiempo que hiciera falta. Pero que no se hiciera ilusiones. El doctor tenía el horario muy libre en el bufete. Normalmente se iba al despacho de sus clientes. O a sus magníficas viviendas. La empresa privada estaba ganando dinero como nunca. .

—Tráigase su trago.

Blanco asintió.

Una hora después no había llegado el requerido. Blanco sorbió algún residuo de agua del vaso y decidió marcharse. Se puso de pie para llamar la atención de la secretaria, pero ella ni siquiera levantó la cabeza del papel.

—Vuelvo otro día.

Nadie le contestó.

Tomó el ascensor hasta el *hall* y se trepó a un colectivo humeante y derrengado rumbo al norte de la ciudad. Viajó sentado mirando curioso las ventanas grandes del comercio. La gente y su actividad. El caos del tráfico. Los vendedores ambulantes sobre las estrechas aceras. Las peripecias de los peatones. Pero en realidad viajó pensando en profundidad todo cuanto le iba sucediendo.

Se bajó en la esquina del edificio. Vio la vagoneta de Uribe cubierta de sombra fresca de un paraíso. Caminó hacia el ingreso mirando el kiosco. Se le comprimió el corazón.

Apenas abrió la puerta del garaje vio al hombre parado bajo el alero de calamina de su cuarto. Caminó hacia él sin titubear.

Tenía el semblante de un perseguido por hienas. Demacrado. Seco y agrietado. El bigote pajoso y descolorido. La quijada temblorosa. Parecía con la vida exacta para morir.

Blanco se quedó mirándolo. Era un fantasma miserable.

—Abra la puerta, hombre. No he venido a que me estudie la cara.

Blanco abrió la puerta e ingresó primero. Jaló la silla y se la ofreció. Dio dos pasos y se sentó sobre su somier. Quedó uno muy arriba del otro. Al hombre le gustó la situación.

Uribe se alisó el bigote con la palma temblorosa de una mano.

—Necesito que me haga un favor.

Blanco reaccionó con burla: «¿Quiere que le vuelva a prestar dinero?»

Uribe se quedó quieto. Era una pena, pero su portero no tenía calidad humana en ningún sentido. Se burlaba. Abusaba de los desesperados. No le abría el corazón ni siquiera a quien le había tendido la mano. La misma cochina historia de la institución.

Lo miró con los mismos ojos de un cañón de escopeta recortada.

Asintió muy a su pesar:

—Sí. Necesito que vaya al Banco y cobre un cheque a su nombre. ¿Está contento de humillarme? ¿Por qué no se ríe en mi cara? ¡Hágalo!

Blanco lo escuchó. Se sonrió levemente.

—¿Es dinero para la que sabemos?

—Sí. Un préstamo. Me lo irá pagando con el tiempo. No se preocupe por eso.

Los dos hombres callaron. Blanco tomó el cheque y leyó la cifra con las cejas en alto. Lo puso sobre la mesa. Miró a Uribe para decirle la verdad. Para abrirle los ojos.

Pero no se animó.

—Es una amante cara.

—¡No hable así de ella, hombre! Voy a dejar a mi mujer para casarme apenas sea posible. Es el amor de mi vida. Ya ni me lo esperaba.

—Va a terminar muerto.

—¡Qué cosas dice! Voy a rejuvenecer. En estos días ya me he trasladado al tercero. ¿No se da cuenta de mi alegría? Me bailan las manos. Quizá lo invite a usted a mi fiesta de bienvenida.

—Quizá no vaya. Tampoco a su funeral.

Uribe se le quedó mirando. El exinvestigador le insinuaba algo. Solo que él no alcanzaba a desentrañar nada. Si quería contarle una verdad fatal, ¿por qué no era más hombre y lo hacía? ¿Dónde había aprendido a hablar zig para en realidad querer decir zag? Era un mariquita. Un mediocre. Uno de esos a los que se debía aplicar la ley de fuga.

265

Se le acercó mucho agachando la cabeza.

—Oiga, poco hombre, déjese de insinuaciones. Dígalo y nos metemos bala. No sea señorita. Póngase los pantalones alguna vez.

Blanco se limpió las gotas de una salpicadura tenue. Lo hizo como si no hubiera pasado nada, pero siempre mirándolo a los ojos.

Resignado, aclaró la voz.

—Liliana Wenninger es una viuda negra. Ni siquiera se llama así. Tal vez ha cambiado de nombre en cada matrimonio. Es cinco veces viuda. Y se ha quedado con el dinero de todos ellos. Usted va camino de ser el sexto. ¿No le duele el corazón?

El coronel Uribe se puso de pie de un salto. De inmediato abofeteó en la mejilla a su empleado. Lo miró como para estrangularlo. Zapateó en un mosaico como los tordos. Fue al garaje y respiró profundamente. Miró a la ventana del segundo donde el loro y los tres gatos parecían en palco. Los espantó con un ademán agresivo.

Retornó al cuarto y se paró frente a Blanco.

—¿De dónde diablos saca usted esos cuentos? ¿Con quiénes se mete? Todo el día investiga la vida de los otros. Debería darle vergüenza. Tiene edad para ser serio y nada. Va a morir así.

Blanco se puso de pie. Alzó el cheque de la mesa y salió del cuarto. Se fue caminando hasta la puerta del garaje esperando que Uribe lo llamara a gritos. No sucedió nada. Se paró a entender por qué la bulla en el kiosco y sus alrededores, y vio a varios niños jugando cerca al sauce llorón. Volvió a caminar rumbo al banco.

Le mostró el cheque al guardia.

El hombre abrió los ojos sorprendido. Lo miró de pies a cabeza. Se le acercó a un oído y le preguntó:

—¿Usted es contrabandista? ¿O pichicatero?

Blanco negó con la cabeza dos veces.

Él se acercó al oído del guardia:

—Cafiso. Administro putas.

Con ese orgullo caminó a ventanilla.

Encendió el televisor para ir matando la noche. Bolivia era un país de medio pelo que no generaba noticias. Por eso es que se armaba quilombo y zapateo de todo. Los muchos medios de comunicación se disputaban sin un mínimo de piedad el mismo hueso pelado. Chupado. Sin importancia. Y las autoridades se regodeaban dando entrevistas pese a todo. Parecía gustarles la exageración de sus logros. Así que se podía recorrer todos los canales en perfecto orden y luego pensar con fundamento que se había tenido la mala suerte de nacer en un lugar que no le importaba a nadie en el mundo.

Apagó el televisor y se quedó quieto en el somier. Se sintió aplastado e invadido por las sombras. Gladis era una sombra que se bamboleaba por el camino espinoso al Chaco. Abrelatas era una sombra que ya hablaba con otras sombras. Con su hijo. Pero la fiscal también era una sombra. También la farmacéutica. Y esas sombras se desplazaban sin chocar en una caverna oscura. Los vivos y los muertos. No existía el dolor sino el tedio propio de la existencia.

Se durmió. Una campanilla aguda le taladró persistente el oído a las tres en punto de la mañana. Tardó en comprender de qué se trataba. Salió al garaje dispuesto a descubrir su origen. Era un despertador que repicaba un tanto obstinado en el aire denso del segundo. Luego se calló y se abrió esa ventana.

Blanco se sintió interesado por lo que sucedía. Se quedó quieto. Salió un gato mimoso a mirar la luna, pero una mano lo agarró cariñosamente del pecho y lo metió sin reclamos a la oscuridad interior.

Unos segundos después, una menuda brasa voló por los aires. Casi de inmediato se cerró la ventana. Blanco dio un paso para alzarla del piso, con algo de morbo, y en su lugar reventó como bomba una enorme y pesada maceta de helechos.

—¡La puta!

Asustado, levantó la vista cuando se cerraba apresurada la ventana del tercero. Una mano empalidecida por la luna desapareció apurada.

El gordo bonachón le habló desde el segundo: «No podemos culpar al viento, hermanito. Presenta una querella y cítame de testigo».

Se persignó apurado. Y también desapareció.

Blanco observó la ventana. Había sido una inspiración súbita. Como un aprovechamiento de las circuns-

267

tancias. En cambio lo de la víbora fue un hecho planeado. Premeditado. Una cabeza criminal había pensado con todo detalle cómo consumar el crimen. Con paciencia. En el mejor momento. La maceta, en cambio, fue una circunstancia feliz que se quiso aprovechar sin falta.

De pronto, él también tuvo una inspiración.

Corrió descalzo hacia la acera y dobló la esquina. Quiso encontrarse con el vehículo del abogado criminal en las sombras del paraíso, pero más bien se dio de bruces con la vagoneta voluminosa del coronel Uribe.

Un animal mastodonte que dormía.

Leyó el periódico acodado en las barandas del puente Topáter. El río Rocha era apenas un hilo de aguas negras que bajaba a rastras desde Sacaba y cruzaba la ciudad dejando su perfume pestilente. No convocaba a nadie y era lo mejor. Ni siquiera a las autoridades. Seguía su curso hasta disecarse por ahí a la espera de que algún enajenado lo entubara y enterrara para, en su lugar, construir otro tanto más de ciudad. Nadie pensaba en los bosques lineales de sauce llorón.

Las campanas de la iglesia convocaron a la misa de gallo.

La primera plana decía que el cadáver de Chicaloma pertenecía a un delincuente llamado Pedro Quiñones. El teniente Omar Castelli estaba vivo y se hamacaba en alguna isla con una negra al lado. A continuación la foto del autero con la boca abierta. Todavía con algunos dientes. Pero sin nariz. Sin labios. Recubierto de gusanos. La noticia hablaba de las circunstancias del cadáver. Su muerte por ahorcamiento y asfixia a manos de criminales. El robo de la morgue. Su aparición en Chicaloma. Parecía una información muy bien investigada. En un

268

aparte se hablaba del asesinato del Abrelatas, el papá de Pedro Quiñones. Exdelincuente. Se debía suponer que lo habían matado porque llevaba a cabo una investigación y tenía mucho descubierto. En un recuadre se mencionaba al teniente Argote y su ayudante pelirrojo. Algo acerca del gobierno.

Blanco caminó sin conciencia al puesto de los apis. Se sentó entre los taxistas que habían hecho servicio en los prostíbulos durante la víspera. Los escuchó hablar de los borrachos que salían dando tumbos de esos locales y con los bolsillos hacia afuera. Ya ni monedas. Por eso es que les pagaban con sus relojes pesados. Con sus esclavas de oro. Con sus anillos gruesos y feos. Una verdadera gracia. A algún afortunado le tocaba llevar a la plumis a su alojamiento. A veces le ligaba algo.

Carcajeaban todos de buen ánimo.

Tomó un api mixto con un buñuelo inflado de aire puro y rociado de polvo de azúcar. Dispuso su tiempo mientras pensaba y disfrutaba de una tristeza que le cubría íntegramente el ánimo. Curiosamente, le gustaba ese sentimiento. Si bien su preciada vida corría peligro, no le parecía que debía preocuparse más de lo debido. Alguna gente se moría mientras fumaba uno de esos puritos suizos. Otra gente moría haciendo el amor. Por eso pensaba que la vida siempre corría peligro. Era muy frágil. Exactamente como son las copas de cristal.

Les dejó de regalo el periódico y caminó hacia su casa. Eran las ocho de la mañana. Ingresó a la farmacia recién abierta y encontró a Margarita al mando de un cepillo de pelo largo.

Le tocó el vidrio del ventanal.

La muchacha giró el cuerpo para verlo. Soltó el cepillo al suelo y, sin más, corrió a su encuentro y se le trepó al cuello. Oh, Santi. Estaba tan feliz que ya podía morirse. Blanco suspendió las cejas. Es que un hombre había pedido formalmente su mano. Un hombre de verdad. Serio. Trajeado. Casi excepcional. Lleno de maneras. De delicadezas. Pero, al mismo tiempo, de carácter. De decisiones. De liderazgo. ¿Sabía de quién estaba hablando? Sí, sabía. Malito. Porque ella misma se lo había presentado y él le había puesto mala cara.

Se descolgó de las alturas y le dio un beso en la mejilla.

—Voy a casarme. Un poquito pasada, pero intacta.

Se dobló de risa. Corrió a por el cepillo y se puso a bailar. Hizo giros y recorrió toda la farmacia. Estaba loca de contenta. Tenía el corazón en la garganta. No podía contenerse.

Blanco le sonrió disgustado. Decepcionado. Frustrado.

270   Caminó hacia el teléfono y discó a Chicaloma. Esperó tamborileando impaciente en el mostrador.

Le contestó la concubina. Le dijo disparates pero terminó pasando el auricular a su hombre.

—Hola, jefe. Va a disculpar lo que le han dicho, pero esta mañana han leído en la radio la noticia del periódico. Estoy preparándome para cazar en el monte.

—¿Jabalís?

—Monos. Pero en una de esas vuelvo con oro. ¿Se imagina? Me iría de inmediato a Angola. Usted puede decir que es peor que Bolivia, pero por lo menos tiene mar.

Blanco aclaró su voz:

—Disculpa que te cause molestias.

—No se preocupe. Le voy a confesar algo muy bajito. ¿Me escucha?

—Sí.

—En la jungla tengo mi negrita.

Blanco colgó con una media sonrisa. Margarita atendía a los viejitos con dulzura y les hablaba a gritos para que la oyeran. Una al día. Al desayunar. Dos al día de las rojas. En la mañana y en la noche. Y tres de las verdes. En la mañana, al mediodía y en la noche. Se lo he anotado debajito de su receta. Es lo mismo que dice el doctor, solo que legible. No diga eso. No se va a morir. Va a vivir muchos años. Acuérdese de mí.

Salió hacia las gradas y subió bufando hasta la azotea. La noticia era de dominio público. Seguramente la repetirían al mediodía y por la noche. ¿Acaso se producían más noticias? Esta no tenía competencia. Reinaría dos o tres días. Se comentaría en los taxis. En los cafés. Se interpelaría a los ministros. Se caería el gobierno nacional. Lo ahorcarían al presidente. Se sonrió pelando los dientes.

Se persignó en el quinto.

Qué burla todo.

Miró el cielo celeste y diáfano de la ciudad. Las montañas azules, tan queridas. El sauce llorón en la acera del frente repleto de loros choicleros. Y el kiosco como una verruga irritada. Los edificios en medio de las casitas de antaño. Infló su pecho con el aire fresco e incanjeable de esa hora de la mañana y estiró los brazos para alcanzar las nubes.

—¿Escribiendo poesía?

Blanco giró el cuerpo con rapidez. Uribe estaba desarmado. Le miró las manos. El cuerpo. Se aseguró de que no escondía un fierro en la espalda. Tenía el rostro de un hombre contento. Seguramente había dormido muy bien después de haber sido satisfecho a plenitud por una mujer.

El hombre caminó hacia el barandado y se acodó junto a él.

271

Volvió a hablar:

—Se vive bien aquí. No hay de qué quejarse.

—No hay de qué quejarse.

—Por mi casa hay mucha chichería. Mucho escándalo. Dan ganas de meter bala. Claro que tengo piscina y frontón para los amigotes. Camaradas que quedan.

Blanco lo escuchó. «Seguramente», dijo con muy poca voz. Se quedó mirando el vuelo de las golondrinas sobre el cielo de la acera del frente. Un garabato en el aire de un solo trazo.

Un perro amarillo salió de las sombras del sauce llorón.

También un mendigo cargado de una inmensa bolsa de trapos.

Blanco suspiró profundamente.

—¿Cuándo se vendría a vivir aquí?

272

Uribe tardó unos segundos en responder:

—Ya me vine. Desde anoche ya no me muevo. Que se caiga el mundo, si quieren. O que me maten. Todo sería por interés. Inclusive los hijos piensan primero en el dinero.

Los dos hombres se miraron. Uribe frunciendo el ceño de viejo. Con los ojos irritados por la buena vida. Desafiante. Blanco sin ningún gesto. La cara limpia como un papel nuevo.

—Quiero hacerle una pregunta hace tiempo, Blanco. Pero no se vaya a resentir. ¿Es usted maricón? ¿Por qué no tiene su hembrita? La gente debe estar hablando.

Blanco se sonrió. Miró el horizonte del pico Tunari. Las alturas de la montaña con un collar blanco de nubes. Miró las colinas de San Pedro. Las casitas que iban ganando su ladera.

—No se preocupe de la gente. De usted dice que es pichicatero.

Uribe lo miró furioso. El labio superior se le puso a temblar fuera de control. Quiso reaccionar con un violento puñetazo al rostro del insolente y molerlo a patadas, pero se vio sorprendido con un gancho bajo sus costillas que le quitó todo el aire. De inmediato recibió otro golpe en la quijada que lo dejó sentado en el piso.

Blanco dio un paso hacia él. Uribe retrocedió, de cuatro patas, y en el afán se le dobló una muñeca y cayó. Terminó echado de espaldas.

Blanco lo pateó en una pierna.

—Pichicatero y criminal.

Uribe se quejó de dolor, pero se quedó quieto. Qué lástima que justo ahora no estuviera armado. Es que se había salido de la ducha para tomar un poco de aire fresco. Quería que la mujer aprovechara para ponerse bella y preparar un desayuno con huevos. Y venía a sucederle esto.

273

—Voy a matarlo, Blanco. Usted sabe que no va a ser el primero.

Blanco lo miró con desprecio. No iba a ser el primero, por supuesto. Algunos jefes de la policía solían hacer tiro al blanco con los delincuentes aviesos. Los llevaban a las afueras y los conminaban a correr. Esperaban un tiempo prudente y disparaban. Los cazaban como a animales.

Otros jefes, los más corruptos, mataban en sus negocios. Esa historia se la conocía. Los metían en las columnas de sus edificios en construcción. Acallaban la investigación poniendo dinero en la boca de los fiscales.

—Lo sé. Ya es tiempo de que lo sepan todos.

Pasó cerca del caído. Bajó las gradas cuidando de no meter ruido. La viejita del ocho estaría dando vueltas buscando la puerta. Las muchachas en media noche. El hare krishna cantaba de nariz (melodías que parecían el vuelo de una mosca) porque le dolía el estómago y el mate de lechuga no lo curaba. La señora Lobo hablaba confidencias con el albañil. El dramaturgo actuaba frente al espejo y reía como un loco.

Golpeó la puerta del tercero. Volvió a golpear. Escuchó una voz falsa y fastidiada: «Ya voy, mi amor. Se me queman los huevos». La puerta por fin se abrió y apareció un bellísimo rostro de mujer con los ojos cerrados y la trompita fruncida esperando un beso.

Blanco le estampó un puñetazo.

Liliana Wenninger retrocedió con el impacto. Abrió grande los ojos, aterrorizada, y pensó chillar pidiendo auxilio.

Blanco la tranquilizó con una media sonrisa y la mano en alto.

—No intentes matarme otra vez. Con Uribe ya tienes suficiente. Será un hueso duro de roer.

Giró el cuerpo para irse y se encontró con Uribe en la última grada del cuarto piso. Parado. Escuchándolo.

Blanco se sonrió: «¿No le duele el corazón todavía?»

Se trepó al colectivo más viejo de la ciudad cerca al mediodía. Iba al centro. Encontró un asiento libre y se sentó al lado de una señora anciana y distinguida de alguna de las casas con franja jardín hacia la avenida. Ya no quedaban muchas de ellas. Los edificios iban aplastándolas y los dueños se daban a la fuga hacia la provincia de las flores. El progreso los alcanzaría un día. No había escapatoria. Tanto los gobiernos de derecha, como los de izquierda, profesaban el desarrollismo.

La señora abrió la ventana un poco. Se reacomodó en el asiento para que el gordo no la rozara. No lo logró del todo.

Blanco se rascó la entrepierna a gusto.

Se bajó a una cuadra de la plaza principal y caminó por la vieja acera que supo llevarlo a la policía, pero en la esquina dobló y pasó por el frente del viejo teatro. Luego se metió al edificio más elegante del área.

Subió en ascensor a las alturas.

La bella muñeca se horrorizó al verlo. Dejó de arreglar su bolso para marcharse a almorzar y atolondrada se apresuró en alzar el teléfono.

Blanco pasó por su lado de muy buen humor e ingresó en la oficina del abogado a paso firme.

Lo encontró fumando un purito suizo y tomando una taza mediana de café frente a la gran ventana que miraba el techo colonial del teatro lleno de palomas. El delicioso aroma colombiano le inundó pronto los pulmones. El perfume de madera seca le recordó que estaba ante el falso caballero. Aquél que más detestaba en el mundo.

—Oh, investigador. Lo estaba esperando para cualquier momento.

El hombre se puso de pie dejando la taza sobre la mesita central de la sala. Le sonrió muy amable. Tenía el grueso e indócil cabello recortado no más de dos días atrás. Las patillas canas. La camisa estrenada en la mañana pero además planchada de nuevo. Las mangas arremangadas. El pantalón en caída libre debido a la calidad de la tela. Y zapatos Hush Puppies.

Imposible lucir mejor.

—Siéntese en ese sofá. Está puesto ahí para mirar los techos del teatro, todo el pueblo y toda la oficina. Déjeme prepararle un café a mi manera.

Dejó humeando deliciosamente el purito en un cenicero de vidrio.

Blanco caminó unos pasos y se sentó. Las bóvedas del teatro lucían en todo su esplendor. Tejas coloniales. Un estrecho pasillo que recorría de un lado a otro toda esa magnífica construcción. Era una verdadera joya. Un tesoro en una ciudad que se afeaba cada día más.

El abogado se perdió en la cocineta. Tenía una taza, una cucharilla de café y media de azúcar. Un chorrito de agua despachado de un termo gordo que parecía una gallina. El batido exhaustivo. Otro chorro de la gallina. Un batido más. Otro poco de agua.

—*Voilá.*

Se sentó frente a Blanco y cruzó una pierna sobre la otra. El calcetín estaba de estreno. La marca del zapato intacta en la suela.

Blanco tomó un sorbo y le agradó. Tomó otro más.

—Debería tener una cafetería. Le iría muy bien. La gente lo apreciaría.

El abogado se rio muy contento. Qué buen humor del investigador. Y era cierto, porque con la abogacía lo apreciaban y detestaban. Se diría que en partes iguales. Muy difícil contentar a todos. Imposible repartir la razón jurídica. Pero ahí estaba él: colaborando al Estado en administrar justicia.

Blanco lo dejó reír a gusto. Mientras tanto lo observó tratando de leer su pensamiento. No lo logró. Le pareció un hombre con la inteligencia que hacía falta para consagrarse profesionalmente de cínico.

—Porque administrando las muertes de Liliana Wenninger usted se irá directo a la cárcel. Y al infierno. Ya que se salvó de Terceros.

El abogado volvió a reír. Inclusive con más intensidad. Y dio varios golpes en el antebrazo del sofá con la mano abierta. No recordaba el humor del investigador. Lo había sorprendido. Si todos los policías supieran hacer reír, la sociedad les tendría cariño. Pero no. Eran odiados. Mal calificados en encuestas. Inclusive había gente que imaginaba la sociedad sin ellos.

—Permítame una confidencia entre hombres: Liliana es extraordinaria en la cama. Puede matar a cualquiera.

—Lo sé.

El hombre sintió el impacto. ¿Lo sabía? Bueno. En ese caso sobraban todas las explicaciones posibles. Los maridos la disfrutaban hasta morir. Y era su vicio. Y no había cuerpo que lo resistiera. No había que pensar mal de ella. Algunas mujeres tenían esa virtud natural. Llevaban de la mano a sus hombres hacia el paraíso, pero allí ellos se morían.

—Liliana está limpia de sospechas. Ha sido investigada cinco veces. Y nada. ¿No cree que son suficientes veces para despejar cualquier duda?

Blanco lo negó con la cabeza. No lo creía. Se sonrió.

—Nadie muere por jugar el jueguito. Se muere del corazón. Del riñón.

De cualquier órgano. El jueguito más bien rejuvenece. Debería buscar otra mejor justificación. Pero, dígame: ella dice que usted administra su dinero. Una fortuna, seguramente.

—Se lo cuido. El rato que ella lo desee podrá retirarlo con un cheque mío. Varios de mis clientes hacen lo mismo.

—Una última pregunta, doctor Lema. ¿Sabe usted quién se la presentó al coronel Uribe?

—Claro que lo sé: yo mismo.

Blanco se puso de pie para marchar. La secretaria estaría jalándose los pelos, muy fatigada. Para conservar su belleza intacta se necesitaba una disciplina militar. Comidas a horario. Siesta. Nada parecido al estrés. Nada más que un zumo de frutas verdes con espinaca. Medio choclo. Y noticias buenas.

Blanco asintió lo oído. Era de suponer.

Empezaba a retirarse cabizbajo cuando se le ocurrió

otra pregunta, y se detuvo cauteloso bajo el marco de la puerta ante la mirada ansiosa de la mujer en la sala de espera.

—Usted disculpe. ¿Tiene fecha su matrimonio con Margarita?

El abogado desplegó su sonrisa ejercitada. Triunfadora. De torero con las espadas en alto.

—En diez días. Queda usted cordialmente invitado, investigador. Por supuesto que lo esperaremos en la puerta.

Su ánimo bajó junto con el ascensor. Hasta los suelos. Caminó por la misma calle y se detuvo en la esquina a la espera del semáforo. Luego cerró los ojos y caminó a la acera de enfrente en medio de bramidos de motores y amenazantes frenos chirriantes. Curiosamente lo logró.

Ingresó a una licorería por una botella de singani. La compró. Siguió su rumbo y entró al bar-restaurante con puertas del *far west*. El mozo lo vio desde la barra del bar y fue a su encuentro arreglándose la corbata de moño.

El local estaba aún vacío.

—El gobierno se está cayendo a pedazos, compañero. ¿Vio las noticias al mediodía? Bueno, puede verlas esta noche. Hay un vídeo del comando que asaltó el hotel. Bastante claro.

Blanco se sobresaltó: «¡No me diga!»

—Balacera pura, mi amigo. Castelli y sus muchachos los cocinaron en la cama. Los terroristas no despertaron ni para el Padre Nuestro. Todo está que arde.

—¡No me diga!

—Los mataron a mansalva. Además, el gobierno también importó sus terroristas. Como los oligarcas. Los políticos profesionales son una mierda.

—Así es.

Subió las gradas muy lentamente. Los tres hombres discutían como si se les fuera la vida en ello. Palabrotas. Insultos. Carcajadas. El enano se había trepado a la silla y miraba a los ojos a los otros dos. El gordo liaba un cigarrillo sospechoso. El tercero dormía con los brazos cruzados y los ojos abiertos.

Blanco los observó un momento desde la puerta entreabierta.

Luego llamó su atención carraspeando.

Les mostró la botella.

El enano lo miró furioso. Se mordió los labios impaciente. Dependía su reacción de lo que fuera a decir el intruso.

—Gracias.

Blanco dejó la botella sobre la mesa. Retrocedió hasta la puerta como los japoneses. Se despidió con un leve movimiento de cabeza.

El dormido despertó: «A estos patriotas hay que recibirlos, sin más, con una ovación».

Aplaudió a rabiar. El gordo lo acompañó de mala gana.

Blanco se animó a preguntar: «¿Quién fue el patriota que entregó el vídeo a la prensa?»

El enano le respondió como acusándolo de curioso: «El mismo que se quedó al cuidado de los niños de Analí Luján. Eso es todo, hermanito. Que te vaya como mereces».

Eso era todo. Y quedaba claro.

Blanco bajó las gradas con una sonrisa de lo más sincera. Se sentía el mejor hombre de la Tierra. Ni siquiera la penuria en el monte barroso de su amigo Lindomar le empañaba la felicidad. Era el deber cumplido.

—Carajo, Abrelatas: los jodimos a los hijos de puta.

El mozo lo cruzó con tres platos de sopa en el brazo izquierdo y uno en el derecho. Marchaba apurado atendiendo varias mesas de comensales.

Le guiñó: «Todos somos nacionalistas, regionalistas y localistas. Ha de haber un día en que parapetemos una ametralladora pesada en nuestro jardín. ¿Y sabe por qué? Porque somos muy ignorantes. Adiós. Vuelva otra mañana a conversar sobre la patria y la abstracción completa».

Se demoró en el mercado próximo a la plaza principal. El problema se le presentó ante la misma cocinera pero con dos ollas muy distintas. Una con nudos de cordero en tomatada. Otra con nudos de cordero en nogada. A la nogada de maní la acompañaba arroz con papa blanca, porque la salsa de maní se presentaba pesada para acompañarla con fideo macarrón.

La cocinera quiso solucionar su problema: «Saboreá uno aquí, casero, y te llevas el otro en bolsa nilón. Todo se arregla en vida. Menos la muerte».

Blanco se sonrió.

Pensó como cinco minutos en una opción. Se decidió por la nogada y se sentó en una mesa larga con mucha gente. Sacó sus cubiertos de un vaso tan lleno que le costó su esfuerzo, y los limpió con su aliento y su camisa. Los dejó relucientes. Observó cómo un perro le pedía comida a un niño. Cómo comía afanosa una viejita sin dientes. Y cómo escapaba un carterista mientras la señora fina, ajena al mundo exterior, pellizcaba las paltas.

Su plato llegó humeante. Tres nudos de cordero cubiertos de pálida y espesa salsa de maní. Con pedacitos de zanahoria. Con algunas arvejas. La papa blanca, harinosa. El arroz bien graneado.

Alzó el llajuero del centro de la mesa («Disculpen, yo me arreglo») y lo vació íntegro sobre su plato. No le importó que los demás lo miraran. Volcó su rostro al vapor y comenzó a traspirar con la boca reventando de comida.

Apenas pudo pidió una cerveza.

La gente se renovó en su mesa. Dos transportistas con periódicos de un boliviano bajo el brazo gordo. Una señora distinguida, pero en desgracia o mal momento, con su hijita pecosa y su niño cabezón. Dos comadres más gordas que los transportistas.

Blanco eructó. Se alzó de hombros.

Pidió a la doña que le sirviera la tomatada.

También este plato le llegó humeante. Cuatro nudos de cordero (uno de cariño de la cocinera), papa blanca y el fideo macarrón revuelto con un poco de huevo, quesillo, cebolla y tomate. Todo picado y menudo.

Alzó el llajuero del centro de la mesa sin decir palabra y lo vació de un golpe, íntegramente, sobre su plato. Y comenzó a comer con un apetito y deseo inaugurales.

Pidió otra cerveza.

Decidió caminar hasta el edificio haciendo la digestión. Fue detrás de las sombras que proyectaban los edificios y las casitas altas. Y los árboles de las aceras cuando había. Después se aguantó el sol y caminó traspirando. Cruzó el puente de Cala-Cala y se detuvo mirando la fachada del boliche de mala muerte donde escuchó cantar dos veces a Margot Talavera.

Siguió su camino y se metió a un mercado para saciar su sed. Pidió la cerveza más fría, doñita. Y antes de abrirla se la pasó por el rostro. Por el cuello. Y luego se sentó en el taburete del vendedor y se la tomó en sorbos lentos mirando el paisaje urbano. La cresta de la cordillera.

Retomó su camino y llegó sin novedad al kiosco. Los

281

cholos paceños se habían guarecido en su interior. Los tres niños bajo la sombra del sauce llorón. Los perros junto con ellos.

Cruzó la avenida e ingresó a la farmacia. Margarita atendía al señor del frial con verdadera paciencia. Mis precios son los de cualquier farmacia en la ciudad, señor. Usted los puede comparar. No estoy cobrándole nada de lo que dice. Créame que no. Tampoco voy a rebajarle, porque usted me está faltando al respeto. Hay dos farmacias en la zona.

—Yo no especulo como usted.

Blanco parpadeó para reventar las burbujitas con las que veía todo. Y cerró los ojos unos segundos para que las imágenes se quedaran quietas. Y se puso de pie dispuesto a colaborar en la discusión. Pero en ese segundo de sus inciertos pasos se tropezó y se llevó al hombre por delante hasta el mismo piso.

—¡No sea bruto, carajo!

Margarita se llevó una mano a la boca para ahogar su grito.

Blanco se puso de pie para ayudar al señor. Le ofreció su mano, pero el hombre se la rechazó. Se paró por cuenta propia y se sacudió la ropa sin advertir cuánto brillaba de limpio el piso.

Enojado con ambos, se marchó.

Blanco recuperó la sobriedad de inmediato.

Dijo con amargura: «Estoy invitado a tu matrimonio».

Margarita se sorprendió. Se puso muy contenta cuando escuchó algo de todo el cuento. Apenas una parte. Pronto se lo abrazó muy emocionada y le hizo cosquillas con la pelusa de su cabello en la nariz.

Blanco repitió varias veces el futuro nombre de su amiga.

—Margarita de Lema. No suena mal.

Se despidió mirándola a los ojos.

Pasó por su cuarto y alzó un suplemento para dirigirse al baño. Allí lo leyó íntegramente mientras organizaba su cabeza. Se reía muy contento. Y se daba golpes en los muslos felicitándose. Se sentía un triunfador. Pero de inmediato se descolgó de esas nubes. No había razón. Recordó que toda su vida había sido, más bien, un perdedor.

Después lo cortó en cuadraditos y jaló la cadena.

Salió de su cuarto con las sombras de la noche. Una bolsa de tela con su ropa y sus abarcas colgada del hombro. Todo lo demás se había quedado donde le cupo morar en estos últimos años. No había pena. La vida también se expresaba en etapas.

Ahora debía buscar una pascana para tomar aliento y recorrer luego el último trecho de su camino.

Cruzó la avenida a la espera de un taxi, pero un pinchazo en el pecho le indicó que se guareciera en precaución bajo el enorme sauce llorón. Dio unos pasos y se camufló entre sus largas ramas.

Se quedó quieto como quince minutos. Un vehículo barato apareció en la esquina del mercado de las cholitas y se acercó al edificio en silencio. Se detuvo en la puerta del garaje. De su interior bajó un joven con gorro de beisbolista, polera, pantalones cortos y zapatillas. De la sombra de un poste se desprendió un gordo con un objeto en la mano que brillaba a la luz de la luna pobre.

Abrieron la puerta como si tuvieran la llave. Quizás alguien atento se las facilitó. Caminaron hasta el cuartito con techo de calamina del fondo y empujaron su puerta. Seguramente quedaron impresionados con su orden y limpieza.

Volvieron a salir silentes, y se metieron en el auto. Y se fueron.

Blanco esperó otros quince minutos sin moverse. Luego espió hasta la llegada de un taxi. En el recorrido revisó la billetera del hombre del frial y se quedó con el dinero. Botó por la ventanilla el resto. Se acordó alguna sabiduría del Abrelatas: «Policías y ladrones son primos hermanos, jefe».

—Y abogados, mi amigo. Esa es la familia completa.

En la terminal se camufló entre la gente y espió. Convencido, pidió al chico de la ventanilla un boleto a Villamontes. («Le vendo a Santa Cruz. Usted se compra a Villamontes allí».) Y volvió a meterse en el gentío con los ojos abiertos y nervioso.

Esperó hasta el último llamado. Entonces ingresó a la flota y se sentó al lado de una hermosa señora chola. Se saludaron. Ella le dijo que estaba yendo a Santa Cruz a visitar a su hija que ya tenía tres niños. Él le dijo que su viaje era hasta Villamontes donde lo esperaba su mujer. Y su hijo. Y su nieto.

Año 2016

Este libro utiliza el tipo Aldus, que toma su nombre
del vanguardista impresor del Renacimiento
italiano Aldus Manutius. Hermann Zapf
diseñó el tipo Aldus para la imprenta
Stempel en 1954, como una réplica
más ligera y elegante del
popular tipo
Palatino

***

**

*

Que te vaya como mereces
se acabó de imprimir
un día de invierno de 2017,
en los talleres gráficos de Liberdúplex, s.l.u.
Crta. BV-2249, km 7,4, Pol. Ind. Torrentfondo
Sant Llorenç d'Hortons (Barcelona)

***

**

*